Meir Shalev

Erzähl's nicht deinem Bruder

ROMAN

Aus dem Hebräischen
von Ruth Achlama

Diogenes

Titel der 2022 bei Am Oved, Tel Aviv,
erschienenen Originalausgabe:
›Al tessaper leAchicha‹

Zitatnachweis am Ende des Bandes
Covermotiv: Gemälde von Isaac Grünewald,
›Porträtt av balettprimadonnan
Ebom Strandin‹, ca. 1920

Der Diogenes Verlag wird vom Bundesamt für Kultur
für die Jahre 2021–2024 unterstützt

www.diogenes.ch
100/23/44/1
ISBN 978 3 257 07267 9

Im Gedenken an Refi, Refaella Shir,
meine geliebte Schwester, die nicht mehr ist.

1

Einmal, in einer kleinen Tel Aviver Straße, deren Namen ich vergessen habe, erschienst du mir andeutungsweise in einer anderen Frau. Sie kam mir entgegen mit deinen Schritten, ließ mich deine Gestalt sehen, und mir blieb schier das Herz stehen, meine Füße hörten auf zu gehen. Meine Hände nahmen kurz die Brille ab – Kurzsichtige wie ich werden verstehen, warum – und setzten sie rasch wieder auf.

»Du hast *Reset* gemacht«, höre ich Boas im Geist zu mir sagen.

»Etwas in der Art«, erwidere ich, »und ich schreibe eine Geschichte. Stör mich nicht.«

Da begriff ich bereits, dass nicht du es warst, aber manchmal überholt der Körper das Bewusstsein, kommt das Fleisch der Seele zuvor. Meine Lippen lächelten die Frau ganz von alleine an, und meine Augen fixierten sie.

Sie erwiderte überrascht meinen Blick: »Kennen wir uns?«

»Nein, Verzeihung, es kam mir nur kurz so vor.«

»Ich verstehe. Sie hielten mich für eine andere.«

Verlegen gestand ich: »Gewissermaßen. Sie sehen dieser anderen Frau ein bisschen ähnlich.«

Und insgeheim, zu mir: Idiot!

»Ja«, sagte sie, »diesen Satz kenne ich, habe ihn schon öfter gehört.«

»Tut mir leid«, sagte ich.

Und insgeheim, zu mir: Wie blöd kann man bloß sein.

»Schon in Ordnung, ich bin diese Verwechslungen gewohnt, anscheinend sehe ich vielen anderen Frauen ähnlich«, erwiderte sie. Und nach einer kurzen, nachdenklichen Pause: »Oder ich stoße immer wieder auf Männer, die ein und dieselbe Frau nicht vergessen können.«

»Das war ein schöner Satz«, sagte ich, »eines Tages werde ich ihn vielleicht verwenden.«

»Gern geschehen«, gab sie zurück, »dieser schöne Satz ist ein Geschenk von mir. Sie dürfen ihn verwenden, wann immer Sie Lust haben.«

»Danke«, sagte ich. »Das ist ein schönes Geschenk.«

»Sie auch.«

»Ich verstehe nicht«, stellte ich mich dumm.

»Sie haben sicher schon von vielen Frauen gehört, dass Sie ein sehr gut aussehender Mann sind.«

»Hoppla …«, rief Boas, diesmal in Person, in meinem Hotelzimmer. »Und schon wieder ist es unserem Schöööönen passiert, noch eine Frau flirtet mit ihm. Auf offener Straße, im Geschäft, bei der Arbeit, auf einer Party und wer weiß, wo sonst noch.«

Boas ist mein kleiner Bruder. Wir haben beide die Sechzig überschritten, und er ist nur zwei Jahre jünger als ich, aber so nenne ich ihn gern. Und von dieser Frau, die einen Moment Michal glich – da, jetzt habe ich deinen Namen ausgesprochen und niedergeschrieben –, erzählte ich ihm, als wir zusammensaßen, bei einem meiner Besuche in Israel, und auch im Geist, wenn ich mich zum Schreiben hinsetzte, in meinem Haus in den Vereinigten Staaten.

Ich wurde wütend: »Was für eine Party denn? Ich geh nicht auf Partys, und ich mag es nicht, wenn du mich Schööööner nennst, in diesem ekelhaften Tonfall deines Vaters.«

»Unseres Vaters«, sagte Boas, »er war auch dein Vater, falls du es wieder mal vergessen haben solltest.« Er leerte sein Glas auf seine unausstehliche Weise, in einem großen Schluck, und lachte auf: »Aber weiter, erzähl von dieser Frau. Seid ihr zu ihr gegangen oder zu dir ins Hotel? Und wie habt ihr's getrieben? Du auf ihr oder sie auf dir?«

»Wir sind weder zu mir noch zu ihr gegangen, und wir haben auch nichts getrieben. Lass das bitte.«

Es war spätabends. Wir saßen auf dem Balkon meines Hotelzimmers, am Meer, das unsichtbar, aber vorhanden war, sich im Dunkeln wälzte wie ein großes Tier. Wir tranken Gläschen um Gläschen von dem Feigenschnaps, den ich zu diesen Treffen immer mitbringe, kosteten von den Mezze, die Boas in Tel Aviv gekauft hatte, und unterhielten uns. So machen wir es jedes Mal, wenn ich nach Israel komme – wir verabreden uns zu einer »Nacht der Brüder«, wie wir sie nennen, die nur uns gehört. Nur meinem Bruder und mir, uns beiden allein.

Wir reden und erzählen dann vom Untergang der Sonne bis zu ihrem Aufgang, essen und trinken – »saufen, um genau zu sein«, sagt Boas' Frau Maya –, betrinken uns still, langsam und gründlich und reden: über meine Frauen und seine Frau, über die Kinder, die ich nicht habe, über seine Tochter und seinen Sohn, und über meine Mutter und seinen Vater, wie ich sie für mich hartnäckig nenne, denn er zog Boas vor und sie mich.

Der Alkohol löst unsere Zungen, spült unsere Herzen durch, ölt unsere Stimmbänder. Boas und ich sind unterschiedliche, aber eng vertraute und liebende Brüder. Die Erinnerungen steigen auf, und da wir Söhne unserer Eltern sind, sind sie zahlreich und mächtig. Doch vor einigen Jahren, in der Brüdernacht 2010, habe ich ihm eine Geschichte erzählt, die nichts mit unserer Familie zu tun hat, über eine Nacht, die ich zwanzig Jahre zuvor, 1990, erlebt habe. Ich erzählte ihm von einer Frau, die ich an jenem Abend kennenlernte, von unserer Begegnung und von dem, was danach in ihrem Haus geschah – einem einsamen Haus irgendwo im Scharon, inmitten eines Gewirrs von Feldwegen, zwischen Zitrushainen, Gemüsebeeten und Avocadoplantagen.

2

Mein Name ist Itamar Diskin. Ich bin 1945 in Jerusalem geboren und lebe schon seit fünfunddreißig Jahren in den Vereinigten Staaten. Jedes Jahr komme ich für einige Wochen auf Besuch nach Israel, immer im Frühherbst, miete ein Auto und übernachte in einem Hotel am Meer. Nicht in Tel Aviv, wo Boas und Maya wohnen, sondern in Herzliya oder Netanya.

Maya grummelt: »Warum nimmst du unsere Einladung nicht an und wohnst bei uns? Wir sind deine ganze Familie.« Aber ich beharre darauf. Ich möchte die beiden nicht mit den nächtlichen Gewohnheiten des alten Junggesellen stören, der ich über die Jahre geworden bin: Schlafengehen »mit den Hennen« und Aufwachen »mit den Hähnen«, zumal nach einem Flug aus den USA, Musikhören zu den verrücktesten Nachtstunden, mitternächtliches Eiswürfelklirren im Shaker und im Glas, nächtliche Betätigung der Klospülung, Rausgehen zum Morgenlauf und schnaufende Rückkehr.

Auch in Amerika jogge ich jeden Morgen, und wenn ich in Israel bin, schwimme ich gegen Abend noch im Meer. So auch dieses Mal. Bei meiner Rückkehr vom Strand stromten drei junge Frauen und zwei junge Männer in knappen, tropfenden Badesachen zu mir in den Hotelfahrstuhl, drängten sich lärmend rein wie bei euch hier üblich, Boas. Ich drückte meine Badetasche an die Brust, aber ein Tropfen, der an der Nasenspitze eines der Kerle hing – Wasser? Schweiß? –, schwoll an, schwankte, und wie in Zeitlupe – die ich auch im Kino zum Kotzen finde – fiel er runter, prallte auf meinen Fuß, lief über meine Haut und verschwand wie davon aufgesaugt.

Eine der jungen Frauen fixierte mich und fragte: »Sag mal, bist du nicht ein Filmschauspieler? Kann es sein, dass ich dich mal im Kino gesehen habe?«

Ich setzte das beste Hollywood-Lächeln auf, das ich zuwege brachte, und antwortete in meinem amerikanischsten Englisch, dass ich nicht Hebräisch spräche. Ich hörte sie gerade noch darüber rätseln, wer ich sein könnte, da hielt der Fahrstuhl schon auf meiner Etage. Ich schlängelte mich raus, steuerte geradewegs mein Zimmer an und ging unter die Dusche.

Lange stand ich unter dem Wasserstrahl. Reinigte mich von dem Lärm der Worte und dem Schmutz des Tropfens, wusch Sand und Salz des Meeres ab. Beim Anziehen überlegte ich, ob ich mich zum Abendessen bei Boas und Maya einladen oder mir einfach nur etwas aufs Zimmer bestellen sollte, und nickte schließlich – verwirrt vom Zeitunterschied zwischen meinem Wohn- und meinem Heimatland – bekleidet auf dem Bett ein.

Ich schlief kurz und schlecht, und als ich aufwachte, war es bereits dunkel im Zimmer. Im ersten Moment begriff ich nicht, wo ich war. Ich kam hoch, setzte die Brille auf, blickte aus dem Fenster und sah in der Nähe Männer und Frauen vor einer Bar stehen, trinken, reden, aus und ein gehen. Lachen schallte von dort, nicht zu laut, sondern entspannt und freundlich, wie die Stimmen alter Bekannter.

Meine Kleider waren von dem kurzen Schlaf ganz zerknittert. Ich zog mich um, musterte mich im Spiegel, fuhr mit demselben Fahrstuhl wieder runter – erleichtertes Aufatmen: Jemand hatte bereits den Boden aufgewischt – und ging dorthin.

Die Bar war klein und angenehm, eine richtige Kiez-Kneipe. Durch den Zigarettenqualm, die süßlichen Parfüms und penetranten Rasierwasser, die Frauen und Männer gern auf ihre Mitmenschen loslassen, drangen liebliche Düfte nach gutem Essen. Sie hingen so in der Luft, wie Essensdüfte es tun sollen: wie die Farben einer Flickendecke, einander berührend, aber nicht verfließend.

»Bist du sicher, dass dort geraucht wurde?«, hakte Boas nach. »Bei uns in Israel ist Rauchen in Restaurants verboten.«

Boas hat viele Jahre in der Marine gedient. War ein Chief, ein Maschinenraumoffizier in der U-Boot-Flotte. Der Dienst dort, hat er mir mal erzählt, erforderte von ihm, auf alle Einzelheiten zu achten, genau hinzuhören und hinzusehen. Unter dem Meeresspiegel verhindert diese Eigenschaft Unfälle und rettet Leben. Doch über dem Wasser, auf einem Hotelbalkon, bei Delikatessen und der zweiten Flasche Boukha-Schnaps, wirkt sie lächerlich.

»Boas, du bist jetzt nicht auf deinem U-Boot«, sagte ich. »Such nicht auch in meiner Geschichte nach Lecks und Defekten.«

»Reg dich nicht auf«, beschwichtigte er.

»Ich habe dir ja gesagt, die Geschichte ist vor zwanzig Jahren passiert. Damals durfte man in Bars und Restaurants noch rauchen.«

»Zwanzig Jahre? Das ist ein Jahr nach Mutters Tod«, stellte er fest.

»Stimmt. In dem Jahr bin ich zweimal hergekommen, im Herbst wie immer und dann nochmals im Frühling, zu ihrem ersten Todestag.«

Die Tische waren alle schon besetzt, aber an der Bar saßen nur zwei Paare. Ich setzte mich in einigem Abstand zu ihnen an die Wand und sah mich um. Mit behutsamen Blicken, die nirgends hängen blieben, gewiss nicht starrten, Blicke, mit denen ein fremder Mann in einem Territorium, das nicht seines ist, die Einheimischen betrachtet. Besonders, wenn er ein auffallender Mann ist und weiß, dass auch sie ihn anschauen, ihre Vermutungen anstellen und Geschichten daraus spinnen.

Bald traf mich ein spezifischer Blick aus den Augen einer Frau, die älter war als ich. Ich schätzte sie auf sechzig.

»Wie alt warst du da noch mal?«

»Ich hab dir doch gesagt, es war vor zwanzig Jahren, 1990, also war ich fünfundvierzig.«

Sie saß an einem Ecktisch in Gesellschaft einer jungen Frau. Aufgrund ihrer Ähnlichkeit hielt ich sie für Mutter und Tochter, ein Gespann, wie man es manchmal sieht: eine strahlende, ältere Mutter und ihre blasse jüngere Ausgabe.

Sie nahm mich immer wieder ins Visier. Oft schon hatte ich diesen prüfenden Blick gesehen. Und obwohl ich ihn kannte, erschauerte ich und nahm die Brille ab. Nicht, um mein Äußeres zu verändern, sondern weil bei so kurzsichtigen Augen wie meinen das Absetzen der Brille die Gesichter der Mitmenschen kontur- und ausdruckslos macht und sie verstummen lässt. Sie schweigen nicht völlig, aber ihr Lärm verebbt, wird zum fernen Rauschen unsichtbarer Wellen.

»Wie wenn Mutter ihr Hörgerät rausgenommen hat«, sagte Boas.

»Bei Mutter war das etwas komplizierter«, erwiderte ich.

Der Barmann kam zu mir. Ich bestellte einen Grappa.

»Die Bruschette gehen aufs Haus«, erklärte er und stellte einen Teller neben mein Glas.

Ich dankte ihm, trank einen Schluck und begann langsam zu essen. Ein paar Minuten später erhob sich die Nebelgestalt der älteren Frau und ging hinter den Tresen. Ihren Gesichtsausdruck konnte ich nicht erkennen, aber Gesten und Haltung verrieten mir, dass sie an der Kasse telefonierte.

Ein kurzes Gespräch, und schon kam sie auf mich zu, wurde immer klarer, löste sich aus den Nebelschleiern.

»Guten Abend«, sagte sie.

»Guten Abend«, gab ich den Gruß zurück. Ich setzte die Brille wieder auf und sagte: »Jetzt erkenne ich Sie auch. Sie sind die Dame, die an dem Tisch dort in der Ecke gesessen hat.«

»Ich bin auch die Wirtin, und Sie sind ein neuer Gast. Ich wollte wissen, ob es Ihnen hier gefällt.« Zu diesen Worten füllte sie mir Grappa nach.

»Ja, sehr«, sagte ich, »danke.«

»Es ist nicht wegen Ihrer schönen Augen. Wir haben noch Happy Hour, da steht Ihnen der zweite Drink zu, und ich hoffe, Sie sind zufrieden und kommen wieder.«

»Wohl leider nicht so bald. Ich lebe nicht in Israel.«

»Darf ich Sie um etwas bitten?«

»Gern«, erwiderte ich.

»Ich bitte Sie, nicht gleich wegzugehen, sondern noch ein Weilchen zu bleiben, denn bald wird eine Frau herkommen, die Sie gern treffen möchte.«

»Ich versteh nicht«, sagte ich. »Hat sie mich hier gesehen? Kenne ich sie?«

»Nein, was bist du naiv«, warf Boas ein. »Die Wirtin hat doch bei der angerufen und erzählt, dass ein gut aussehender Fremder allein an der Bar sitzt und sie sich beeilen soll, ehe eine andere ihn abschleppt. Du hast ja selbst gesagt, dass sie telefoniert hat, bevor sie dich ansprach.«

»Schade, dass du nicht dabei warst, um mir zu sagen, was ich tun soll«, gab ich zurück.

»Die Betreffende ist nicht hier und hat Sie nicht gesehen«, antwortete die Wirtin. »Ich habe Sie gesehen und ihr am Telefon geraten herzukommen.«

»Genau, was ich gesagt habe«, erklärte Boas. »Vielleicht solltest du doch auf deinen Bruder hören.«

»Nicht, weil du so klug bist, Boas«, sagte ich. »Jene Nacht war einfach sehr wirr für mich, wie du noch verstehen wirst, aber ich präsentiere sie dir als Geschichte, und Geschichten ordnen die Wirklichkeit.«

»Ist mir zu hoch«, sagte er. »Ich bin ein einfacher Mensch. Ein Ingenieur. Kein Mann der Geschichten, sondern einer der Planskizzen, der Materialstärken, der menschlichen

Stärken vielleicht auch ein bisschen, aber vor allem der Druck-, Zug- und Antriebskräfte.«

»Ist das ein Dienst, den Sie allen Gästen anbieten?«, fragte ich sie.

»Gute Frage«, sagte Boas. »Und ich errate schon, worauf diese Geschichte hinausläuft. Vermutlich liege ich in ein paar Minuten bereits unter dem Bett von dir und von der, die dich kennenlernen wollte, und kriege ein paar Brosamen ab, die herunterfallen.«

»Nein«, antwortete die Wirtin, »wir kennen uns schon viele Jahre und stehen uns nahe. Früher war ich die jüngere Freundin ihrer Mutter, heute bin ich ihre ältere Freundin, und ich wollte ihr eine Freude machen. Ein fremder Mann, der sehr gut aussieht, sitzt allein bei mir in der Bar und trinkt Grappa. Du solltest kommen und ihn kennenlernen, habe ich ihr gesagt.«

Ihre Augen schweiften über meinen Körper, betrachteten Gesicht, Brust und Hände, wanderten zu den Schenkeln hinunter, die sich von selbst aneinanderdrückten.

»Benachrichtigen Sie sie jedes Mal, wenn ein schöner Mann Ihre Bar betritt?«, fragte ich.

»Nein.« Sie lachte. »Außerdem ist noch nie jemand Ihres Formats reingekommen. Es ist nicht nur Ihre Figur, es ist auch Ihr Kleidungsstil.«

»Danke«, sagte ich.

»Gibt es eine Frau, die Sie einkleidet?«, fragte sie.

»Nein«, antwortete ich.

»Gibt es eine Frau, die Sie auszieht?«

Boas prustete los: »Eine tolle Frau, diese Barbesitzerin.

Wieso hast du mich in den zwanzig Jahren seither nie mal dort hingeführt?«

»Weil ich selbst nie wieder hingegangen bin. Weder in diese Bar noch in jenes Hotel.«

»Sie ist wirklich eine hübsche junge Frau, und ich kann Ihnen versichern, dass sie Sie nicht langweilen wird«, erklärte die Wirtin. »Außerdem brauchen Sie sich keine Gedanken über den ersten Satz zu machen, den Sie zu ihr sagen wollen. Ihr Aussehen genügt.«

»Da hat sie recht«, meinte Boas. »Erinnerst du dich noch, was Mutter über dich gesagt hat?« Und schon sagte er mit der speziellen Miene, die er immer aufsetzt, wenn er unsere Eltern imitiert: »Itamars Schönheit wird ihm alle Türen öffnen, wird alle Mauern aller Jerichos vor ihm einstürzen lassen ... Komisch, nicht wahr. Wir beide sind schon über sechzig, alte Waisen, und wie sehr leben Vater und sie noch in uns.«

»Jetzt gehen wir schwanger mit ihnen«, sagte ich.

»Dann los, sollen sie bald geboren werden«, sagte Boas, »sollen sie zur Welt kommen, groß werden und uns in Ruhe lassen.«

3

Meinen Namen, Itamar, hat mir meine Mutter gegeben, die auch stets darauf achtete, ihn feierlich auf der letzten Silbe zu betonen. Aber die meisten meiner Freunde und Bekannten – sie sind nicht zahlreich, muss ich gestehen – nennen mich Ita. Ita mit Betonung auf der ersten Silbe, wie Pita. So hatte mich Boas im Alter von zwei Jahren genannt, und dieser Kleinkindername ist an mir hängen geblieben.

Wenn ich jemand Neues kennenlerne, stelle ich mich als Itamár, in der feierlichen Betonung meiner Mutter, vor und füge auch unseren Familiennamen Diskin an, der gut zu meinem Bruder und seinem Vater passt und weniger zu ihr und mir. Aber die meisten neuen Bekannten bevorzugen, sobald sie sie einmal gehört haben, die Koseform.

Meine Mutter, die stolz auf den eigens für mich ausgesuchten Namen war, tadelte mit biblischem Zorn jeden, der ihn zu Ita verkürzte: »Zerstörer und Verwüster! Ich habe dir so einen schönen Namen gegeben, und die hacken ihn in der Mitte ab.« Doch am Ende fand sie eine überraschende Lösung, sowohl in der Form als auch, weil sie eine gewisse Kompromissbereitschaft offenbarte, was bei ihr eher selten vorkam. Sie erklärte, sie würde diese Kurzform akzeptieren, wenn man sie mit dem hebräischen Buchstaben Tet statt mit Tav schriebe, oder in lateinischen Buchstaben mit zwei T. »Das ist komisch«, sagte ich ihr einmal, als ich größer war, »und es macht auch keinen Unterschied. Diese Abkürzung schreibt und liest doch keiner, man sagt und hört sie bloß.« Aber sie beharrte: »Du wirst groß werden, wirst Briefe von Mädchen bekommen, und alles Geschriebene wird letzten Endes Wirklichkeit.« So forsch und entschieden war sie, dass ich auch jetzt noch, Jahre nach ihrem Tod, Itta wie sie es wollte mit Tet oder zwei T schreibe, wenn ich versuche, diese Geschichte niederzuschreiben.

»Du hast mir nicht gesagt, dass du schreibst«, bemerkte Boas.

»Weil das kein richtiges Schreiben ist. Ich halte ein paar Geschichten und Szenen fest, um sie nicht zu vergessen, das ist alles.«

Anders als unsere Mutter habe ich nie gegen den Kosenamen aufbegehrt, den Boas mir gegeben hat, und auch seine Schreibweise hat mich nicht groß beschäftigt. Überhaupt neige ich nicht zu Protesten und Streitereien. Ich liebe das Leben ruhig, das Krumme gerade und die Wellen flach. Aber als ich etwas größer wurde, bekam der Name »Itta« den unerträglichen Zusatz »der Schöne«. So, »Itta der Schöne«, nennt man mich in meiner Abwesenheit, und wer es in meiner Anwesenheit tut, will mich provozieren oder sehen, wie ich meinen Ärger bezwinge, verlegen und beherrscht.

»Wie Mutter immer sagte: Itamar ist das Kalb, das Abraham den Engeln vorgesetzt hat. Ein zartes und gutes Jungrind. Widerspricht nicht und macht keine Probleme.«

»Schon gut«, sagte ich, denn ich mochte weder den Vergleich noch ihre Erklärung dazu, aber Boas ließ nicht locker und zitierte sie weiter: »Vor lauter zart und gut wird er's manchmal schwer und schlecht haben.«

»Ich habe es nicht schwer, und es geht mir gewiss nicht schlecht, Boas«, brauste ich auf.

Ich bin nicht der einzige Mensch, dem man ein solches Adjektiv an den Namen hängt. Manche werden »der Lange«, »der Böse«, »der Liebe« genannt, aber ich habe die Bezeichnung nicht nur bekommen, weil ich gut aussehe, sondern auch weil ich sonst keine besonders hervorstechenden Eigenschaften besitze. Ich bin zum Beispiel weit schöner als klug oder dumm, mutig oder feige, und die meisten Menschen, die ich kenne, sind vernünftiger oder verschlossener, jähzorniger oder versöhnlicher, lustiger und schlagfertiger als ich. All diese Eigenschaften brauchen jedoch eine Gelegenheit und eine gewisse Zeit, um entdeckt zu werden, aber »ihr Schönen«, wie Michal gern sagte, »habt diese Fahne, die über euch flattert, euch kennzeichnet und ankündigt, noch ehe ihr den Mund aufmacht.«

»Du bist auch schön«, sagte ich ihr damals.

»Du bist viel schöner als ich«, erwiderte sie lachend, »und wenn wir zusammen auf der Straße gehen, gucken alle nur dich an.«

»Aber ich bin bloß von außen schön, und du bist so klug und so besonders und hast tausend Schichten«, wandte ich ein.

Fünfunddreißig Jahre sind vergangen, seit wir uns getrennt haben und ich in die Vereinigten Staaten fuhr, eine Reise, die ursprünglich lindern und heilen sollte und dann dazu führte, dass ich dort blieb. Fünfunddreißig Jahre, in denen ich sie nicht gesehen habe, aber die Zeit – ich spüre eindeutig ihren Verlauf – beließ sie weiter an meiner Seite. Fünfunddreißig Jahre, in denen ich ihren Geburtstag stets an meinem gefeiert habe, denn durch einen wunderbaren Zufall sind wir beide am selben Tag desselben Jahres geboren, ich allerdings eine Stunde früher.

Als wir das entdeckten, sagte sie: »Wie schön zu wissen, dass wir am selben Tag zur Welt gekommen sind.« Doch ich maulte: »Als ich geboren wurde, war ich eine geschlagene Stunde ohne dich, aber als du geboren wurdest, war ich schon da und wartete auf dich.«

Sie lachte schallend, umarmte mich und sagte: »Du Dummerchen, so muss es sein«, und: »Itta, du Romantiker, was soll bloß aus dir werden?« Und mir traten die Tränen in die Augen.

»Du bist total bekloppt«, sagte Boas und kippte sein Glas in einem derben Zug, indem er den Kopf zurücklegte. Ich sagte schon: Ich mag es nicht, wenn er so trinkt, aber zu dieser Abendstunde konnte ich mir Bemerkungen noch verkneifen.

»Einmal habe ich es deinem Vater erzählt«, fuhr ich fort, »und der hat mir gesagt: Es ist sehr gut, wenn ein Ehepaar, oder überhaupt Familienmitglieder, an ein und demselben Tag geboren sind.«

»Unserem Vater«, korrigierte mein Bruder mich wieder.

»Das ist sehr gut«, hat mir unser Vater erklärt, »so könnt

ihr sparen. Eine Geburtstagsparty für beide macht weniger Ausgaben.«

»Er war schon ziemlich geizig«, sagte Boas. »Auf jeden Fall gemessen an dem Geld, das er verdiente. Erinnerst du dich noch, wie er im Haus rumlief und die Lampen löschte?«

»Die Glühbirnen«, korrigierte ich ihn.

»Aber in diesem Punkt hatte er recht. Es ist wirklich schade, dass ihr nicht zusammengeblieben seid«, sagte Boas, »denn wie ich euch zweie kenne, dich zumindest ...«

»Wie ich euch zwei kenne«, berichtigte ich ihn, »nicht zweie, ein Glück, dass Mutter schon tot ist und dein Hebräisch nicht hört.«

»Ich beherrsche mich und geh nicht drauf ein«, sagte er. »Was ich sagen wollte: Wie ich euch zweie kenne, sterbt ihr bestimmt auch am selben Tag, und wie ich Vater kenne, hätte er sicher gesagt, eine Beerdigung und Trauerwoche für zweie macht auch weniger Ausgaben.«

Wir beide, Michal und ich, sind fünfundsechzig Jahre alt. Ich lebe in Charlottesville, Virginia, USA, und fahre jedes Jahr nach Israel. Sie lebt in Tel Aviv und reist viel in der Welt herum. Manchmal sehe ich ein Foto von ihr im Internet, wie sie noch einen Wissenschaftspreis oder Ehrentitel verliehen bekommt, manchmal mit ihrem Mann, ihren beiden Töchtern – die ältere, eine Kinderärztin, sieht ihr so ähnlich, dass es wehtut –, und den vier Enkelkindern.

Mir schaudert, wenn ich sehe, was die Jahre ihr angetan haben. Ich selber bin – wie sie es, als wir jung waren, vorausgesagt hat – weitgehend vom Zahn der Zeit verschont geblieben: Mein Haar hat sich mit etwas Grau geschmückt, ist aber immer noch dicht. Meine Zähne sind vollzählig und makellos, meine Haltung ist aufrecht, und ich habe keine Spur von Bauchansatz. Nur ein paar kleine Härchen lugen mir neuerdings aus Ohren und Nasenlöchern, und mein Friseur versengt sie mit der blau schimmernden Flamme eines in Spiritus getränkten Wattebauschs.

»Beruhigen Sie sich, Mr Diskin«, sagt er und grinst angesichts der Angst, die mir jedes Mal ins Gesicht geschrieben steht, »erinnern Sie sich an unsere Herkunft. So macht man es doch bei uns im Middle East.«

Mein Friseur ist ein Immigrant aus dem Libanon. Alle zwei Wochen suche ich seinen Barbershop auf, eine kleine nahöstliche Insel im so amerikanischen Charlottesville. Er reicht mir zur Begrüßung ein Glas mit Wespentaille, breiten Hüften und üppigem Busen, voll mit süßem Tee, und wenn ich es ausgetrunken habe, nehme ich die Brille ab und überlasse meinen Kopf seiner Pflege.

Er ist ein Friseur alter Schule, bearbeitet mein Haar mit klappernden Scheren, raschelndem Kamm und wisperndem Messer und beäugt mich spöttisch: Warum ich meine Brille denn in der Hand behalte, statt sie auf die Ablage unter dem Spiegel zu legen. Er schneidet und kämmt und sengt, und danach fährt er mir mit einer großen, weichen Bürste über den Nacken, massiert meinen Schädel mit duftenden Essenzen, klopft mir auf die Wangen, kneift sie leicht und befindet: »*Tamaam* – perfekt!«

Ich setze rasch die Brille wieder auf, und die zwei verschwommenen Flecken in dem großen Spiegel verwandeln sich wieder in ihn und mich.

»Es ist angenehm, einen Mann zu bedienen, der so aussieht wie Sie«, sagt er wie bei all meinen vorigen Besuchen. »Vielleicht fotografiere ich Sie und stelle Ihr Bild ins Schaufenster?«

Doch der Mann, der so aussieht wie ich, lehnt erneut höflich ab, lächelt erneut in den Spiegel. Da bin ich. Sehe entschieden so aus wie ich. Da sind die Falten – fein und wenig –, die in meinem Gesicht dazugekommen sind, sie verleihen mir einen trügerischen Ausdruck von Weisheit und Tiefe. Da ist auch meine hohe Stirn, da sind meine Augen, goldgrün und trügerisch.

Meine hohe Stirn täuscht, weil sie eine Empfindsamkeit andeutet, die ich nicht besitze, und meine Augen täuschen, weil sie trotz ihrer reizvollen Farbe extrem kurzsichtig sind, weshalb ich sie bei jedem Besuch in Israel von Dr. Levin, meiner Augenärztin, untersuchen lasse. Ich schreibe dies, weil auch meine Kurzsichtigkeit zu meinen wichtigen Eigenschaften gehört. Wie mein Aussehen ist es ein körperliches Merkmal, kein seelisches oder geistiges, aber diese beiden Dinge haben meinen Lebenslauf mehr bestimmt als alles andere. Auch die Geschichte, die ich hier zu schreiben versuche, wäre ohne sie nicht passiert.

Wie dem auch sei, ohne meine Brille kann ich nicht einmal mein Gesicht im Spiegel des Friseurs erkennen, auch nicht meinen Bruder, mein eigen Fleisch und Blut, wenn wir auf dem Balkon meines Hotelzimmers sitzen und uns unterhalten. Manchmal stelle ich bei mir zu Hause ein Experiment an: Ich nehme die Brille ab und gehe auf den großen Spiegel am Ende des Flurs zu, um herauszufinden, aus welcher Entfernung ich mich selbst erkenne. Würden diese Augen die verstrichene Zeit überwinden, falls ich dir, Michal, zufällig oder nicht zufällig begegnete?

Manchmal, allein vor diesem Spiegel, rede ich mit mir selbst. Meist still im Herzen, aber gelegentlich entschlüpfen auch einige Worte meinem Brustkorb: Was bist du mehr, Itamar, schön oder kurzsichtig? Und dann versuche ich herauszufinden, ob ich mit Brille besser aussehe oder ohne. Aber das kann ich nicht vergleichen, denn wenn ich sie abnehme, muss ich sehr nahe an den Spiegel treten, und bei diesem geringen Abstand verändern sich die Gesichtszüge.

Nicht nur ich kann mich da nicht entscheiden. Oft habe ich diese Bitte gehört, zumeist aus dem Mund einer Frau: »Nimm einen Moment die Brille ab, Itta« – oder Itamar, je nachdem, wie nahe wir uns stehen oder welche vermeintliche Nähe sie prüfen möchte –, »ich will mal sehen, wie du schöner bist, ob mit Brille oder ohne.«

»Itta mit Brille sieht ganz anders aus als Itta ohne, aber beide sind schön«, hatte Michal einmal zu Boas und Maya gesagt und lachend hinzugefügt: »So habe ich zwei schöne Männer, aber das ändert nicht viel, denn nicht seine Brille entscheidet, sondern ich.«

»Die Schönheit liegt im Auge des Betrachters?«, fragte Maya, die Michal nie gemocht hatte und unverhohlen froh war, als wir uns trennten. »Sogar eure Mutter hat gesagt: ›Michal ist zu stark und zu klug für unseren Itamar, mit einem Leidenskelch wird sie ihn tränken‹«, zitiert sie Boas und mir bis heute Mutters Worte.

»Es ist viel einfacher«, sagte Michal, »stell dich bitte einen Moment neben mich.«

Ich stellte mich einen Moment neben sie, bitte schön, wie ich alles tat, worum sie mich bat.

»Seht ihr?«, fragte sie. »Spürst du's, Itta? Sobald du mir nahekamst, wurdest du viel schöner. Wenn du neben ihn trittst, Maya, wird das nicht passieren.«

»Michal, du übertreibst«, sagte ich.

»Ich übertreibe bei allem. Bei meiner Arbeit, bei meinen Plänen, und auch bei der Liebe übertreibe ich. Soll ich damit aufhören? Normal sein?«

4

Dann sind Sie eine Art Heiratsvermittlerin?«, fragte ich die Barwirtin. »Führen Ihrer jungen Freundin schöne Männer zu?«

»Nein«, sagte sie. »Vor ein paar Tagen hat sie hier gesessen, genau auf dem Stuhl, auf dem Sie jetzt sitzen, und wir haben uns unterhalten. Sie fragte mich, ob ich mal mit einem schönen Mann zusammen gewesen sei, mit einem wirklich schönen Mann, Miss Universe, hat sie gesagt. Ich bejahte, tatsächlich sei ich mal mit so einem Mann ausgegangen, und es sei sehr angenehm gewesen. Es ist angenehm, in so ein schönes Gesicht zu schauen, wenn man Körper an Körper liegt, ihn zu spüren und zu denken: Mein Gott, ich bin mit Endymion höchstpersönlich im Bett.«

»Wer ist Endymion?«, fragte Boas.

»Das habe ich auch gefragt, und sie antwortete, Endymion sei der schönste Mann in der griechischen Mythologie.«

»Geht mir am Arsch vorbei, dieser Endymion«, blaffte Boas. »Ich belämmere andere Leute auch nicht mit irgendwelchen Treibriemen und Ventilen, da sollen die mir gefälligst nicht mein Hebräisch korrigieren und mit der griechischen Mythologie rumprahlen …«

»Sie erzählte mir, sie hätte mal einen schönen Mann kennengelernt«, fuhr die Wirtin fort, »einen richtig gut aussehenden, der sie jedoch gar nicht beachtet habe, und seither sei ihr die Lust geblieben.«

»Auf diesen bestimmten oder allgemein auf einen schönen Mann?«

»Sie hat es besser ausgedrückt als wir beide: Ich habe seither eine ungestillte Leidenschaft. Ich muss diese Sache irgendwann zum Abschluss bringen.«

»Aha, sie ist also eine von denen, die was abhaken wollen«, erwiderte ich. »Sich einen schönen Mann angeln, ihn vorzeigen, mit ihm angeben, schaut, wen ich hier habe, und zum nächsten übergehen.«

»Kein Grund, wütend oder gar arrogant zu werden«, gab sie zurück. »Nicht alle haben es so leicht wie Sie. Zeigen Sie Respekt für ungestillte Leidenschaften und für die Menschen, die sie empfinden. Wenigstens einmal das schöne Gesicht eines Mannes aus Kussdistanz sehen, hat sie gesagt. Und gelacht: Ein einziges Mal … Worum habe ich denn schon gebeten?«

»›Worum habe ich denn schon gebeten‹, das ist Mayas Ausdrucksweise«, bemerkte Boas.

»Und ich habe ihr gesagt«, fuhr die Wirtin fort, »aus Kussdistanz ist es verschwommen. Zu nah dran. Man sieht nichts aus dieser Entfernung.«

»Bei mir nicht, nicht mit meinen Augen«, wandte ich ein. »Aus der Nähe sehe ich besser als alle anderen.«

»Was gibt's da so viel zu erklären? Wie sich ein Mann mit einer sehr schönen Frau fühlen kann, genau das will sie mal mit einem schönen Mann erleben. Und dann sind Sie heute reingekommen, und ich habe die Freundin angerufen und auch sofort zu meinem Koch gesagt, er soll keinen Knoblauch auf die Bruschette tun, die ich zu Ihrem Grappa bei ihm orderte.«

»Die denkt wirklich an die kleinsten Dinge«, sagte Boas, »das ist gut. Wenn man einen Plan hat, muss man nicht nur an die Einzelheiten denken, sondern auch an alles, was ihn zu Fall bringen könnte.«

»Gut«, sagte die Wirtin, »es war mir ein Vergnügen, mit Ihnen zu sprechen, zum einen, weil Sie wirklich ein angenehmer Anblick sind, und zum anderen, weil ich tatsächlich etwas von einer Heiratsvermittlerin habe.«

»Auch Vater hat sich als Vermittler bezeichnet. Erinnerst du dich, Itta?«

»Vermittle Fleisch an Mäuler, bringe Münder an Euter«, deklamierten wir gemeinsam, in seinem Tonfall.

»Und wenn Ihre Freundin mir nicht gefallen sollte?«, fragte ich die Wirtin.

»Sie wird drüber wegkommen. Das könnte auch umgekehrt passieren, man kann nie wissen.«

»Okay«, sagte ich, »in Ordnung.«

»Eine schlechte Entscheidung«, meinte Boas. »Du hättest ablehnen sollen.«

»Eine gute Entscheidung«, sagte die Wirtin. »Schalom und danke und verzeihen Sie die Störung. Wenn Sie das nächste Mal auf Heimaturlaub kommen, würde ich mich freuen, Sie wieder hier begrüßen zu dürfen. Ich werde Ihnen dann nicht mehr ins Leben reinfunken und Ihnen auch Knoblauch auf die Bruschette geben.«

»Ehrlich gesagt mag ich keinen Knoblauch, unabhängig von Ihrer Vermittlung.«

»Und ich biete Ihnen jetzt keinen Grappa mehr an, weil Sie vielleicht noch ein bisschen Auto fahren müssen heute Nacht.«

Sie kehrte an ihren Tisch und zu ihrer Tochter zurück und warf mir hin und wieder einen halb ermunternden, halb prüfenden Blick zu: als müsste sie sich vergewissern, dass ich nicht erschrocken war, nicht plötzlich aufsprang und weglief.

»Und vor allem, dass du nicht plötzlich hässlich geworden warst«, sagte Boas.

Ohne dass sie dem Barmann ein Wort gesagt hatte, servierte er mir ein Gläschen kaltes Mineralwasser, einen Espresso und dazu ein Marzipanhäufchen, in dem eine geschälte Mandel steckte – nicht der passendste Abend, um mich an dich zu erinnern, Michal, an deinen Venushügel, deine Bittersüße, deinen Mandelduft.

»Warum bist du wirklich dageblieben, Itta? Warum bist du nicht aufgestanden und gegangen?«, fragte Boas.

»Wärst du gegangen?«

»Vielleicht. Bin nicht sicher. Ich bin aber auch verheiratet und habe eine Familie zu beschützen. Und es hängt wohl von tausend anderen Dingen ab, die einem in den Tagen zuvor und an dem Abend selbst passieren.«

Ich schwieg.

»Jedenfalls, da sind wir nun, beide schon über sechzig«, fuhr er fort. »Kaum zu glauben. Zwei alte Frachtschiffe, die nirgends hinkommen ohne Lasten im Bauch und ohne all die *barnacles,* die das Leben uns an den Körper geklebt hat.«

»Ohne was?«

»*Barnacles.* Ein Seemannsausdruck. Das sind die Muscheln und Algen und der ganze Dreck, die an den Schiffen festkleben. Du hast mir keine Antwort gegeben. Warum bist du dageblieben? Warum hast du auf sie gewartet?«

»Keine Ahnung«, sagte ich, »es war nicht das erste Mal, dass mich jemand verkuppeln wollte, aber so wie an jenem Abend war ich noch nie angesprochen worden. Ich war neugierig.«

»Und ist die Frau gekommen? Ist sie wirklich aufgetaucht?«

»Na klar. Sonst hätte ich dir keine Geschichte zu erzählen.«

»Und was hast du so lange gemacht?«

»Hab gewartet. Warten ist auch eine Arbeit. Manche Menschen schieben dabei Überstunden.«

Und im stillen Herzen: Ich habe gewartet. Mir Möglichkeiten ausgemalt. Habe die Freiheit des Reisenden gespürt, die seine Fremdheit ihm verleiht. Und mich wie gewohnt mit meinem *sarefet* unterhalten – meinem Zwerchfell. »Wer ist nach wem benannt?«, fragte ich. »Du nach den *sar'afim* – den Gedanken – oder die nach dir?«

Anscheinend hatte ich die letzten Worte laut gesagt, denn Boas fragte: »Redest du viel mit ihm?«

»Mit wem?«

»Wenn ich den letzten Satz richtig verstanden habe, dann mit deinem Zwerchfell.«

»Ich rede mit all den Freunden und Freundinnen in meinem Körper. Mit den Daumen, mit den Ohren, mit dem Darm, aber das Zwerchfell ist der Einzige, der mir antwortet.«

»Ich rede vor allem mit meinem Penis«, sagte Boas. »Er beklagt sich: Warum hat man mich dir angehängt und nicht deinem Bruder Itamar.«

»Na, ich bittich, Boas«, sagte ich, und wir beide lachten, denn so hatte unser Vater, Buchstaben verschluckend, »Na, ich bitte dich« gesagt.

»Ich reagiere nicht auf solche Provokationen«, fuhr ich fort. »Außerdem ist der Penis das langweiligste und einfältigste Glied unseres Körpers. Das Zwerchfell ist viel klüger und interessanter.«

5

Die Minuten vergingen. Nach etwa einer Viertelstunde erhob sich die Wirtin mit ihrer Tochter, sie sagte noch etwas zu dem Barmann und etwas zu einem der Kellner, schenkte mir ein kleines Lächeln und nickte zum Abschied. Ich streckte ihr den triumphierend erhobenen Daumen entgegen wie ein Pilot und kam mir albern, um nicht zu sagen, wieder idiotisch vor.

»Kummer seiner Mutter, wie Mutter dich manchmal genannt hat«, bemerkte Boas.

Ich blieb sitzen, schob einen Krümel Marzipan nach dem anderen in den Mund und beschnupperte meine Fingerspitzen, wie in den Zeiten mit Michal, als ich mich nicht wusch, wenn wir miteinander geschlafen hatten, um ihren Duft noch einige Stunden zu bewahren.

Die Bar leerte sich nach und nach, und während ich überlegte, ob ich bleiben oder ins Hotel zurückkehren sollte, kam die Frau herein, auf die ich wartete. Sie hielt kurz am Eingang inne, schenkte mir dann ein breites Lächeln, vielleicht etwas zu breit, und schien ein wenig erstaunt zu sein. Anscheinend war ich anders als der Mann, den sie sich vorgestellt oder gewünscht hatte.

Sie war von mittlerer Größe und Statur und, die Wirtin

hatte nicht gelogen, hübsch. Ihr glattes braunes Haar gefiel mir auf Anhieb, denn es endete in ihrem Nacken genau wie bei Pony Hütchen, dem Mädchen aus Erich Kästners *Emil und die Detektive,* in das ich mich mit elf Jahren verliebte.

Sie kam auf mich zu. Ich erhob mich vom Stuhl und blickte sie an, ihre aufrechte Haltung und ihren ruhigen Gang. Es ist gut, wenn der erste Blick, den man auf einen Menschen wirft, ihn im Gehen trifft, und noch besser ist es, wenn der Mensch auf einen zugeht. Der Körper erzählt dann von seiner Selbstachtung, seinem Verhältnis zur Umgebung, seinem Leben in Frieden oder Unfrieden mit seinem Besitzer, mit seinen Gliedmaßen, mit anderen Körpern, mit sich selbst.

Nun blieb sie nahe vor mir stehen. Sie trug eine glatte, grünliche Leinenhose mit scharfer Bügelfalte, von der Sorte, die unsere Mutter als »gute Hose« bezeichnet hätte, und darüber eine ebenfalls adrette weiße Hemdbluse aus Baumwolle, die ihre Haut kaum berührte. Ihr Gesicht war ungeschminkt, der Mund ausdrucksvoll, die Stirn strahlend. Braune Mandelaugen. Ein feiner, angenehmer Geruch nach unparfümierter Seife umwehte sie.

Ich fragte mich, was wohl der erste Satz sein würde, den sie an mich richtete. Oder erwartete sie vielleicht, dass ich das Gespräch eröffnete?

»Maya hätte gefragt, was für Schuhe sie trug.«

»Flache, braune Mokassins. Witzig, genau wie die, die ich jetzt anhabe. Weißt du, was Maya mir mal dazu gesagt hat? Nur ein Mann wie du kann es sich erlauben, diese hässlichen Dinger zu tragen.«

»Was hast du ihr dann gesagt?«

»Ich fände sie hübsch.«

»Nicht zu Maya. Was hast du der Frau gesagt, die gerade in die Bar gekommen war?«

»Ich wollte ihr sagen: Schalom, bist du die Frau, die einen schönen Mann treffen wollte?«

»Ich hoffe, du hast diesen platten Satz nicht ausgesprochen.«

»Sie ist mir zuvorgekommen und hat gesagt: Schalom. Bist du der schöne Mann, den man mir versprochen hat?«

»Nicht weniger platt. Und was hast du geantwortet?«

»Von dem Versprechen weiß ich«, habe ich erwidert. Und wie ein Nilpferd im Schwanensee fuhr ich fort: »Was den schönen Mann angeht, musst du selbst entscheiden. Es ist nicht zu spät, auf dem Absatz kehrtzumachen und wegzugehen.«

»Ich habe in dem Moment entschieden, als ich dich zu Gesicht bekam, und wie du siehst, bin ich geblieben. Ich bin da.«

Ich rückte ihr den Stuhl neben mir zurecht, sah, dass ihr Blick kurz meinen Hintern streifte, und lächelte insgeheim. Dabei musste ich an Maya und noch einen ihrer Aussprüche denken.

»Schon wieder Maya …? Ich komm zu dir ins Hotel, damit wir zwei unter uns sind und sie uns nicht dauernd reinquatscht, und du erwähnst sie alle naselang.«

»Einmal hat sie zu mir gesagt – hör mir zu, Boas, ich bleibe schon beim Thema –, Frauen würden eher auf den Hintern schauen als auf die Hände.«

»Ein Problem für sich«, sagte Boas.

»Was sollen diese Verallgemeinerungen, Maya?, hab ich

sie gefragt. Was heißt ›Frauen tun dies, tun das‹? Darauf hat sie geantwortet: Itta, genug mit deinen amerikanischen Korrektheiten. Wir Frauen schauen auf den Arsch. Allesamt. Punkt.«

»Okay«, habe ich gesagt, »ist mir ein bisschen zu hoch, aber macht nichts.«

»Der Arsch braucht nichts zu liefern als seine Form«, erklärte sie. »Er braucht keine Informationen zu übermitteln wie die Hände und keine Gefühle zu zeigen oder Geschichten zu erzählen wie das Gesicht. Er muss weder Verstand noch Humor demonstrieren, nur schön sein und fertig, also wie du, Itta.«

»Danke«, erwiderte ich.

»Das ist ein Kompliment. Du bist ein Über-Hintern«, lachte sie, »das ist ein Oxymoron, aber genau das bist du.«

»Diesen Stil kenne ich bei Maya gar nicht«, sagte Boas.

»Vielleicht, weil du nur den kennst, den sie dir gegenüber verwendet.«

»Worauf willst du hinaus?«, fragte er nervös.

»Beruhig dich, Boas. Unser Abend hat gerade erst angefangen. Die Menge, die wir bisher getrunken haben, rechtfertigt so eine Reaktion noch nicht.«

»Wie soll ich das nun wieder verstehen, Itamar, dass du und meine Frau durchaus genug trinkt bei euren Gesprächen?«

Obwohl Boas mir den Kosenamen »Itta« verliehen hat, sagt er, wenn er zornig auf mich ist oder so tun will, auch schon mal »Itamar«, mit demonstrativer Betonung auf der letzten Silbe, wie unsere Mutter.

Jetzt ergriff er die Flasche, schenkte wieder nach, nicht randvoll – »Ich kann es nicht leiden, wenn du ganz bis zum Rand eingießt« –, und achtete bei unseren beiden Gläsern auf genau gleichen Pegelstand.

»Lustig, wie exakt du einschenkst.«

»Die Gleichheit muss sich auch in Kleinigkeiten ausdrücken, Itamar. Und außerdem sind unsere Brüdernächte, von all den Erinnerungen und Gesprächen abgesehen, auch schon zu einer Art Ritual geworden. Wir haben die Regeln zwar nicht niedergeschrieben, halten sie aber penibel ein.«

Tatsächlich bereitet Boas bei jeder Brüdernacht dieselben Mezze auf dieselbe Weise vor: Fischrogen-Creme, Skordalia, geröstete Lupinen, bulgarische Salami, bucharisches Pita-Brot, grüne Tahini-Paste, die er mit zu viel Knoblauch, Petersilie und Minze anrührt, wobei er alle Kräuter mit dem Opinel-Messer hackt, das mal unserem Vater gehört hat, und ein Salat aus Knoblauchgrün und Chilis, den er selbst zubereitet und den ich nicht anrühre.

Ich wiederum stelle diese Tellerchen und Näpfe im immer gleichen Arrangement auf den Tisch, in derselben Anordnung zueinander und mit denselben Intervallen zwischen dem Klicken von Glas, Ton und Holz. Dazu platziere ich die Schachtel mit Papiertaschentüchern, die beiden Schnapsflaschen, eine Wasserkaraffe sowie große und kleine Gläser. Immer finden unsere Brüderabende in meinem Hotelzimmer statt und nicht bei ihm zu Hause.

Ich sagte es schon: Der Grund ist Maya. Erstens ist sonnenklar, dass sie sich selbst zu unserem Treffen einladen und aktiv an unserem Gespräch beteiligen würde, und da sie schneller und scharfsinniger ist als wir beide, würde sie reinreden, korrigieren, spotten und dadurch die Mauern der Geheimhaltung und die Schranken der Vorsicht verstärken. Und zweitens haben wir in diesen Nächten unweigerlich Gefühlsausbrüche, jeder auf seine Weise: Ich breche zwei-, dreimal in Tränen aus – genau dafür stehen die Taschentücher bereit –, und Boas bekommt zwei, drei Wutanfälle, und wir wollen nicht, dass Maya meine Schwäche oder seine Wut mitbekommt. Drittens thematisiert sie auch bei sonstigen Treffen und gemeinsamen Essen unablässig unsere Trinkgewohnheiten und die schädlichen Auswirkungen des Alkohols auf Leib und Seele des Menschen. Und überhaupt, wie Boas erklärt: »Sie ist schlichtweg eifersüchtig. Sie erträgt es fast nicht, dass wir einander den Vorzug vor ihr geben, selbst wenn wir Brüder sind und es nur um eine einzige Nacht im Jahr geht.«

Wir tranken das erste Glas auf das Leben unserer toten Eltern und noch einen Schluck auf uns, ihre lebenden Söhne.

»Nicht so große Schlucke«, ermahnte ich Boas, wie ich es stets tat und weiterhin tun werde: »Boukha ist ein edles und kultiviertes Getränk, anders als die Wodkas, die Vater gekippt hat.«

»Auch Wodkas hat er gekippt?«

Wir lachten. »Wir haben noch gar nichts getrunken, und schon bist du bei ihm und seinen Angelegenheiten?«, tadelte ich ihn.

»Du hast angefangen.«

»Hörst du das Meer?«, fragte oder sagte ich.

Boas verzog die Miene. »Meer hatte ich mehr als genug. Genug fürs ganze Leben«, gab er zurück. »Der einzige

Vorteil daran war, möglichst tief und möglichst weit weg von Vater und Mutter zu sein. Aber komm mal auf deine Geschichte zurück.«

»Ich komm darauf zurück, aber erst mal rekapituliere ich: Ich sitze mit einer Frau an der Bar. Es ist das Jahr 1990. Man darf in Bars und Restaurants noch rauchen. Es gibt weder Handys noch Internet. Ich bin fünfundvierzig Jahre alt, und du bist zwei Jahre jünger.«

»Unser fünftes Jahrzehnt – für Männer das beste von allen«, stellte er fest.

»Nicht bei allen. Ich zum Beispiel wollte von Kind auf dreißig Jahre alt sein, und dann war es das beschissenste Jahr meines Lebens.«

»Warum?«

»Vater starb, ich ging nach Amerika, reicht das nicht?«

»Ich dachte, um Vater hätte es dir nicht besonders leidgetan«, sagte Boas.

»Weit mehr, als ich gewollt hatte, und weit mehr, als du denkst.«

»Und ich dachte, es ginge dir gerade gut in den USA.«

»Mir geht es sehr gut in den USA, aber was tut das zur Sache?«, sagte ich.

Und still für mich: Michal – in dem Jahr hat sie mich verlassen. War mit dem Wehrdienst fertig und auch mit mir, und danach haben wir uns nie wiedergesehen.

Manchmal hörte ich ihre Stimme noch. Seltene und höfliche Telefongespräche, mal Glückwünsche zum Geburtstag, nicht zu allen, mal »Schana tova« zum jüdischen Neujahrsfest, nicht jedes Jahr, und ein andermal: »Ich habe gehört, du bist ein bisschen mit der Freundin einer Cousine ausgegangen, von mir aus ist das völlig in Ordnung.« Und auch: »Ich habe gehört, dass dein Vater gestorben ist. Er konnte mich nicht ausstehen, aber trotzdem herzliches Beileid.«

»Nett von dir, Michal, danke.«

Und ein paar Jahre später: »Ich habe gehört, dass deine Mutter … Ich weiß, wie sehr du an ihr hingst.«

»Danke. Ich nehme an, deine Mutter wird lange leben.«

»Ja, Itta, du bist gerettet, in unserer Familie leben wir Frauen lange.«

Sie hatte die Angewohnheit, beim Telefonieren auf und ab zu gehen, und ich erinnere mich, wie ihre Schrittgeräusche unsere kurzen Gespräche begleiteten. Ich stellte mir ihre Beine vor: angefangen beim Klacken der festen, quadratischen Absätze ihrer Schuhe, dann die Waden hinauf zu ihren warmen, kindlichen Knien und ihren Schwimmerinnenschenkeln. Der Klang ihrer Stimme spannte sich vom Hörer in mein Ohr, und ich schritt – einem Seiltänzer gleich, mit geschlossenen Augen – darüber. Lief zu ihren Lippen, tief hinab zu ihrer Kehle, ihren Stimmbändern, ihrem Leib.

6

Wie alt war sie wohl?«

»Ich habe nicht gefragt. Fünfunddreißig, vielleicht siebenunddreißig, schätze ich.«

Sie setzte sich, aber nicht auf den Stuhl neben mir, sondern auf den, von dem ich aufgestanden war.

»Das ist angenehm«, sagte sie, »draußen ist es schon kühl, und der Stuhl speichert noch deine Wärme.«

»Hoppla!«, rief Boas. »Gleich zur Sache.«

»Hör auf mit diesem Hoppla, Boas, das Wort nervt.«

Sie fragte, ob es da, wo ich herkäme, noch mehr schöne Männer wie mich gebe. Ich antwortete: Wenn ich eine Frau wäre und ein Mann mir diese Frage stellen würde, wäre ich nicht besonders erfreut darüber.

»Mich hätte es nicht gestört«, sagte Boas.

»Dich hätte sie nicht gefragt«, gab ich zurück.

»Ich bin hier«, antwortete ich. »Jetzt ist dort also keiner mehr so schön wie ich.«

»Du bist auch ein bisschen witzig. Das ist gut.«

»Ich bemühe mich, aber es ist nicht gerade meine Stärke.«

»Ich hoffe, sie hat dich jetzt gefragt, was denn dann deine Stärke sei«, sagte Boas.

»Du kannst dich beruhigen. Sie hat gefragt, wie ich heiße.«

»Und was hast du gesagt? Itta oder Itamar?«

»Ich habe Gadi gesagt.«

Boas wäre beinahe aufgesprungen. »Gadi!«, rief er. »Wieso denn Gadi?«

»Keine Ahnung. Der Name ist mir da gerade eingefallen.«

»Was heißt, keine Ahnung? Das ist der Name deines besten Freunds vom Militär, Gadi Altmann, der den Boukha destilliert, den wir hier trinken. Hast du das vergessen?«

»Daran habe ich nicht gedacht, als ich ihr antwortete.«

»Aber warum überhaupt ein anderer Name? Warum hast du dich nicht mit deinem richtigen Namen vorgestellt?«

»Weiß nicht. So war es eben. Sie hat mich nach meinem Namen gefragt, und was mir gerade einfiel, war Gadi.«

»Das ist keine Antwort. Jetzt mal raus mit der Sprache.«

»Wir sind nicht beim Verhör, Boas, wir sind mitten in einer Geschichte, die ich dir erzähle. Es ist eine wahre Geschichte. Tatsache ist, dass ich beschloss, ihr einen anderen Namen zu nennen, und auch, dass mir da der Name Gadi einfiel.«

»Wovor hast du dich in Acht genommen? Kam dir was verdächtig vor?«

»Kann schon sein, weiß nicht.«

»Das heißt, der misstrauische und vorsichtige Itta hat einen falschen Namen angegeben, aber der arglose und einfältige Itta ist mit ihr nach Hause gegangen?«, sagte Boas und lachte. »Kummer seiner Mutter, wie sie dich nannte.«

»Das war einer ihrer Bibelsprüche«, sagte ich. »›Ein dummer Sohn ist der Kummer seiner Mutter.‹ Eine höfliche und gepflegte Art, mich als Deppen zu bezeichnen. Woher weißt du, dass ich mit dieser Frau nach Hause gegangen bin?«

»Na, ich bittich«, sagte Boas, und wir kicherten beide auf pawlowsche Weise, fast automatisch. »Wenn du nicht mit zu ihr nach Hause gegangen wärst, hättest du mir heute Abend keine Geschichte zu erzählen.«

»Warum? Vielleicht haben wir die ganze Nacht zusammengesessen und geredet? Vielleicht sind wir am Strand spazieren gegangen?«

»Du bist nicht der Typ, der am Strand fickt, mit dem ganzen Sand überall.«

»Ich bin kein Typ, der fickt, Punkt. Ich kann dieses Wort nicht ausstehen«, gab ich zurück.

»Wie konnte ich das nur vergessen … Richtig, du bist ja der schöne Sohn deiner Mutter mit ihrem schönen Hebräisch. Unser Itamar, der eine Frau nicht fickt, sondern sich mit ihr an Liebesäpfeln labt, oder an Traubenkuchen, oder was Mutters biblischer Wortschatz sonst so hergibt.«

Damit verstummte er, und als ich nicht reagierte, rief er: »Weißt du, was? Dann hast du eben nicht gefickt. Diese Frau hat dich mit nach Hause genommen und *dich* gefickt.«

»Sehr schön, Boas. Du hast dieses Wort jetzt genug konjugiert für die ganze Nacht. Können wir weitermachen? Hast du dich abgeregt?«

Er grinste.

»Sie hat mich tatsächlich in ihr Haus mitgenommen, und wir haben auch miteinander geschlafen, aber die Geschichte dreht sich um was ganz anderes.«

»Erzähl noch ein bisschen, wie sie aussah.«

»Habe ich doch gerade. Eine hübsche Frau. Ein paar Jahre jünger als ich. Ungeschminkt, hohe Stirn, niedliche, belustigte Mundwinkel, was mir an einem Gesicht besonders wichtig ist, gute Hose, nicht eng anliegend, Bluse …«

»Manche Mädchen tragen so enge Hosen, dass es einfach entsetzlich ist«, sagte Boas.

»Eine weiße Baumwollbluse …«

»Richtig, und Mokassins und so glattes, braunes Haar wie bei einer, die du mal gekannt hast.«

Ich seufzte: »Nicht wie bei einer echten Person, Boas, wie bei einer Figur aus einem Buch, das ich als Kind gelesen habe.«

»Für dich ist sie eine Figur aus einem Buch. Für den, der das Buch geschrieben hat, war sie völlig real.«

»Das ist eine sehr schöne Feststellung. Manchmal überraschst du einen.«

»Danke. Und die Augen?«

»Braun, ein wenig schräg. Mandelaugen. Habe ich auch schon gesagt.«

»Beine?«

Ich lachte. »Was bist du für ein Viehhändler.«

»Lang? Ich liebe lange Beine.« Plötzlich fing er an zu singen: »Und das, was … Und das, was … und das, was dazwischen ist.«

»Du bist unmöglich«, sagte ich. »Was ein bisschen Alkohol mit dir macht.«

»Wir kennen uns schon über sechzig Jahre. Du solltest allmählich wissen, dass ich auch ohne Alkohol so bin. Du hast mir nicht geantwortet. Lange Beine?«

»Bis an den Boden haben sie gereicht.«

»Das ist ein alter Witz, Itta.«

»Vorerst steckten sie in der Hose.«

»Und später? Als sie aus der Hose raus waren?«

»Wart's ab, Geduld. Wenn man eine Geschichte hört, muss man sich ihrem Rhythmus anpassen. Es ist anders als beim Lesen, wo man Seiten überspringen oder vor- und zurückblättern kann.«

»Und die Brüste?«

»Wie ich sie liebe. Ziemlich klein.«

»Bei Maya sind sie ziemlich groß«, sagte er auf einmal.

»Ich freue mich mit dir, Boas, habe aber kein Interesse daran, über die Brüste deiner Frau zu sprechen. Überhaupt taucht sie mir ein bisschen zu oft in unserer Unterhaltung auf.«

Er schlug mir auf den Nacken: »Vor allem deinetwegen, Itta.«

»Sachte bitte, Boas«, bat ich, »das hat wehgetan.«

7

Boas und Maya hatten jung geheiratet. Schnell scharten sie einige Paare um sich, von Boas' Marine und Mayas Sozialamt, die Maya an Freitagabenden zum Essen einlud. Ich gesellte mich manchmal dazu, und als ich Michal kennengelernt hatte, kam sie einmal mit und dann nicht mehr.

»Ja«, sagte Boas, »sie haben sich nicht so gut verstanden. Ich weiß noch, wie Maya mir einmal sagte, du hättest offenbar eine neue Freundin und seist unsterblich verliebt. Sie wolle die Frau gern kennenlernen, ich solle euch zweie einladen.«

»Euch zwei«, korrigierte ich ihn erneut.

»Beim Abendessen hat Maya dann Michal gefragt, ob sie Rot- oder Weißwein wolle, und Michal hat gesagt: alle drei.«

»Soll das witzig sein? Ich versteh diesen Humor nicht«, sagte Maya.

»Hier gibt's nichts zu verstehen«, erwiderte Michal. »Manche Menschen finden das lustig und andere nicht.«

Der Tisch verstummte.

»Und wenn es nicht lustig ist, ist das auch keine Katastrophe«, setzte Michal hinzu. »Es ist wie ein missglucktes Blind Date.«

Ich fürchtete schon, sie könnte aufstehen und gehen, hatte keine Ahnung, was ich dann tun sollte, aber Michal blieb bis zum Schluss, beteiligte sich an der Unterhaltung, half beim Abräumen und Geschirrspülen.

»War ich in Ordnung?«, fragte sie mich hinterher, als wir zu ihrer Wohnung gingen.

»Du warst, wie du immer bist – mehr als in Ordnung und mehr als alle«, antwortete ich.

»Die Tischrunde bei deinem Bruder und deiner nervigen Schwägerin hat mich an Rembrandts *Anatomie* erinnert«, sagte sie mir am nächsten Tag. »Wir waren die Leiche, umringt von ihnen und ihren Gästen, die uns sezierten. Mich vor allem.«

Sie zeigte mir das Gemälde sogar in einem ihrer Kunstbände.

»Da, das ist das Foto von dem Abendessen. Erkennst du Maya? Nein? Ich muss mich über dich wundern. Sie sitzt in der unteren Reihe, zweite von links.«

Ich lachte. »Und wo ist Boas?«

»Boas hat fotografiert, Itta.«

»Du bist witzig«, sagte ich, »und auf dem Gemälde gibt es einen Fehler. Der Arm der Leiche ist zu kurz. Ausgerechnet bei der Anatomiestunde hat sich ein anatomischer Fehler eingeschlichen, außerdem bist du keine Leiche, und kein Arzt seziert dich. Du bist ein Komet, und sie sind die Astronomen, die dich anschauen.«

Damals wie heute: Bei meinen alljährlichen Besuchen in Israel teilt Maya mir jedes Mal mit: »Wir haben Freitagabend einige Paare eingeladen, und die Frauen wollen wissen, ob auch Boas' Bruder kommt.«

»Warum essen wir nicht unter uns? Nur die Familie?«

»Boas fragt das auch, aber du kennst mich ja, ich lade gern Gäste ein, und ich prahle auch gern mit dir.«

»Hast du versprochen, dass ich komme?«

»Ich habe mir erlaubt, Erwartungen zu wecken.«

»Dann sag Ja. Ich komme.«

»Kommst du allein oder mit einer neuen Schönheit?«

»Das heißt, auch die Ehemänner sind neugierig?«

»Vielleicht bringst du einfach mal eine nette Frau mit? Du machst uns schwach mit deinen Schönheitsköniginnen.«

Ich bemühe mich, als Erster da zu sein, um mir und meiner Partnerin den Auftritt unter aller Augen zu ersparen, aber auch so begleiten uns den ganzen Abend aller Augen, mustern uns, als seien wir ein Leib, ein riesiger und gut aussehender Hermaphrodit, wandern von meinem Gesicht zu ihren Brüsten, von meinem Hintern zu ihren Augen, von ihren Lenden zu meinen. Was hat sie und was hat er an sich, was wir nicht haben?

Die Astronomen schauen, die Astronominnen prüfen. Mir ist klar, dass sie sich uns splitternackt und in jeder erdenklichen Position vorstellen. Ich bin, wie immer, verlegen, und die Kometin an meiner Seite lächelt sich eins. Sie spürt das Wirken der Anziehungskräfte, die Wellen und Strahlen, die Linien der Magnetfelder, und überlässt sich kurz dieser gesammelten Schwerkraft, die die bescheidene Galaxie Mayas und ihrer ganzen Heerschar streift: Marineoffiziere a.D., eine Sozialarbeiterin aus Mayas Abteilung, eine Geschäftsfrau und ihr Fremdenführer-Mann und ein Ärztepaar – »Früher haben wir uns mit Kinderärzten angefreundet, jetzt haben wir einen Urologen und eine Kardiologin da.«

Pupillen weiten sich bei unserem Anblick, Netzhäute drucken Bilder, Herzen pochen, Lungen füllen und leeren sich. Die Worte werden nicht ausgesprochen, sind aber zu hören.

»Schön und schön gesellt sich gern«, bemerkt ein Typ grinsend.

»Wie Geld zu Geld«, grummeln andere.

»Bleibt zusammen, seid fruchtbar und mehret euch und erfüllt die Erde mit Schönheit«, sagen verengte Pupillen und gesenkte Lider.

Heute, mit fünfundsechzig Jahren, höre ich dieses »Seid fruchtbar und mehret euch« nicht mehr so entschieden und häufig, aber damals gab es unter meinen Verwandten und Bekannten einige, die mich so unumwunden dazu drängten, dass es mich ärgerte: »Warum heiratest du nicht?« Wortwörtlich. Oder noch aggressiver: »Wie kann es angehen, dass ein so schöner Mann wie du keine schönen Kinder in die Welt setzt?« Den Vogel schoss natürlich meine Schwägerin ab: »Du Geizhals! Spende wenigstens Samen ...«, beschämte sie mich einmal vor ihren Gästen und vor meiner Begleiterin: »Der Mensch muss etwas zur Gemeinschaft beitragen. Worum habe ich dich denn schon gebeten, Itta?«

Und immer sind meine Partnerin und ich die Ersten, die sich dankend verabschieden. Maya sagt dann: »Danke, Itta, dass ihr uns jetzt Gelegenheit gebt, freimütig über euch zu reden.« Und ich sage: »Es war nett und köstlich, wie immer, Maya«, und wir gehen. Kehren zurück auf unsere

Umlaufbahn, begleitet von Blicken, grimmig lächelnden Gesichtern und einem Schwall von Getuschel.

Mal kommt meine Begleiterin mit zu mir, mal gehen wir zu ihr. Manchmal kehrt jeder zu sich nach Hause zurück. Mal vereinbaren wir ein zweites Treffen, mal nicht. Und gelegentlich begleitet eine mich zu einem weiteren Freitagabendessen, bis einige Wochen später auch sie verschwindet und ihrer Wege geht. Im Schmuck ihres Strahlenschweifs, in einem Schleier von Staub und Eis.

Anders verläuft der Abend, wenn ich allein komme. Dann bleibe ich als Letzter, helfe beim Geschirrwegtragen, Aufräumen, Putzen. Maya und ich spülen gemeinsam und unterhalten uns dabei.

»Warum benutzt ihr nicht die Spülmaschine?«, fragte Boas einmal, und das nicht belustigt, sondern in ärgerlichem, todernstem Ton. »Wozu haben wir sie denn angeschafft?«

»Weil du immer dabeistehst und mir Anweisungen gibst, wenn ich sie einräume«, konterte Maya. »Diese Pfanne leg so rein, der kleine Soßentopf muss vorher einweichen, den blauen Teller stell dahin …«

Und an mich gewandt, als wäre Boas gar nicht anwesend: »Seit dein Bruder im Ruhestand ist, ist das Haus sein U-Boot. Dauernd sucht er Risse und schließt Fenster, denn falls Wasser eindringt, gehen wir alle unter, nicht wahr?«

»Wie du in meiner Geschichte nach Fehlern und Widersprüchen suchst«, sagte ich zu ihm.

»Damit müsst ihr euch abfinden«, erklärte er. »Ich suche nach dem, was nicht in Ordnung ist, damit alles in Ordnung bleibt. Bei allem. So bin ich nun mal, wie unsere Mutter zu sagen pflegte.«

»Zu der Spülmaschine hat er eine besonders enge Beziehung«, fuhr Maya fort. »Kaum habe ich das Geschirr eingeräumt, kriegt er diesen Blick und denkt sich, ›Jetzt hol ich alles wieder raus, was du reingestellt hast, und ordne es neu ein. Da, siehst du, Maya? So ist Platz für ein weiteres Glas.‹ Hurra, Boas!«

»Heutzutage gibt es gar nicht so wenige Frauen, die meinen, sie könnten eine Spülmaschine richtig einräumen«, erklärte er mir, als wäre Maya gar nicht dabei. »Du hast dieses Problem nicht, Itta, du lebst allein und musst nicht jeden Handgriff deiner Partnerin kontrollieren.«

»Deine Partnerin kontrollieren? Hörst du deinen Bruder reden, Itta?«

»Und wie ich kontrollieren muss. Du spülst das Geschirr auch nicht ab, bevor du es in die Maschine stellst, und dann verstopfen die Düsen.«

»Stimmt«, sagte ich, »vor allem, wenn Orangen- oder Zitronenkerne drin hängen bleiben. Dauert Stunden, sie wieder rauszukriegen.«

Maya seufzte. »Trotz aller Unterschiede seid ihr in Wahrheit Zwillinge. Du bist genau wie er, Itta. Ich freue mich für alle Frauen, die dich nicht geheiratet haben.«

8

Die junge Freundin der Barbesitzerin lächelte: »Ein hübscher Name, Gadi. Beliebt in Kibbuzim. Bist du Kibbuznik?«

»Nein. Ursprünglich bin ich aus Jerusalem, und jetzt lebe ich in den Vereinigten Staaten. Und du? Wie heißt du?«

»Scharon.«

»Sehr erfreut.«

»Ebenfalls. Ich habe den umgekehrten Weg beschritten. Bin in den Vereinigten Staaten geboren, und wir sind nach Israel eingewandert, als ich ein Jahr alt war.«

»Darf man dich etwas fragen?«

»Immer.«

»Als du vorhin reinkamst und mich sahst, hattest du einen eigenartigen Gesichtsausdruck, als seist du überrascht.«

»Ja. Ich war überrascht. Du bist wirklich ein schöner Mann, wie von meiner Freundin versprochen, aber ...« Sie zögerte kurz, »ich hatte mir dich ganz anders vorgestellt.«

»Das dachte ich mir. Wie anders?«

»Andere Farben vor allem. Ich liebe schwarzes Haar und blaue Augen, und verzeih, wenn es banal klingt, aber dein Lächeln wirkte positiv überrascht. Darf man dich auch um etwas bitten?«

»Ja.«

»Gib mir mal deine Hände. Beide zusammen.«

»Apropos banal«, sagte Boas.

Ich hielt sie ihr hin, Rücken nach oben. Sie umfasste meine Handgelenke, drehte sie um und musterte meine Hände, ließ sie los und sagte kein Wort.

»Was hast du entdeckt, Scharon?«, fragte ich und spürte, wie angenehm ihr Name mir durch die Mundhöhle spazierte, vom SCH der Zähne zum R im Rachen und von dort zum N an der Zungenspitze.

»Nichts Besonderes«, erwiderte sie.

»Aber ich habe etwas an dir entdeckt«, sagte ich.

»Was?«

»Dass du zu denen gehörst, die auf die Hände achten. Ich hoffe, du fragst mich nicht auch noch nach meinem Sternzeichen.«

»Keine Sorge, und ich lese auch nicht deine Handlinien, falls dich das zusätzlich erschrecken sollte.«

»Was machst du denn dann?«

»Ich mache mir ein Bild. Du verrichtest keine körperliche Arbeit, du kümmerst dich selbst um deine Fingernägel, und zwar einwandfrei.«

»Danke. Das hätte meine Mutter gern gehört. Sie hat mir beigebracht, mich zu pflegen, mir gute Kleidung auszusuchen, Flecken zu entfernen, Knöpfe anzunähen, mich ordentlich anzuziehen.«

»Richte ihr aus, dass es gefruchtet hat.«

»Auch Bügeln hat sie mir beigebracht.« Und spontan fügte ich hinzu: »Vor einem Jahr ist sie gestorben.«

»Das tut mir leid.«

»Ich erinnere mich an euch zweie«, sagte Boas, mit dem

trotzigen End-E nach dem Motto, ihr werdet mir nicht überheblich kommen, du und deine Mutter: »Wie sie dir den Kragen zurechtrückte, ein Staubkörnchen entfernte, das nur sie sah. Sorgfältig bügeln, Itamar, Mädchen achten auf solche Dinge, Itamar. Gebügeltes Hemd, gute Hose, dreh dich mal um, Itamar, ich will sehen, wie sie an dir sitzt. Poliere die Schuhe auch hinten, du musst dein gutes Aussehen wahren und es zu nutzen wissen.«

»Aber ich verrichte körperliche Arbeit«, erklärte ich Scharon, »nur solche, die keine Spuren an den Händen hinterlässt. Ich bin Mitinhaber eines Fitnessstudios und trainiere manchmal auch die Kunden.«

»Darf man dich um noch etwas bitten?«

»Ja«, sagte ich.

»Nimm bitte kurz mal die Brille ab, ich möchte dich ohne sie sehen.«

»Scharon«, erwiderte ich, »verzeih, dass ich dir das sage, aber weißt du, wie oft ich diese banale Bitte schon gehört habe?«

»Weil wir uns morgen Vormittag trennen werden, Gadi, will ich dir jetzt schon einen guten Rat für dein weiteres Leben geben: Vermittle einer Frau niemals das Gefühl, dass sie wie viele andere Frauen ist, und auf gar keinen Fall sag ihr, sie sei banal … Dass ich dieses Wort vorher für mich verwendet habe, heißt noch lange nicht, dass du das auch tun darfst.«

»Alles richtig, und ich entschuldige mich. Aber zu oft habe ich diese Bitte gehört, mich ohne Brille zu sehen«, sagte ich.

»Und ich wette mit dir, dass sie immer von Frauen kam, nie von einem Mann«, gab sie zurück.

»Stimmt. Aber ich will sie nur von meiner Augenärztin hören.«

»Und noch einen Rat habe ich für dich«, fuhr Scharon fort, »stell keine Vergleiche an. Lass eine Frau, schon gar keine so banale wie mich, jemals spüren, dass sie einer anderen nicht ebenbürtig ist, irgendeiner Unvergleichlichen, die du hast oder mal hattest. Eine Frau muss sich einzigartig fühlen, *unique*. Speziell und umworben.«

»Von was für einer Art Umwerben sprechen wir denn hier genau? Es geht um eine Nacht. Hast du selbst gesagt.«

»Auch eine einzige Nacht soll einen guten Nachgeschmack hinterlassen.«

»Was hat all das mit mir mit oder ohne Brille zu tun?«

»Später, wenn wir allein sind, Gadi, wirst du die Brille abnehmen – oder mir erlauben, sie dir abzunehmen –, und ich möchte jetzt schon das Gesicht kennenlernen, das du haben wirst, wenn du mir ganz nahekommst.«

»Weißt du jetzt schon, dass wir uns wirklich nahekommen werden?«

»Genug, Gadi, wir sind keine kleinen Kinder mehr ... Uns ist beiden klar, warum meine Freundin mich angerufen und mir von dir erzählt hat, und uns ist auch beiden klar, warum du gewartet hast und warum ich hergekommen bin, und wir haben schon gesagt, dass es für eine Nacht ist, mit allem, was das bedeutet.«

Damit verstummte sie, und da ich nichts sagte, setzte sie hinzu: »Wenn du mitmachst, natürlich. Du gefällst mir, und mir scheint, ich gefalle dir auch.«

»Sehr.«

»Das höre ich gern. Darf man dich dann jetzt einen Moment ohne Brille sehen?«

Ich nahm die Brille ab und brachte mein Gesicht näher an ihres. Zu nah offenbar, denn sie schreckte zurück.

»Verzeihung«, sagte ich, »das ist ein gängiger Fehler von Kurzsichtigen wie mir. Wir wenden unseren Gesprächspartnern den ganzen Körper zu, nicht nur den Blick, und wir kommen ihnen zu nahe, in der Annahme, dass sie so wenig sehen wie wir. Das ist wie bei Schwerhörigen, die zu laut sprechen. Ich bin so kurzsichtig, dass ich manchmal vergesse, dass andere normal sehen.«

»Dann bist du ja fast blind«, sagte sie. »Das wird langsam interessant und eröffnet allerhand Möglichkeiten.«

»Scharon, ich bitte dich, ich bin nicht fast blind, ich bin kurzsichtiger als viele andere Kurzsichtige, aber mit Brille fahre ich Auto, lese, erkenne Gegenstände. Menschen etwas weniger, aber das hat nichts mit meiner Kurzsichtigkeit zu tun …«

»Es hat sicher mit deiner Schönheit zu tun«, sagte sie.

»Ich gehe ins Kino, ich arbeite, war Offizier …«

»Echt? Du warst Offizier? Die Uniform hat dir sicher gestanden. Ich kann mir dich gut darin vorstellen.«

»Und auch ohne sie«, rief Boas. »Nur zu, Scharon, weiter so, zeig unserem Offizier, was Feindkontakt aufnehmen bedeutet, wie bei uns im Militär.«

»Ich war kein großer Kämpfer, sondern eine Art Sporttrainer bei der Luftwaffe.«

»Ich bin sicher, alle Soldatinnen auf dem Stützpunkt haben gern bei dir trainiert.«

»Wie magst du mich denn nun lieber? Mit oder ohne Brille?«

»Schwer zu sagen. Du bist zwei völlig verschiedene Männer, aber beide sind sehr schön.«

»Diese Beobachtung habe ich schon mal gehört«, sagte ich.

»Von jener Unvergleichlichen? Der Unvergesslichen? Sicher hast du sie sehr geliebt.«

»Ja, was sie aber nicht daran gehindert hat, uns beide zu verlassen.«

»Und sie hat euch beiden das Herz gebrochen?«

»Hat uns beiden die beiden Herzen gebrochen.«

»Jetzt reden wir schon, um Eindruck zu schinden«, mäkelte sie. »Das ist nicht gut, leeres Geschwätz. Angeberisch und inhaltslos.«

»Du hast damit angefangen«, sagte ich. »Ich beantworte nur deine Fragen.«

»Los, ihr Gadis.« Sie reichte mir die Hand. »ich habe beschlossen, euch beide mit nach Hause zu nehmen.«

»Ich frage nur noch rasch nach der Rechnung«, sagte ich.

»Meine Freundin hat uns eingeladen. Kommt, meine Hübschen, du zu meiner Linken und du zu meiner Rechten.«

»Klingt vielversprechend«, sagte Boas. »Aber ich wäre nicht mitgegangen.«

»Dir hätte sie es auch nicht angeboten«, erwiderte ich.

»Das sagst du schon zum zweiten Mal, Itamar«, bemerkte er. »Ich hoffe, dass der Alkohol aus deiner Kehle spricht und nicht Geringschätzung für mich.«

»Der Alkohol spricht aus unser beider Kehlen, Boas.«

»Mir scheint einfach, dass du auf eine problematische Nacht zusteuerst, und ich sorge mich um dich.«

»Ich bin tatsächlich mitgegangen, sonst hätte ich dir nichts zu erzählen, aber diese Geschichte ist längst vorbei, von ihrem Anfang bis zum Ende, und hier bin ich, gesund und munter, also beruhig dich. Deine Sorgen sind verjährt.«

»Ich wäre nicht mitgegangen«, wiederholte er. »Du hast sie nicht als besonders attraktiv beschrieben, und ihre Worte waren nicht übermäßig interessant – zeig mir deine Hände … mit Brille … ohne Brille … Meine Maya und deine Michal sind interessanter als sie.«

»Michal ist schon lange nicht mehr die meine«, sagte ich.

»Entschuldige, Gadi, war nicht so gemeint.«

»Warum nennst du mich Gadi? Das nervt.«

»Das ist der Name, den du dir ausgesucht hast.«

»Für Scharon, nicht für dich.«

»Okay. Also warum bist du mitgegangen?«

»Sie hat mich neugierig gemacht, und außerdem kennst du das, wenn du einer Frau begegnest, sie anschaust, mit ihr sprichst, und plötzlich verspürst du eine kleine Regung in der Hose?«

»Kann mich verschwommen an so was erinnern.«

»Eine leichte Regung, er wird nicht steif, wendet nur den Kopf in ihre Richtung und bekommt den Gesichtsausdruck eines Hasen. So.«

»Deiner sieht vielleicht aus wie ein Hase.« Boas lachte. »Meiner eher wie ein Periskop.« Er reckte den Hals und wandte den Kopf hin und her: »Fährt hoch, späht: Blondine, Backbord 70, Entfernung zwei Meter … Hallo … Wer bist du?«

»Periskop … Was für ein Vergleich, Boas. Offenbar machen die Jahre im U-Boot was mit dem Hirn.«

»Nun lass uns nicht streiten und einander beleidigen«, sagte er. »Trotz allem bist du mein Bruder, und ich liebe dich.«

»Ich dich auch, aber das gehört nicht hierher.«

»Ich meine, bei den allzu seltenen Gelegenheiten, wenn wir zusammen sind, entschädigen wir uns gut für das Mittelmeer und den Atlantischen Ozean, die uns trennen, und auch für die Eltern, die wir hatten.«

»Auch über die habe ich eine Geschichte für dich«, sagte ich. Zuvor war ich sicher gewesen, dass ich sie, wie gewohnt, für mich behalten würde, aber wieder irrte ich mich. Die Worte, die bei mir lebenslänglich einsitzen, hatten einander vom frühen Abend an Ausbruchspläne gemorst und waren schließlich meinem Mund entflohen.

»Nur zu«, sagte er.

»Nicht jetzt, heute Nacht erzähle ich von der Nacht mit Scharon.«

»Und worum geht es dann in der Geschichte über unsere Eltern?«

»Sie hat mit Mutters Hörproblemen zu tun.«

»Schieß los.«

»Ich will nicht. Nicht jetzt.«

»Wann dann?«

»Eine Minute vor meinem Tod oder, besser noch, eine Minute danach.«

»Vater hätte dir schon mitten im Gespräch mit der Barwirtin geraten, aufzustehen, zu bezahlen und ins Hotel zurückzukehren«, sagte er. »Ich hoffe, das ist dir klar. Nicht auf Scharon zu warten und gewiss nicht mit ihr rauszugehen.«

»In allem, was Frauen betrifft, war unser Vater der Letzte, der irgendwem Ratschläge erteilen konnte. Schon gar nicht Angehörigen seiner Familie.«

9

Schade, dass Itamar nicht als Mädchen zur Welt gekommen ist«, sagte einmal ein Cousin unseres Vaters.

Ich weiß noch: Es war an meinem sechsten Geburtstag, und meine Mutter, die neben mir stand, hörte es und erhob sofort die Stimme: »Du Perverser! Dass du es ja nicht wagst, ihm nahezukommen!«

Dieser Satz ging wie ein Peitschenhieb über alle Köpfe hinweg, und danach trat Stille ein.

»Komm, Itamar, und bleib bei mir«, befahl meine Mutter. Und meinen Vater fauchte sie an: »Was wundert's? Noch so ein Lustmolch von deiner Seite!«

Die Gäste verabschiedeten sich betreten. Wieder einmal war ein Streit zwischen unseren Eltern ausgebrochen. Er ging, wie gewohnt, in den oberen Stock hinauf, und sie lief ihm, ebenfalls wie gewohnt, nach und kreischte vor seiner Tür: »Nur eines habt ihr im Kopf, sämtliche Diskins und du erst recht ...«

»Rachel, bitte beruhig dich«, rief er.

»Schade, dass er nicht als Mädchen zur Welt gekommen ist ... Und wenn er ein Mädchen geworden wäre? Was würdest du dann mit ihm anstellen? Was hättet ihr alle mit einer schönen Sechsjährigen gemacht? Ihr Söhne des Frevels!«

»Genug damit, Rachel!«, schrie er hinter der Tür. »Er wollte Itamar einfach ein Kompliment machen.«

»Na und was für eins … dieser Päderast … Und du selber ein Schürzenjäger.«

»Halt endlich den Mund! Es sind Kinder in diesem Haus. Sie hören dich.«

»Nur in diesem Haus? Ich bin sicher, du hast noch weitere Kinder in anderen Häusern!«, zischte sie.

»Ich habe nie begriffen, was die Frauen alle an ihm fanden«, sagte mir Boas bei einem unserer ersten Brüderabende. »Unsere Mutter eingeschlossen.«

»Frauen gefiel das Gefühl, das er vermittelte«, zitierte ich meine Mutter im Stillen. »Ein Gefühl wie Eisenpfeiler und Kupferwände, ein Mann, auf den man sich verlassen kann.«

Und Boas fragte ich: »Was hast du denn an ihm begriffen?«

»Das Schild an unserem Haus.« Er lachte. »Das hat ihn schlicht und treffend definiert.« Wir beide deklamierten den Text gemeinsam:

Jechiel Diskin
Rechtsanwalt und Notar

Und dann pathetisch, mit einer Geste der alten Generation, die beiden folgenden Zeilen in kleineren Lettern:

Eingang um die Ecke
Nur nach vorheriger Vereinbarung

So stand es auf dem Schild, aber seine meiste Zeit verbrachte unser Vater nicht mit Rechtsberatung, sondern mit allerlei »Geschäften«, bei denen Boas und ich nie wussten und immer noch nicht wissen, welcher Art sie genau waren.

Wenn ich ihn fragte, antwortete er, er führe die Tradition des ukrainischen Zweigs der Diskins fort.

»Welche Tradition denn?«

Vor langer Zeit habe seine Familie Bäume gefällt und verkauft, sei aber auch für »ihr Talent in Heiratsvermittlungen« bekannt gewesen.

»Aber die haben Talmudstudenten und Jungfrauen zusammengeführt, und ich bringe Käufer und Verkäufer zusammen«, sagte er und deklamierte sofort seinen Standardspruch: »Produzenten mit Händlern, Mäuler mit Eutern, Fleisch mit Zähnen.«

Seine Ausweitung des Vermittlungsbegriffs war offensichtlich erfolgreicher als der Holzhandel und die Heiratsvermittlung seiner Vorfahren, denn wir besaßen ein großes, zweistöckiges Haus mit Garten im Jerusalemer Viertel Rechavia, was manchen Nachbarn ein Dorn im Auge war.

»Zwischen all den Richtern und Professoren ist uns hier ein Dornbusch gewachsen«, lästerte mal einer von ihnen an unserem Gartenzaun mit einem anderen. Ich hörte es, lief zu meiner Mutter und fragte nach der Bedeutung des Wortes.

Ihre Stirn verfinsterte sich: »Wo hast du das gehört?«

»In der Schule«, antwortete ich.

»Wie – der Lehrer hat das Wort Dornbusch verwendet, ohne zu erklären, worum es geht?«

»Er hat gesagt, wir sollen es herausfinden. Das ist die Hausaufgabe.«

Auch bevor sie mir die biblische Fabel erzählte, in der der Dornbusch sich zum König der Bäume aufspielte, begriff ich, dass es kein Kompliment war, denn ich wusste bereits, dass nicht alle unseren Vater mit offenen Armen empfingen. Er war ein verbindlicher Mann, achtete auf gute Umgangsformen und auf sein Äußeres, aber unter seinen eleganten Anzügen lauerten behaarte Affenhaut, unterdrückte Aggression sowie starke Triebe und Muskeln, die in der nächsten Generation in ähnlicher Form auf Boas' Körper übergingen.

In unserer Kindheit war es noch üblich, Kinder rechts und links zu ohrfeigen, auch in den Häusern der Richter und Professoren um uns her, sie sogar mit Stöcken oder Gürteln zu verprügeln. Unser Vater hat niemals die Hand gegen uns erhoben, aber an einem Schabbat lieferte er uns eine Gewaltdemonstration, die ich nie vergessen werde.

Wir waren damals sieben und fünf Jahre alt und gingen mit unseren Eltern die Gaza-Straße entlang, um Freunde von ihnen zu besuchen. Nach einigen Wegminuten hörten wir einen Hund bellen, einen Mann schreien, eine Frau vor Entsetzen kreischen und ein kleines Kind brüllen. Wir eilten zur Quelle der Geräusche und sahen einen großen Schäferhund einen etwa dreijährigen Jungen angreifen. Er schlug ihm die Zähne in den Oberschenkel und schleifte ihn über den Bürgersteig. Der Mann, der sich dann als Besitzer des Hundes entpuppte, schrie ihn an, schlug ihm mit der Faust auf den Schädel, versuchte ihn am Halsband fortzuzerren. Aber der Hund biss die Lefzen zusammen, schüttelte sein Opfer und knurrte dabei fürchterlich.

Das Kind brüllte, seine Mutter weinte, schlug sich an die Brust. Noch mehr Passanten eilten herbei, jemand trat auf den Hund ein, aber der ließ nicht locker.

Boas und ich erstarrten vor Angst, aber unsere Mutter sagte seltsam ruhig: »Tu was, Jechiel.«

»Daran erinnere ich mich«, sagte Boas. »Sie hat sich die Lippen geleckt, als wüsste sie auch, *was* Vater gleich tun würde.«

Der Besitzer des Hundes kniete neben ihm nieder, versuchte, ihm einen Stock zwischen die zusammengebissenen Lefzen zu schieben, aber vergeblich. Unser Vater trat dazu, klopfte ihm sanft auf die Schulter und sagte höflich: »Lassen Sie mich bitte.«

Verblüfft stand der Mann auf und trat zurück, und Jechiel Diskin, Rechtsanwalt und Notar, mit blank polierten Schuhen, im Schabbat-Anzug mit gebügeltem weißem Hemd, unter dem ein Tierkörper lauerte, zog einen Gegenstand aus der Tasche, den kein Mensch beachtete, Boas und ich aber sofort erkannten: Es war sein Opinel, das französische Klappmesser mit dem hellen Holzgriff, das er immer in der Tasche oder auf seinem Tisch liegen hatte. Er benutzte es, um sich die Nägel zu reinigen, Briefe zu öffnen, die Golden-Delicious-Äpfel zu schälen, die er immer zum Nachtisch aß, und sie in dünne Scheiben zu schneiden, die er auf der Messerspitze zum Mund balancierte.

»Hier ist es. Vaters Taschenmesser!«, rief Boas und zog das Opinel aus der Tasche. »Vor einer Stunde habe ich damit all das Gemüse hier auf dem Teller geschnitten.«

»Zum Glück hört Vater nicht, wie du sein Opinel als Taschenmesser bezeichnest.«

»Seht her, Kinder, scharf wie ein Rasiermesser«, imitierte Boas unseren Vater und tat so, als würde er sich ein paar Haare vom Handgelenk abrasieren, wie Vater es tatsächlich zur Demonstration getan hatte, und wie er erwähnte Boas, dass sich die Klinge offen oder geschlossen arretieren ließ.

Unser Vater klappte sein Opinel auf, arretierte die Klinge und beugte sich über den Hund. Wortlos griff er nach seinem Halsband und hielt es ein Stück vom Hals ab. Der Hund fixierte ihn mit einem Auge und knurrte ihn durch die geschlossenen Lefzen an, worauf Vater ihm in einer blitzschnellen Bewegung den Hals aufschlitzte.

Blut schoss hervor, die Mutter schrie, der Hund jaulte vor Schmerz. Das Tier ließ von seinem Opfer ab, röchelte, zuckte, winselte und verstummte in einer Blutlache.

»Was tun Sie denn da?«, schrie sein Herrchen. »Sie haben meinen Hund getötet!«

»Der städtische Tierarzt hätte ihn in jedem Fall getötet«, sagte Vater. »Und Sie, mein Herr, sollte man ins Gefängnis stecken. Schade, dass das alles nicht schon passiert ist, bevor Sie dieses Unheil angerichtet haben.«

»Ich werde Sie verklagen. Wissen Sie, was so ein Hund kostet?«

»Ein Promille von einem Promille der Entschädigung, die Sie diesem bedauernswerten Jungen und seiner Mutter zahlen werden«, sagte Vater und wandte sich an unsere Mutter: »Rachel, meine Hände sind blutverschmiert, zieh bitte meine Brieftasche aus der Innentasche des Jacketts und gib diesem Unmenschen eine Visitenkarte von mir.«

Mutter tat wie geheißen.

»Und jetzt mein Taschentuch aus der Außentasche, bitte.«

Er faltete das gebügelte Taschentuch auseinander, wischte sich das Blut von den Händen und vom Opinel, klappte es zusammen und arretierte es. Obwohl ich damals ein kleiner Junge war und der Vorfall mich erschütterte – es heute noch tut –, war ich stolz auf unseren Vater. Er steckte das Opinel in die Tasche, warf das blutgetränkte Taschentuch in einen nahen Abfalleimer und wandte sich wieder dem Hundebesitzer zu: »Auf der Karte stehen mein Name, meine Adresse und meine Telefonnummer in der Kanzlei. Und jetzt müssen Sie dem Kind einen Krankenwagen rufen und die Behörden benachrichtigen, damit sie untersuchen, ob der Hund Tollwut hatte.«

»Genau dieses Taschenmesser«, sagte Boas, klappte die Klinge des Opinel auf, klappte sie wieder zu und legte das Messer ab. »Interessant, ob wir zu so etwas fähig gewesen wären.«

»Ich sicher nicht«, sagte ich.

»Mit Verlaub, Jechiel Diskin, Rechtsanwalt und Notar«, stellte unser Vater sich der Mutter des Kindes vor, die sich erschöpft auf die Straße gesetzt hatte, ihren wimmernden Sohn in den Armen hielt und immer noch weinte. »Falls Sie diesen Verbrecher, der einen bissigen Hund ohne Leine und ohne Maulkorb rausgelassen hat, wegen schwerer Körperverletzung und der seelischen Schäden, die Sie und Ihr Sohn erlitten haben, verklagen möchten, würde ich Sie gerne pro bono vertreten.«

Zu unserer Mutter sagte er im selben Tonfall: »Gib bitte auch der Mutter des Opfers eine Visitenkarte.« Und dann:

»Kommt, Kinder. Komm, Rachel. Wir werden zum Mittagessen erwartet.«

»Diesen Sermon habe ich nicht in Erinnerung, aber was er getan hat, weiß ich noch genau. Das hat mir einen Mordseindruck gemacht, und auch Angst«, sagte Boas und kicherte auf einmal: »Aber es würde mich nicht wundern, wenn er all das getan hat, um die Mutter des Opfers, wie er sie nannte, zu beeindrucken und ihr bei dieser feierlichen Gelegenheit auch seine Telefonnummer zuzustecken.«

10

Noch heute, als wohlsituierter amerikanischer Staatsbürger, habe ich unser Haus in Jerusalem als komfortabel in Erinnerung. Es gab dort separate, große Zimmer für Boas und mich und separate, große Schlafzimmer für unseren Vater und unsere Mutter, ein helles Wohnzimmer und eine geräumige Küche mit elektrischem Kühlschrank. Es waren die Notzeiten der rationierten Lebensmittel und Gebrauchsgegenstände, aber in unserem Kühlschrank gab es immer Eier und Fleisch, und Hausfrauen aus den Nachbarhäusern, darunter auch die Frau des Nachbarn, der meinen Vater als »Dornbusch« betitelt hatte, klopften schon mal an unsere Tür oder schickten die Kinder: »Frau Diskin, dürfen wir vielleicht bis zum Abend etwas in Ihren Kühlschrank legen, was sonst in unserem Eiskasten verderben könnte, Gott behüte?«

Unser Erdgeschoss hieß »das Unten« und das Obergeschoss »das Oben«. Letzteres war Vaters Reich. Es umfasste eine kleine Küche, ein Bad und zwei Zimmer – »das eine einfach groß und das andere noch größer«, verlautbarte Boas überraschend, als befänden sich noch weitere Personen auf dem Hotelbalkon, lauschten unserem Gespräch und brauchten Erklärungen.

Der größere Raum war die Kanzlei. Sie enthielt seine

juristische Bibliothek und seinen Schreibtisch mit allen Unterlagen und Akten und Schubladen. Ein Damaszener Couchtisch mit drei Sesseln und eine elegante Vitrine mit antiken Werkzeugen komplettierten die Einrichtung. In dem einfach nur großen Zimmer gab es ein Bett und eine Menge neuer Werkzeuge, die in mustergültiger Ordnung an einem polierten hölzernen Wandbrett hingen.

»Moses, Salomo, jeder an seinem Ort«, echote Boas, wie unser Vater stolz die Ordnung lobte, die unter seinen Werkzeugen herrschte.

»Die alten Werkzeuge in der Vitrine dienen dazu, alte Geräte zu reparieren«, erklärte Vater immer wieder. »Und die neuen Werkzeuge am Wandbrett sind für die Instandsetzung neuer Geräte.« In dem einfach großen Zimmer hatte er auch einen kleinen Kleiderschrank und einen schweren Metalltisch mit dicken Beinen, ausgestattet mit Schraubzwingen, Steckdosen und einer Vertikal-Bohrmaschine. In der Schublade dieses Tisches hauste nur eine Bewohnerin – eine Uhrmacherlupe, mit der ich als Kind Experimente mit meiner Kurzsichtigkeit anstellte. Ich betrachtete mich durch sie hindurch im Spiegel, beim Vor- und Zurückgehen.

»Du darfst damit spielen«, sagte Vater, »nur vergiss nicht, sie in die Schachtel und die Schachtel in ihre Schublade zurückzulegen und diese zuzuschieben.«

Vom Unten ins Oben gelangte man über eine Innentreppe, aber unser Vater hatte sich zusätzlich eine Außentreppe gebaut, zu der man durch den »Eingang um die Ecke« gelangte und die Mutters Wut und Argwohn erregte.

»Ich weiß schon! Du hast diese Treppe für deine Gästinnen gebaut«, rief sie, zu den Zeiten, als die beiden noch miteinander sprachen.

»Tut mir leid, Rachel«, erwiderte er, geschützt durch den Panzer des Gleichmuts, den er sich gegen ihre Vorwürfe zugelegt hatte, »aber laut Gesetz muss eine Anwaltskanzlei, die sich in einem Wohnhaus befindet, einen eigenen Zugang haben. Die Mandanten sollen die Hausbewohner und die Hausbewohner die Mandanten nicht zu sehen bekommen.«

Aber nicht nur seine Mandanten, auch er selbst benutzte die Außentreppe. Er kam und ging zu sonderbaren Uhrzeiten, »zwecks Vermittlungen, Schlichtungen und Kompromissen«, erklärte er unserer Mutter, die immer wieder zu wissen verlangte, wann er wo hinginge und zu welcher Stunde er zurückkäme und warum ausgerechnet über die Außentreppe und warum ohne Vorankündigung.

»Um dich nicht zu wecken, Rachel, damit du ruhen kannst«, sagte er freundlich.

Manchmal stritten sie leise, zuweilen sogar im Flüsterton. Mal in Anwesenheit des anderen und mal in dessen Abwesenheit. Auch mal durch die Tür oder Wand, mit lautem Geschrei. Sie beschrieb immer wieder seine Seitensprünge, die teils in der Wirklichkeit, teils nur in ihrer Fantasie stattfanden, und er klagte immer wieder, sie würde seine »Menschenrechte« nicht achten, habe es nie getan.

»Wie in Staat und Gesellschaft müssen Menschenrechte auch in der Familie gelten«, giftete er feierlich von der Innentreppe des Hauses herab.

»Was ist denn groß passiert?«, fragte ich ihn später einmal, als ich schon Berufsoffizier war und die Eltern gelegentlich in Jerusalem besuchte. »Hat sie dich etwa vor ihren Freundinnen schlechtgemacht, dein Geld verschwendet?«

»Schlimmer noch.«

»Hat sie dich auch betrogen? Nicht nur du sie?«

»In gewisser Hinsicht, ja«, ignorierte er den zweiten Teil der Frage. »Man kann es Untreue nennen.«

»Anscheinend hast du's nicht anders verdient. Was hat sie diesmal getan?«

»Was sie schon all unsere gemeinsamen Jahre tut. Dringt in mein Territorium ein, verrückt meine Sachen, stellt die Bücher meiner Bibliothek um, und das nicht nach Themen oder Autoren, sondern nach Höhe, Dicke und Farbe ...« Aufbrausend: »Was lachst du denn? Weißt du, was es bedeutet, ein Buch von einem Bord auf ein anderes zu verstellen? Da kann man es genauso gut aus dem Fenster auf die Straße werfen. Weißt du, was es bedeutet, Gegenstände auf dem Tisch zu verrücken? Das ist viel schlimmer als Untreue.«

»Es ist ein Scheidungsgrund«, erwiderte ich. »Das hast du mir schon tausendmal gesagt.«

»Territorium« war ein Schlüsselwort unseres Vaters, in seinem Sprachgebrauch, seiner Welt und seiner Werteskala. »Jeder Mensch, vor allem ein Mann, braucht ein eigenes Territorium, nur für sich«, erklärte er immer wieder mit der lächerlichen Verve eines Predigers, der sich selber glaubt.

All das, verkündete er stolz, habe er in seinem Jahr in der britischen Armee gelernt. »Auch ein zusammenklappbares Feldbett, auch ein Seesack können so ein Territorium sein, wenn andere es achten. Aber deine Mutter ...? Die kennt keine Grenzen. Wäre sie ein Tier, würde sie in meine Höhle eindringen. Wäre sie eine Chirurgin, würde sie mich umbauen: Die Nase auf die Brust, die Augen auf die Schultern und die Finger in einer Reihe auf den Rücken, nach Größe und Farbe ...«

Er war ein zurückhaltender und verschlossener Mann – »gepanzert« nannte ihn Boas –, und sie war offenherzig, aufgeschlossen, impulsiv, brannte vor Organisations- und Beratungsdrang, und statt das Unten zu organisieren, ordnete sie ausgerechnet das Oben: die Kanzlei, den Tisch, die Bücherregale und die Werkzeuge ihres Mannes.

»Wenn du aufräumst, findet man nichts wieder«, rief er. »Warum tust du das, warum? Ich frage dich, warum?«

»Du solltest froh sein, dass ich Ordnung in dein Chaos bringe. Freu dich, Jechiel!«

»Und sag mir nicht, freu dich! Mit dir habe ich keinerlei Grund zur Freude!«

Über die Jahre wurde unser Vater etwas theatralisch. »Ihr beide habt nur mein Wohl im Sinn, du und deine Mutter.« Er seufzte, legte die Linke an die Brust und streckte die Rechte seitlich in die Höhe. »Das ist keine Hilfe. Das ist ihre Methode, Besitzansprüche zu markieren. Wie ein Hund pisst und Duftmarken setzt, wie Captain Cook den Ländern, die er entdeckte, neue Namen gab, so markiert sie mit ihrer Umordnung ihre Herrschaft über mein Territorium. Stellt Schilder auf: Gehört Rachel Diskin.«

»Sie will dir nur helfen«, beschwichtigte ich. »Sie räumt doch nur deinen Tisch und deine Regale auf.«

»Mein Chaos ist sehr geordnet!«, rief er und bellte erneut sein nervtötendes: »Moses, Salomo, jeder an seinem Ort.

Vielleicht sieht man es nicht, aber die Position jedes Gegenstands, Papiers, Werkzeugs und Geräts hat ihren Grund – hängt davon ab, wie häufig ich ein Ding benutze und wozu, hängt von der Hand ab, mit der ich danach greife, und auch davon, ob ich es vor mir sehen, seine Anwesenheit spüren will oder nicht.«

»Stell dir vor, mein Opinel wäre damals, auf der Gaza-Straße, nicht in der gewohnten Tasche gewesen … Bis ich es gefunden hätte, hätte der Hund das Kind längst totgebissen. Sie macht mich verrückt, deine Mutter.«

»Vater behauptet, du würdest ihn verrückt machen«, berichtete ich ihr.

»Nein, Itamar, er macht mich verrückt«, gab sie zurück.

»Auch in meine Erinnerungen dringt sie ein. Versucht, mir einzureden, dass Dinge, die geschehen sind, nicht geschehen seien, und umgekehrt, dass ungesagte Sätze doch gesagt wurden oder umgekehrt. Geh mir aus dem Gedächtnis! Hörst du?«

»Sie ist im Moment nicht hier, Vater, und selbst wenn sie hier wäre, würde sie dich nicht hören.«

»Als ob ich das nicht wüsste. Absichtlich lässt sie sich nicht untersuchen und bestellt sich kein Hörgerät, damit sie nichts mitkriegt, wenn mir was passiert, und mir nicht zu Hilfe kommen muss.«

»Erinnerst du dich an den Stempelkrieg?«, fragte Boas.

Prompt deklamierten wir beide gemeinsam: »Der normale Anwaltsstempel, und der runde Notarstempel, und der Reliefstempel für mehrere Seiten auf einmal, und die irreversible Vollmacht für Immobilien, und der Stempel für die notariell beglaubigte Abschrift.«

»Wo ist der Originalgetreue«, äffte Boas ihn nach. »Wer hat den woanders hingetan?«

»Und sie schreit zurück von unten: Und wo ist der seiner Ehefrau Getreue? Wer hat ihn mir weggenommen?«

»Wozu sammelst du all diese alten Zangen?«, fragte ich ihn.

Er blitzte mich wütend an: »Ich arbeite hart, ich verdiene gut, ich ernähre meine Familie in Ehren, da darf ich mir ab und zu Spielsachen kaufen.«

»Das ist der größte Unterschied zwischen Männern und Frauen«, sagte er mir ein anderes Mal, als er guter Laune war. »Männer spielen ihr Leben lang mit Spielsachen, und Frauen hören irgendwann auf damit, sie sind ein ernsthafter Menschenschlag, nicht wie wir mit unseren Torheiten.«

Er verstummte und schoss dann plötzlich los: »Weißt du, was Boas' Maya über dich gesagt hat, Itamar?«

»Nein, und ich will es auch nicht wissen.«

»Du seist Michals *Zatzke*.«

»Was gehört das hierher?«, brauste ich auf.

»Das gehört hierher, weil das jiddische Wort *Zatzke* von Hebräisch *Za'azua* – Spielzeug – kommt. Sie ist wie ein Kind, das mit seinem blitzenden neuen Fahrrad auf die Straße runterkommt, damit die anderen Kinder neidisch gucken.«

»Ich bitte dich, genug davon, Vater.«

»Damit alle neidisch werden. Das ist mein Spielzeug. So eins habt ihr nicht. Du bist ihr *Zatzke*, und sie tut mit dir, was man mit einem Spielzeug tut: Spielt mit dir, zeigt dich herum – ›vor Neid sollt ihr alle platzen‹ –, und am Ende wird sie dich wegwerfen, um sich das nächste Spielzeug zu holen.«

11

Wir verließen die Bar.

»Da ist mein Hotel.« Ich zeigte nach vorn und nach oben. »Mein Zimmer ist das im vierten Stock an der Ecke. Siehst du? Wenn du willst, können wir dort hinaufgehen.«

»Ich möchte dich lieber zu mir einladen«, sagte Scharon.

»Wo ist das, ›zu mir‹?«

»Etwas schwer zu erklären, es ist keine Ortschaft mit Namen. Es gibt auch keine Straße und Hausnummer.«

»Und das ist dir nicht seltsam vorgekommen, Itta? Mit einer Frau, die du nicht kennst, an einen Ort ohne Adresse zu fahren?«, fragte Boas.

Wir erreichten den Parkplatz. Scharon blieb stehen, wandte sich zu mir und legte plötzlich die Hand mit gespreizten Fingern an meine Brust. Ohne zu drücken, zuzugreifen oder zu betasten. Legte sie darauf und beließ sie dort. Die Berührung war angenehm auf der Haut, angenehm für das Fleisch darunter, die Rippen darin, die Organe im Brustkorb.

»Steh mal kurz auf«, sagte ich zu Boas und kam hoch.

Er stand auf. Ich legte ihm die Hand an die Brust, die Handfläche auf dem Hemdstoff und die Finger auf der bloßen Haut.

»Da. So hat sie mir die Hand aufgelegt. Was erschrickst du denn, Boas?«

»Ich bin nicht erschrocken. Du hast mich überrascht. Was soll dieses Betatschen plötzlich, Itta? Was soll diese Nummer?«

Ich drückte ihm die Hand stärker an die Brust, lehnte mich fast an ihn. »Du wolltest die Brosamen, die aus meinem Bett fallen? Also hier ist der erste Krümel. Ich erzähle und zeige dir, wie ihre erste Berührung war.«

»Das ist komisch.« Er packte mein Handgelenk und drückte mich weg. Ich spürte die Kraft unseres Vaters in ihm.

»War dir das so unangenehm?«, fragte ich ihn.

»Wir sind nicht nur Brüder. Wir sind auch Männer. Ich zumindest. Brüder umarmen sich. Berühren einander nicht so«, erklärte er.

»Anscheinend hast du noch nicht genug getrunken«, befand ich, erfreut über ein seltenes verlegenes Lächeln auf seinem Gesicht.

Scharon nahm die Hand von meiner Brust und deutete auf einen kleinen Kombi: »Das ist mein Wagen. Ich hoffe, er ist schön genug für dich.«

»Sie hatte einen Kombi? Was für einen?«

»Was Kleines. Ich verstehe nicht so viel von Autos wie du.«

»Ein nettes Auto«, sagte ich zu ihr, »aber ich möchte dir lieber in meinem Wagen folgen. Da. Der Weiße, genau neben dir.«

»Hast du Angst vor meinen Fahrkünsten? Vor etwas anderem?«

»Ich will dich nicht mit dem Zurückbringen belämmern«, sagte ich.

»Warum fragst du mich nicht, Scharon?«, rief Boas. »Ich kann dir erklären, warum er lieber mit seinem Wagen fahren wollte. Ich kann dir noch viele andere Dinge über Gadi erklären.«

»Wie du möchtest«, sagte sie und stieg in ihren Wagen. Ihr Gesicht lächelte mich durchs Fenster an, ihre Lippen sagten: »Fahr hinter mir her«, und schon ließ sie den Motor an und schoss sogleich los. Ich konnte gerade noch in mein Auto springen – in welcher Tasche stecken die Schlüssel? Vater hatte recht. Man muss wissen, wo jedes Ding ist –, starten und ihr nachsausen.

Ich bin kein besonders guter Fahrer, schon gar nicht im Dunkeln und an unbekannten Orten, aber ich schaffte es, Sichtkontakt zu dem flimmernden Rot ihrer Rücklichter zu halten.

Wir passierten ein Wohngebiet und kamen zur nächsten Kreuzung. Sie donnerte darüber, gab noch mehr Gas.

»Langsam!«, rief ich. »Scharon, langsamer!«, obwohl – oder vielleicht weil – mir klar war, dass sie mich nicht hören konnte.

Und zu mir selbst, im Stillen: Das ist der richtige Zeitpunkt, anzuhalten und zum Hotel zurückzufahren, Itamar.

»Aber du hast es nicht getan. Hast nur darüber nachgedacht und bist ihr weiter gefolgt.«

Nach rund einem Dutzend nervenaufreibender, schier endloser Kilometer auf einer schmalen, dunklen Straße leuchteten plötzlich ihre Bremslichter auf. Sie bog scharf links ab auf einen Feldweg und beschleunigte erneut. Ich begriff, dass sie sich einen Spaß mit mir machte und mich prüfte. Fragte mich besorgt: Warum mache ich das mit?

»Jetzt umdrehen und zurück zum Hotel«, sagte Boas, »oder noch besser zu deinem Bruder nach Hause.«

Ich hätte tatsächlich umdrehen und – da wir bis zu jener Ecke geradeaus gefahren waren – auch zum Hotel zurückfinden können, aber ich tat es nicht. Aus Stolz und Torheit oder vielleicht, weil Neugier und Verlangen in meinem Innern erwachten. Ich wollte ihre Lippen küssen und schmecken, das spürte ich deutlich, ihre glatte Haut riechen und fühlen, mein Fleisch in ihrem spüren.

»Nun bogen wir wieder links ab, in eine Unterführung. Ein Lastwagen, der über uns hinwegdonnerte, ließ mich erzittern. Vom Hallen der Betonwände und dem Beben der Deckenbalken bekam ich eine Gänsehaut. Vermutlich unterquerten wir die Straße, die wir zuvor gefahren waren, aber zu diesem Zeitpunkt verlor ich bereits die Orientierung, die bei mir ohnehin nicht besonders ausgeprägt ist, wie du dich vielleicht erinnern wirst, Boas.«

Im Dunkeln wirkte die Unterführung wie das Tor zu einer anderen Welt – »Lasst, die ihr eingeht, alle Hoffnung fahren!«, wie Michal jeden Morgen am Tor des Stützpunkts sagte –, und gleich danach ragten, wie Schildwachen am Wegesrand, riesige, dämmrige Gestalten auf: Zypressen, die Landwirte am Rain ihrer Orangenhaine und bestellten Äcker pflanzen.

Scharons kleiner Kombi verschwand in der Dunkelheit, aber der Staub, den seine Reifen aufwirbelten, reflektierte das Licht meiner Scheinwerfer und sagte mir, dass sie hier entlanggefahren war. Der Weg machte ein paar rechtwinklige Kurven, und da mich ihr Verschwinden beunruhigte, beschleunigte ich etwas und geriet bei einer Kurve ins Schleudern. Mit Mühe gewann ich die Kontrolle zurück und bremste, mein Wagen stand nun quer zur Straße und mein Herz pochte.

»Einfach verblüffend«, sagte Boas, »wie ein Mensch, der daheim einen Pontiac GTO hat, einen Toyota Corolla fährt wie ein Greis von zweihundert Jahren.«

»Statt mich zu loben, dass ich nicht im Straßengraben gelandet bin, verspottest du mich«, sagte ich.

»Ich muss dir mal ein bisschen Fahren für Fortgeschrittene beibringen«, sagte Boas im Tonfall des großen Bruders und Beschützers, den er manchmal anschlägt. »Das macht Spaß und wird eurer Beziehung auch guttun.«

»Welcher Beziehung?«

»Zwischen dir und deinem Wagen.«

»Ich habe keine solche Beziehung. Meine Karre darf mich auch betrügen, meinetwegen sogar mit dir.«

Nun war mir bereits klar, dass ich den Rückweg nie allein finden würde. Diese Dunkelheit, diese Nacht, das Gewirr der Zitrushaine, Äcker und Feldwege hatten mir jeden Anhaltspunkt genommen. Ehrlich gesagt, zweifelte ich mittlerweile an meiner Fähigkeit, selbst bei Tageslicht wieder zurückzufinden.

Langsam manövrierte ich meinen Wagen wieder in die Fahrtrichtung von vorhin, und nach ein paar Dutzend zögerlichen Metern hielt ich an einem Wegkreuz: hier die Sandsteinpiste, auf der ich gekommen war, links und rechts zwei Rotlehmwege, und geradeaus ein gelber Sandweg, in dem ich einzusinken fürchtete. Ich wusste nicht, welchen ich wählen sollte. Nahm an, Scharon würde zurückkehren, um zu sehen, wo ich blieb, stieg aus dem Wagen und wartete auf sie.

12

Außerhalb der Scheinwerferstrahlen herrschte Finsternis, außer dem Motortuckern Stille. Wolken bedeckten den Himmel, hier und da fiel ein Tropfen. Nächtliche Kühle hing in der Luft, kein Stern war zu sehen. Ich versuchte, auch Ohren und Nase einzusetzen. Das ferne Rufen eines Muezzins, dem Schakale antworteten, Duftnoten: Dünger, Pflanzenschutzmittel, Orangenblüten, feuchte Erde, aber nichts davon half mir zu verstehen, wo welche Himmelsrichtung war und wo ich mich befand.

»Wieso Orangenblüten? Du kommst immer im Herbst, und die Zitrusbäume blühen im Frühjahr«, bemerkte Boas.

»Ich hab dir doch schon gesagt, in dem Jahr war ich zweimal hier. Einmal wie immer, im Herbst, und einmal zur ersten Gedenkfeier für Mutter, also im Frühjahr. Mir scheint, du erinnerst dich gar nicht mehr an ihre *Jahrzeit.*«

»Warum redest du in diesem Ton mit mir?«

»Weil ich eindeutig Orangenblüten gerochen habe, also war es eines dieser Manchmalmale.«

»Michal hat so geredet.«

»Wie?«

»Erinnerst du dich nicht? Sie hat die Endungen verdoppelt, manchmalmal, andersrumrum, genau wie du es jetzt gemacht hast.«

Überraschend brauste ich auf: »Was soll das? Warum Michal auf einmal? Warum überwachst du mich dauernd? Die Jahreszeit, die Blüte – wie bei den Zigaretten, ›Bei uns ist das Rauchen in Restaurants verboten‹, da hast du auch gleich reingeredet. Du bist einfach versessen darauf, mich bei einem Widerspruch, einem Fehler oder einer Schwäche zu ertappen.«

»Warum regst du dich so auf, Itta?«

»Weil du nervst. Du bist wie dieser Jecke, dem man einen Witz erzählt über einen jungen Mann in der Eisenbahn, dem eine junge Frau gegenübersitzt, und der Zug fährt in einen Tunnel, stockdunkel ... Und dann sagt der Jecke: Aber auf der Linie gibt es doch gar keine Tunnel.«

»Okay, okay«, sagte Boas. »Reg dich ab.«

Mein Orientierungssinn ist noch verschwommener als meine Sehkraft, und es gibt keine Brille, die ihn schärfen könnte. Ich verstehe die Bedeutung der Wörter rechts und links, vorn und hinten, habe aber keine Ahnung, wo Norden und Süden, Westen und Osten liegen. In den Vereinigten Staaten habe ich mir im Auto sogar einen Bootskompass ans Armaturenbrett geklebt, denn die dortigen Straßenbezeichnungen mit East und North verwirren mich, machen mir Angst.

Einige Minuten später kehrte Scharons kleiner Kombi zurück, sauste zwischen den dunklen Baumschemen hindurch, verschob Schatten und schwenkte Lichtschwerter. Der Motorlärm gesellte sich dazu, wurde lauter – und da war sie, wendete, öffnete die Tür, stieg aus und kam zu mir.

»Alles in Ordnung?«

»Nein, Scharon«, sagte ich. »Nichts ist in Ordnung. Ich bin es nicht gewohnt, auf solchen Wegen zu fahren, und ich kenne mich in diesem Labyrinth nicht so aus wie du.«

»Nein, Scharon ...«, äffte sie mich nach, »nichts ist in Ordnung ... Du redest wie mein Papa, Gadi.«

Ärger kroch mir vom Bauch in die Brust hinauf, aber meine Lippen lächelten. Ich spürte sie deutlich. Auch das winzige Heben des rechten Mundwinkels. »Und du fährst zu schnell und achtest nicht darauf, ob ich hinter dir bin.«

»Entschuldigung, Herr Feldwebel, soll nicht wieder vorkommen«, sagte sie. »Von nun an werde ich wie ein braves Mädchen handeln und fahren.«

»Jetzt wird es Zeit, ihr mitzuteilen, dass du es dir anders überlegt hast und sie dich bitte zur Landstraße zurücklotsen soll«, sagten mir mein Zwerchfell dort in jener Nacht und Boas in unserer Brüdernacht hier im Hotel.

»Es gibt eine sehr einfache Regel«, sagte ich ihr. »Man muss Sichtkontakt halten. Wenn du mich nicht siehst, bedeutet das, dass ich dich auch nicht sehe. Also schau ab und zu in den Rückspiegel und guck nach, ob ich drin bin.«

»Ja, Herr Feldwebel. Sichtkontakt. Ich werde auch vor jedem Abbiegen blinken und bei Rot vor der Ampel anhalten.«

»Eins muss man ihr lassen: Das Mädchen bringt einen zum Lachen«, sagte Boas.

»Ich fand das überhaupt nicht witzig.«

Und plötzlich kam sie näher, schmiegte sich an mich.

»Ich möchte, dass du mich anfasst«, sagte sie.

Ich legte meine Hand in ihren Schoß, und er erglühte augenblicklich.

»Spürst du es, Gadi?«

Die Hitze ihrer Scham überwand ihre Kleidung, erreichte meine Finger. Ich wurde ganz verrückt davon, Boas, aber sie sagte: »Das ist erst ein Vorgeschmack, Gadi. Nicht jetzt. Hier ist es dunkel, und ich will dich sehen. Wir fahren zu mir nach Hause.«

Und sie lachte: »Und ich guck auch in den Rückspiegel und schau nach, ob du noch da bist und ich bei dir bin.«

Jetzt, in gemächlicherem Tempo, dichter hinter ihrem Wagen, konnte ich etwas von der Gegend sehen. Hier und da, wo der Weg zwischen den Feldern mäanderte und die Scheinwerfer der beiden Autos über die Ränder hinaus leuchteten, erkannte ich Ackerfurchen, Kürbisfelder, Skelette von Gewächshäusern, Gemüsebeete. Ein junger Orangenhain tauchte plötzlich auf, seine gekalkten Stämme schimmerten kurz weiß und verschwanden wieder in der Dunkelheit. Große Avocadobäume ragten dunkel auf. Leere Obst- und Gemüsekisten milderten einen Augenblick die Finsternis, leuchteten in ihren kindlich blau-rot-gelben Plastikfarben.

Der Weg durchquerte ein trockenes Bachbett – auf einem Betonband hinab, auf der anderen Seite wieder hinauf. »Eine Furt«, sagte ich, schöpfte Sicherheit und Kraft aus der Erinnerung an die Bezeichnung, aus dem Klang meiner Stimme, die sie aussprach, aber jetzt führte mich Scharon in eine weitläufige, grabesschwarze Zitrusplantage, und mit jeglicher Orientierung war es vorbei. Meine Augen hielten sich an die zwei roten Punkte ihrer Rücklichter und an die tausend goldenen, gelben und orangen Punkte der Zitrusfrüchte, die unsere Scheinwerfer einen Moment reflektierten und im nächsten wieder erloschen, als hätten sie die Augen geschlossen.

»Vorhin hast du mir einen Vortrag über den Frühling und die Blütezeit gehalten, und jetzt plötzlich Orangen und Grapefruits?«

»Hör auf damit, Boas!«

Nach ein paar weiteren Abzweigungen kam ich mir vor wie ein Ertrinkender, wurde hierhin und dorthin geschwemmt, wogte auf und ab im dunklen, grün-schwarzen Meer. Ich musste an das Wort »Vertigo« denken, das ich in meiner Dienstzeit bei der Luftwaffe von Piloten gehört hatte, und an den blumigen Ausdruck »Nacht der Ängste«, der in den Geschichten meiner Mutter häufig auftauchte.

»Auch meiner«, sagte Boas. »Sie war auch meine Mutter.«

»Entschuldige, Boas.«

»Ich weiß noch, wie stolz sie war, mit dir auf die Straße zu gehen, als wir Kinder waren«, sagte er. »Und wie sie hinterher erzählte: Schwangere Frauen haben mich angesprochen und um Erlaubnis gebeten, Itamar zu berühren. Auf keinen Fall, habe ich ihnen gesagt, dieses Kind ist ein Chanukka-Licht. Nur zum Anschauen. Fasst den zweiten an, wenn ihr unbedingt wollt.«

»Du kannst sie richtig gut nachmachen«, sagte ich, »aber ich habe nicht in Erinnerung und glaube auch nicht, dass sie gesagt hat: ›Fasst den zweiten an.‹ Das kann nicht sein.«

»Und wie das sein kann«, sagte Boas. Nach einer Denkpause fügte er hinzu: »Der zweite, das bin ich, Itta. Es war nicht leicht, dein Bruder zu sein.«

Ich schwieg.

»Ist bis heute nicht leicht«, sagte er. »All die Frauen, die mit dir flirten, und dein ewig junges Aussehen und Mutters Begeisterung über dich, die irgendwie auch nach ihrem Tod anhält.«

»Auf meiner Seite der Familie«, machte er sie nach, »wird alle paar Generationen ein besonders schöner Sohn geboren. Und wenn im Bauch einer unserer Frauen ein solches Kind heranwächst, dann kann man, im sechsten Monat etwa, ein Strahlen sehen!«

»Wer strahlt?«, fragten wir sie.

»Der Bauch der Schwangeren, Kinder.«

»Hat dein Bauch gestrahlt, als du mit Itamar schwanger warst?«, fragte Boas, wie jedes Mal, wenn sie uns diese Geschichte erzählte.

»Ja, Boas.«

13

Scharon verlangsamte und bog links ab, und ich fragte mich: Hatte sie stillvergnügt gelächelt? Ein Knirschen von Reifen und Kies, und schon hielt sie an. Ich konnte gerade noch ausweichen und bremste neben ihr. Die Autoscheinwerfer beleuchteten einen weißen Holzzaun – tanzende Schatten auf seinen Latten, ein Ballett von Zweigen und Wind – mit einer Pforte für Fußgänger, einem breiten Tor für Fahrzeuge und dahinter einem einsam aussehenden, einstöckigen Haus, das dalag und auf sein Frauchen wartete. Hätte es einen Schwanz, dachte ich, würde es jetzt zur Begrüßung damit wedeln.

Sie stieg aus dem Wagen und öffnete weit das Tor. »Fahr nach mir rein, und mach das Tor hinter dir zu«, rief sie.

Ich folgte ihr, stellte den Motor ab – zwei Seufzer der Erleichterung: meinerseits und seinerseits – und trat ans Tor. Im Dunkeln konnte ich schwer erkennen, womit es geschlossen wurde: Mit einer Kette? Einem Riegel? Einem Haken? Ich schob die Brille hoch, um näher ranzukommen und besser zu sehen, und als ich mich vorbeugte, stieß ich mit der Stirn an die obere Latte.

Der Stoß war nur leicht, aber meine Brille fiel zu Boden, und meine Welt erlosch. Ich ging – fiel fast – auf die Knie, kroch umher, tastete mit den Händen die Erde ab.

Scharon tauchte aus dem Dunkeln auf: »Was ist passiert? Was suchst du da?«

Ich erschauerte: »Bleib stehen! Keinen Schritt weiter! Die Brille ist mir runtergefallen, und du könntest im Dunkeln drauftreten.«

Sie zog sich vorsichtig zurück. Ich hörte die Tür ihres Kombis aufgehen und gleich wieder zuknallen.

Sie kam mit einer Taschenlampe zurück. Leuchtete, bückte sich, kam wieder hoch: »Hab sie gefunden. Hier ist sie, Gadi, deine Brille.«

Ich richtete mich auf und griff danach, aber Scharon steckte die Taschenlampe zwischen die Zähne und streckte routiniert beide Hände aus, um mir die Brille wieder auf die Nase zu setzen. Diese Geste hatte etwas Nahes und Vertrautes, das mich überraschte, erregte und unangenehm berührte. Ich musste daran denken, wie sie in der Bar meine Handgelenke gepackt hatte, um meine Hände zu begutachten. Ihre Taschenlampe, so nahe vor meinen Augen, blendete mich, wie Dr. Levins schreckliche Spaltlampe, wenn ich zur Augenuntersuchung komme.

Scharon schloss und verriegelte das Tor und gab mir die Hand. Ein kurzer Plattenweg, meine Linke in ihrer Rechten, vier Stufen – »Dies ist die letzte« –, eine Holzveranda mit einem großen, beruhigenden Schaukelstuhl darauf, wie sie auf vielen Veranden in den Außenbezirken von Charlottesville stehen – ein ermutigender Gruß aus meiner sanften und guten neuen Welt. »Diesen Stuhl hat mein Vater mitgebracht, als wir eingewandert sind«, sagte sie mit betont englischem R, »um sich auch hier zu Hause zu fühlen.«

»Wie nett«, sagte ich. »Ich habe einen ähnlichen Schaukelstuhl auf meiner Veranda stehen. Wenn ich nach Amerika zurückkomme, werde ich ihm Grüße von deinem Stuhl ausrichten.«

Die Feder der Fliegengittertür quietscht. Der Schlüssel verschwindet im Schlüsselloch. Die Haustür geht auf. Die abgestandene Luft eines geschlossenen Raums, und nachdem sie verflogen ist, zarte, liebliche Düfte nach Gemüsesuppe, Büchern, Sauberkeit, Leder, Holz, Zitronenschnitzen.

»*Will you walk into my parlour, said a spider to a fly*«, sagte Boas.

Ich lachte. »Hast du auf deine alten Tage angefangen, Gedichte zu lesen?«

Wir traten ein. In der Dunkelheit war mir unbehaglich, aber Scharon ging schnell von Ecke zu Ecke, schaltete Lampen an. Licht. Ich spürte es auf meinem Gesicht. Endlich. Ich öffnete ein wenig den Mund. Atmete es in vollen Zügen ein.

»So?«, fragte sie nach jedem Schalter. »Noch mehr? Magst du viel Licht oder lieber weniger?«

»Ich mag helles Licht, gleichmäßig im ganzen Raum verteilt.«

»Wovor hast du Angst? Vor Schemen? Vor Überraschungen?«

»Ich mag es, wenn die Dinge klar zu sehen sind«, antwortete ich ihr, und schon trommelten die Worte wie von selbst in meinem Innern, in sicherem Takt: »Ich bin ein Mann des Lichts und der Ebene, ein Mann der Sonne und des Tags, ich bin weit offenes Land bis zum klaren Horizont« – es klang wie das Tappen kleiner Füße auf Gaumen und Zunge.

Scharon sah mich perplex an.

»Kennst du dieses Lied?«, fragte ich.

»Nein. Hast du es geschrieben?«

»Nein. Ich schreibe keine Lyrik«, sagte ich. »Lese sie nur, allerdings nicht oft, behalte aber schon mal eine oder zwei Zeilen im Gedächtnis.«

»Oder vielleicht hast du lieber Licht, in dem alle dich sehen können?«, fragte sie, prüfte meinen Gesichtsausdruck und fügte hinzu: »In deinem Fall wäre das eine viel simplere und logischere Erklärung.«

»Ich mag Licht einfach«, sagte ich. »Ich schlafe auch mit etwas Licht, nebenbei bemerkt.«

»Hier wirst du im Dunkeln schlafen«, sagte sie. »Ich warne dich jetzt schon.«

»Hoppla …«, sagte Boas. »Sie warnt dich bereits.«

»Ich liebe volles, freundliches Licht, das nicht blendet und keine Schatten wirft. Keine OP-Saalbeleuchtung, aber doch wie in einer Basketballhalle.«

»Ich kenne mich mit Operationssälen und Basketballhallen nicht so aus. Ich kenne das Licht in Büros, Küchen, Schlafzimmern und auf der Bühne.«

»Bist du Schauspielerin?«

»Ein bisschen, aber nicht berufsmäßig. Bist du Basketballtrainer?«

»Warm. Geht in die richtige Richtung. Hab dir ja vorhin gesagt, dass ich mal Sportoffizier bei der Luftwaffe war.«

»Und heute?«

»Auch das habe ich dir schon gesagt, meine ich.«

»Ich prüfe, ob du dir widersprichst.«

»Ich bin Partner in einem Gym, einem Fitnessstudio, in den Vereinigten Staaten.«

»Ich weiß, was ein Gym ist, Gadi. Wir haben zu Hause Englisch gesprochen.«

»Verzeihung, Frau Feldwebel«, sagte ich, »es soll nicht wieder vorkommen.«

Sie lachte. »Du lernst schnell, und du bist auch ein bisschen ein Schauspieler, wie ich, machst Imitationen und spielst kleine Szenen.«

»Vielleicht. Manchmal. Wer tut das nicht?«

Sie schwieg.

»Und unter den Beleuchtungen, die du kennst, bevorzuge ich das Küchenlicht«, sagte ich. »Die Küche eines Kochs, der nichts zu verbergen hat. Aber mir scheint, das gibt es hier nicht.«

»Doch, doch«, erklärte sie. »Speziell für dich gibt es hier auch solches Licht.« Und sie schaltete einen großen Kronleuchter an, der wie ein Raubvogel von der dunklen Decke hing. Vorher hatte ich ihn gar nicht wahrgenommen, und nun überflutete er den Raum mit Licht.

»Da, Gadi. Die Köchin, die nichts verbirgt, bin ich.«

»Danke«, sagte ich.

»Gern geschehen. Möchtest du was trinken? Wein vielleicht? Ein bisschen was Stärkeres?«

»Nein, danke«, sagte ich, »ich habe in der Bar deiner Freundin schon Grappa getrunken, und wenn ich hier auch noch was trinke, kann ich nicht mehr zurückfahren.«

»Stört es dich, wenn ich etwas trinke?«

»Unter der Bedingung, dass du später noch in der Lage bist, mich zur Straße zu lotsen.«

»Den Weg finde ich auch mit geschlossenen Augen. Du kannst dein Jackett ablegen, neben der Tür hängt ein Bügel. So ein schönes Jackett, wäre schade, wenn es zerknittert.«

Ich legte es ab und hängte es auf, zog den Autoschlüssel heraus und steckte ihn in die Hosentasche.

»Hat sie das gesehen?«, fragte Boas. »Hat sie was dazu gesagt?«

»Nein. Sie hat nichts gesagt.«

»Sag mal«, fragte ich, »wie hast du es eigentlich von hier so schnell zur Bar geschafft?«

»Genau das wollte ich auch gerade fragen, aber ich habe schon Angst vor deinen Reaktionen«, warf Boas ein.

»Ich wohne nicht ständig hier. Ich habe eine kleine Wohnung unweit der Bar. Dieses Haus und einen großen Teil der Felder und Pflanzungen, durch die wir gefahren sind, habe ich von meinem Großvater geerbt, und ich komme nur manchmal her.«

»War er Landwirt?«

»Ja. Plantagenbesitzer.«

»Ein guter Opa«, sagte ich. »Und interessant, dass er Ackerland an eine Enkelin vererbt hat und nicht an einen Enkel.«

»Da hast du einen wunden Punkt meiner Familie berührt.« Sie kicherte. »Er hätte es lieber einem männlichen Nachkommen vererbt, aber zu seinem großen Leidwesen hatte er nur Töchter und Enkelinnen.«

»Und haben sich all deine Tanten und Schwestern und Cousinen nicht über dieses Testament geärgert?«

»Doch. Aber er hat gesagt, das ist, weil ihr alle verheiratet seid und Scharon nicht. Ich will nicht, dass alle möglichen Bräutigame, vor allem von der Sorte, die ihr schon in die Familie eingeschleppt habt, über den Grund und Boden bestimmen. Wenn er Familie sagte, meinte er Blutsverwandte. Das war für ihn unverrückbar.«

»Ein patriarchaler Typ«, erwiderte ich.

»Ja«, bestätigte Scharon. »Ein sehr patriarchaler Patriarch. Das war für keinen leicht in der Familie, aber solche Patriarchen haben die tollsten Enkelinnen.«

»Und die bescheidensten.« Boas hob sein Glas. »Unglaublich, wie du immer Frauen aufgabelst, die von sich selbst dermaßen begeistert sind.«

Ich schwieg.

»Egal«, sagte er, »auf das Wohl der Enkelinnen, Töchter, Schwägerinnen, Tanten, Großmütter, Schwestern und Mütter.«

»Und der Gattinnen«, ergänzte ich.

»Hatte ich absichtlich ausgelassen, um den Ledigen des Clans nicht zu kränken.«

»In meiner matriarchalischen Familie hat es eine ähnliche Oma gegeben«, sagte ich zu Scharon. »Sie hat meinem Bruder und mir je eine Wohnung hinterlassen – damit ihr einen Ort zum Verstecken habt, hat sie gesagt. Und auch die Zuneigung zum Alkohol, damit wir uns irgendwohin flüchten können.«

»Bei ihr war es mehr als Zuneigung«, sagte Boas. »Neun Uhr morgens, und Oma trinkt schon das erste Glas Arrak.«

»Omas, die um neun Uhr morgens Arrak kippen, sind viel netter als Omas, die um sieben lauwarmes Wasser mit sechs Tropfen Zitronensaft trinken«, sagte ich.

»Anscheinend hat sie dir nicht genug Zuneigung zum Alkohol vererbt, denn bei mir willst du gar nichts trinken«, konterte Scharon.

»Ich habe dir doch gesagt, ich muss an meine Heimfahrt später denken.«

»Kaum sind wir bei mir angekommen, denkst du schon an die Rückfahrt ...?«

Ich gab keine Antwort.

»Die Wohnung, die Oma dir vermacht hat, war etwas größer als meine«, merkte Boas an.

»Ich dachte, du wolltest Brosamen von Scharon und mir, wolltest wissen, wer was mit wem gemacht hat, und nun rückt all das näher, und du steckst in deinen alten Vorwürfen fest?«

»Als kleines Mädchen bin ich jeden Sommer hergekommen, um mit Opa und Oma zu arbeiten. Ich lief gern zwischen den Orangenbäumen herum, freute mich, wenn die Großeltern mich suchten, lauthals nach mir riefen. Wenn du noch einmal verschwindest, kriegst du eine Ohrfeige, Scharon, hörst du?«

»Und hast du eine abgekriegt?«

»Ein einziges Mal. Bei einer Hand wie der von meinem Opa genügt eine Ohrfeige fürs ganze Leben. Morgen früh, bei Sonnenlicht, kannst du sehen, dass meine eine Wange bis heute röter ist.«

»Ich weiß nicht, ob ich bis zum Morgen bleibe«, erwiderte ich. »Ich habe nichts dabei, nicht mal eine Zahnbürste.«

»Bei Tageslicht könntest du alles sehen«, sagte sie, »auch unseren alten Hof. Dies ist das einzige Haus auf mehreren Hektar Ackerland. Früher gab es hier auch Haus- und Nutztiere, und nachts streunten Wildtiere herbei, um zu sehen, was und wen es da zu fressen gab, und die Hunde schlugen an.«

»Sie redet, als würde sie dich gar nicht hören, oder wolle nicht hören, was du sagst«, warf Boas ein.

»Noch heute gehe ich hier gern in den Zitrushainen spazieren, aber keiner sucht mich mehr. Wie groß bist du, Gadi?«

Im ersten Moment wusste ich nicht, welchen Gadi sie meinte, und auch die Frage selbst, so unvermittelt, ohne Zusammenhang mit dem Satz zuvor, überraschte mich.

»Verzeihung, hab gerade nicht aufgepasst. Was hast du gefragt?«

»Wie groß bist du?«

»Zwei Meter vierzig«, sagte ich.

»Ach was, Gadi … das ist noch nicht mal witzig.«

»Eins dreiundachtzig«, sagte ich.

»Eine gute Größe«, stellte sie fest, »groß, aber nicht zu sehr.«

»Genau das sagt auch Maya über dich, und dass du außerdem keinen Bauch hast, und sie tadelt mich: Warum achtet Itta so schön auf sich und du nicht.«

»Und was antwortest du ihr?«

»Dass du aussehen musst wie die Reklame deines Fitnessstudios und ich wie etwas, das arbeitet, ohne kaputtzugehen, auf das man sich verlassen kann. Außerdem, Gadi, bist du unser Musterknabe.«

»Du nennst mich schon wieder Gadi.«

»Weil du's verdient hast. Mich hat mein Vater erzogen, und zwar zu dem, was man auf Jiddisch als *Mensch* bezeichnet. Ein Mann, der schützt und ernährt. Er hat immer gesagt: Das ist ein richtiger Mann, Boas, einer der arbeitet und seine Frau und Kinder ernährt.«

»Bei aller Hochachtung für euch, unsere zwei *Menschalach*«, sagte ich, »auch ich arbeite und verdiene nicht schlecht.«

»Er wusste, dass du gut verdienst«, erwiderte Boas. »Eines Tages hat er mir sogar gesagt: Boas, ich denke, Itamar verdient mehr Geld als du. Worauf ich ihm sagte: Selbst wenn das stimmen sollte, weiß ich nicht, was du damit bezweckst – Streit stiften? Neid erregen? Und er fuhr fort, als hätte er nichts gehört: Aber ein echter *Mensch* ist er nicht, denn um ein *Mensch* zu sein und Frau und Kinder zu ernähren, braucht man nicht nur das nötige Geld, sondern auch eine Familie.«

Ich kicherte: »Ich erklär dir, was Mutter dazu gesagt hat. Sie sagte, Familienmänner gebe es bei uns und auf der ganzen Welt wie Sand am Meer, aber Männer, die wie du aussehen, Itamar, werden bei uns nur alle hundert bis zweihundert Jahre geboren. Sie hatte auch eine Liste der schönen Männer aller früheren Generationen, die wir angeblich in der ›Familienchronik‹ hatten, wie sie es ausdrückte: Josef der Gerechte – aus der Bibel –, Davids Sohn Abschalom, König David selbst, Apoll, Cary Grant, Adonija, Sohn der Haggit und vierter Sohn Davids, Sir Lancelot,

Rabbi Jochanan ben Sakkai – aus der Mischna –, Clark Gable …«

»Sie hat Endymion vergessen«, sagte Boas kichernd.

»Ich habe ihr gesagt: Mama, ich wäre lieber etwas weniger schön. Die Leute beachten nichts anderes an mir.«

»Diesen Aspekt hatte ich gar nicht bedacht«, sagte Boas.

»Sie riet mir: Wenn jemand dir wegen deiner Schönheit zusetzt, sag ihm, ich bin ein Gottesgeschenk – gegen äußerlich und innerlich hässliche Menschen wie dich.«

»Wie schade, dass ich das nicht ganz so sehe wie du, Mama, aber danke jedenfalls, es ist schön zu hören«, erwiderte ich.

»Schreibst du all das auch auf? Oder nur die Nacht mit Scharon?«, fragte Boas.

»Hab dir doch gesagt, momentan notiere ich nur Stichworte und Szenen, schauen wir mal, ob letztlich was dabei rauskommt.«

14

Du hast noch etwas Erde am Brillengestell«, sagte Scharon. »Ich mach sie dir sauber.«

Und schon kam sie auf mich zu, ganz nahe, und streckte die Hand zu rasch nach meinem Gesicht aus.

Ich zuckte zurück. Sie lachte: »Keine Angst.«

»Es ist keine Angst«, erklärte ich, »es ist eine normale Reaktion. Ich habe dir ja gesagt, ohne Brille sehe ich keinen Meter weit. Für mich ist das wie ein Angriff.«

»Übertreib nicht«, sagte sie. »Angriff … Du bist mein Gast, Gadi, wir sind bei mir im Haus, nicht auf dem Schlachtfeld.«

»Ich übertreibe nicht. Es ist wie ein Versuch, mich blind zu machen.« Tatsächlich missfiel mir die Freiheit, die Scharon sich herausnahm. Jeder, der so kurzsichtig ist wie ich, würde sicher genauso empfinden. Ganz allgemein, und auch, weil ich sie kaum kannte, sie gerade erst in meinem Leben aufgetaucht war und morgen wieder weg sein würde.

»Du kanntest sie nicht, bist ihr aber gefolgt«, sagte Boas. »Bist zu ihr gegangen, ohne zu wissen, was sie vorhatte und im Schilde führte. Sie kam mir vom ersten Moment in der Bar an verdächtig vor, aber hier hast du übertrieben reagiert. Sie wollte dir doch nur die Brille putzen.«

»Es ist eine instinktive Reaktion. Frag Maya. Vor langer Zeit, als eure Daphna etwa ein Jahr alt war, hatte ich sie auf dem Arm, und wie Babys es manchmal tun, wollte sie meine Brille zu fassen kriegen. Beinahe hätte ich sie fallen gelassen vor Schreck.«

»Und was hat Maya gesagt?«

»Sie hat erst gelacht und dann gesagt: Ich habe auch manchmal Lust, sie dir abzunehmen. Und gleich angefügt: Nicht nur, um dich ohne zu sehen, sondern auch, um herauszufinden, ob du tatsächlich Geduld und Liebe für uns übrig hast oder eben nicht, wie sich jetzt zeigte.«

»Tut mir leid«, sagte ich erneut zu Scharon, »für mich ist es ein Angriff.«

Sie lächelte: »Verzeihung. Ich bitte um Entschuldigung. Wusste nicht, was es für dich bedeutet.«

»Es ist ganz einfach«, erwiderte ich. »Man braucht bloß zu sagen: Gib mir bitte die Brille, Gadi, statt selbst hinzulangen.«

»Gib mir bitte die Brille, Gadi, ich mach sie dir sauber«, sprach sie mir nach.

Meine Hände, die sich vorhin ihrem begutachtenden Griff hingegeben und den Wagen zu ihrem Haus gelenkt hatten, nahmen meine Brille ab und reichten sie ihr. Mein Hals streckte ihr mein Gesicht entgegen, wie meine Beine mich, ihr folgend, die Stufen zu ihrem Haus hinaufgetragen hatten. Ich fürchtete die Grube, die ihr Körper mir grub, und war erregt von dem Wunsch und der Aussicht, hineinzufallen.

»Auf den zweiten Blick bist du schöner ohne Brille«, sagte sie.

»Auch du bist schöner, wenn ich ohne Brille bin.«

»Lustig, aber ich wette mit dir, dass du diesen Satz schon tausend anderen Frauen gesagt hast.«

Ihr Gesicht war sehr nahe, erstaunlich klar und scharf umrissen, und während sie noch meine Brille hielt, küsste sie mich unvermittelt auf den Mund. Ein flüchtiger, aber deutlicher Kuss. Nicht dieses höfliche Picken, mit dem Menschen einander begrüßen, und auch keine Invasion mit wendiger Zunge, sondern leicht geöffnete Lippen, die sich angenehm weich und warm aufdrückten, sich so echt anfühlten, wie ihr Aussehen hatte vermuten lassen, wie ich mir ihre Berührung vorgestellt hatte, als Scharon sich in der Bar zu mir setzte.

Sie ließ von mir ab, trat ans Waschbecken und spülte meine Brille sichtlich geübt. »Die Gläser waren wirklich dreckig, hast du das nicht gemerkt?«

Ich trat dazu und neigte mich vor, um besser zu sehen: ein Tropfen Spülmittel vorn und hinten auf die Gläser, leichtes Wischen mit den Fingern unter dünnem Wasserstrahl. Genau wie ich.

»Ich weiß das Vertrauen zu schätzen, das du mir schenkst«, sagte sie. »Stell dir vor, sie würde mir plötzlich aus der Hand fallen und zerbrechen.«

»Dann müsstest du mich zu meinem Hotel zurückfahren und mich in mein Zimmer hochbringen«, sagte ich. »Ohne sie kann ich wirklich nichts machen. Nur einen Faden einfädeln und die kleinsten Buchstaben lesen.«

»Deshalb hat Vater seine Lupe mir geschenkt und nicht dir. Er hat gesagt, du hättest eingebaute Lupen, in jedem Auge eine«, sagte Boas.

»Ich möchte dich lieber hierbehalten und deine anderen Sinne testen«, sagte Scharon. »Siehst du die Orangenblüten? Oder hörst und riechst du sie nur?«

»Jetzt rieche ich sie nur, mit dem Hören sehen wir später mal.«

»Das ist der angenehmste Duft, den es gibt. Die meisten Bäume hängen noch voller Früchte, und jetzt geht auch die Grapefruitsaison zu Ende, da sind sie am süßesten, aber es gibt hier auch frühblühende Sorten, und ich habe einen vorzüglichen Blutorangenbaum. Schade, dass mein Großvater nicht auch einen Campari-Baum danebengepflanzt hat. Und morgen früh wirst du frischen Grapefruitsaft trinken und meine Amseln singen hören.«

»Wie viel ihr redet und wie wenig ihr tut«, bemerkte Boas.

»Ich verstehe immer noch nicht, wie du den Weg hergefunden hast, zwischen all den Bäumen und Zitrushainen, und das mitten in der Nacht«, sagte ich staunend.

»Hab dir ja gesagt, ich kenne diese Gegend von Kindheit an. Bin hier jeden Weg und jeden Pfad gefahren, gegangen, geirrt und geradelt. Deine Augen schweifen umher, Gadi, was suchst du die ganze Zeit?«

»Wo hast du meine geputzte Brille hingelegt?«

»Hier aufs Handtuch zum Trocknen. Siehst du die Gläser nicht?«

»Die schon gar nicht. Das klingt ein bisschen idiotisch. Die Gläser haben sich selbst und schauen mich jetzt sicher an und lachen.«

»Oder sie können ohne dich auch nicht fokussieren, wie

du nicht ohne sie. Da, ich höre sie sogar: Scharon, wo hast du unseren Gadi hingetan? Da ist er, seht ihr ihn nicht?«

Ihre Nebelgestalt streckte eine verschwommene Hand aus, um die Brille aufzuheben und, vermutete ich, sie gegen das Licht zu prüfen, doch statt sie mir auszuhändigen, setzte sie sie sich selbst auf die Nase. »Du bist wirklich blind«, sagte sie. »Ich sehe rein gar nichts durch deine Gläser.« Und schon nahm sie sie wieder ab.

»Soll ich sie dir aufsetzen, oder willst du lieber selbst?«

»Mach du ruhig.«

Eine kurze, sichere Bewegung, ein leichter Druck auf die Nasenwurzel. Ihr Gesicht wurde wieder scharf, musterte mich spöttisch. Das Zimmer füllte sich erneut mit seinen Gegenständen: Fotos und Bilder an den Wänden, schwere, alte Möbel, ein großer, schwarzer Herd, ein großes – zu großes – Heer an Töpfen und Pfannen, Sieben und Kochlöffeln. Einige dienten wohl nicht mehr zum Kochen, waren jedoch der großen Familie zur Hand gegangen, die hier einst lebte, große Mahlzeiten einnahm und ein großes Leben führte, mit patriarchalischen Großvätern und tollen Enkelinnen.

Auch ein Regal mit Kunst- und Fotoalben gab es und eine Gruppe Gartenbücher und Ratgeber für die Landwirtschaft. Und überraschend: eine Reihe Gedichtbände.

Ich ging näher ran: Yair Hurvitz, Dan Pagis, Yona Wallach, David Vogel, Rachel, Rilke in hebräischer Übersetzung, Eliot und Auden auf Englisch.

»Sind das deine Bücher? Liest du sie?«

»Sie haben meiner Mutter gehört. Ich lese keine Gedichte. Lieber historische Romane von mindestens sechshundert Seiten. Und du?«

»Doch, ein bisschen. Eine Frau hat mich mal zu einem Abend zu Ehren von Jehuda Amichai mitgenommen, und danach habe ich angefangen, ihn zu lesen. Anfangs, um ihr zu gefallen, und später, weil ich die Gedichte mochte, danach noch ein paar andere Dichter, das war's. Und was tust du, wenn du nicht gerade diese historischen Schmöker liest?«

»Ich bin Produzentin. Freelancerin. Fernsehen, Festivals, Werbung, Events. Hat man dir niemals angeboten, in Werbespots aufzutreten?«

»Hat man, und ich habe Nein gesagt. Und du lebst davon, finanzierst dein Leben damit?«

»Finanzierst … Wie kann aus einem so schönen Gesicht plötzlich so ein hässliches Wort kommen, auf ›ieren‹ … Und dann noch statt amüsieren, eruieren, ausprobieren …«

»Endlich gute Wörter«, sagte Boas, »wir kommen der Sache näher.«

»… statt denen flutscht dir dieses ›finanzieren‹ raus.«

»Verzeihung«, sagte ich, »ich wollte keine derart stürmische Reaktion bei dir auslösen.«

»Das ist keine stürmische Reaktion, und ich hoffe, du wirst eine wirklich stürmische Reaktion von mir nie erleben. Aber falls du es unbedingt wissen möchtest, ja, ich lebe davon. Meine Mutter hat mir immer gesagt, das Wichtigste für eine Frau sei finanzielle Unabhängigkeit. Damit sie mit einem Mann nicht nur zusammenbleibt, weil er sie ernährt.«

»Schade, dass sie das nicht auch unserer Mutter gesagt hat«, warf Boas ein.

»Ich habe den Großteil des Agrarlands ringsum verpachtet und könnte eigentlich davon schon leben, aber mein Arzt hat mich zum Arbeiten geschickt. Er meint, ich gehörte zu der Risikogruppe von Frauen, bei denen die Langeweile Metastasen bildet.«

»Klingt nach einem netten Arzt.«

»Und du? Gefällt es dir in deinem Gym?«

»Kommt drauf an, wer an dem Tag gerade kommt.«

»Welche Frauen.«

»Ich mache keine Kundinnen an.«

»Und hast du ein Hobby? Ich hoffe, du sammelst nicht irgendwas.«

»Keine Sorge. Mein Vater sammelte alte Werkzeuge, und das hat mir gereicht, um jede Sammelleidenschaft zu belächeln. Mein Hobby ist, meinen eigenen Hausschnaps zu brennen. Und wenn ich nach Israel komme, besuche ich einen Freund, der Boukha herstellt.«

»Das kenne ich nicht.«

»Frag deine Freundin von der Bar, Scharon«, rief Boas.

»Das ist ein Klarer aus Feigen«, erklärte ich ihr. »Dieser Freund verwendet für seinen Boukha Feigen aus seinem eigenen Garten, und ich helfe ihm jeden Herbst.«

»Ein guter Freund. Womit hilfst du ihm?«

»Wir pflücken die Feigen, füllen sie in die Brennblase und destillieren den Alkohol. Das heißt, er macht das, ich bin nur Lehrling. Helfe und lerne. Und diese Männer da? Auf den alten Fotos?«

»Du benutzt das biblische Wort für ›Feigen pflücken‹? Echt? Wie süß, ihr beiden … Und ihr lest auch die Trauben und schneidet den Weizen?«

Boas lachte: »Sie nimmt dich auf den Arm, und das gar nicht mal schlecht.«

»Die Männer auf den Fotos, wenn es dich interessiert, sind zumeist Brüder, Onkel oder Cousins meines Großvaters. Er hat sie hier aufgehängt, gegen die Diebe, damit jemand, der in sein Haus einbricht, gleich weiß, mit wem er es hier zu tun bekommt, und gegen all die Töchter und Enkelinnen, die er selbst hervorgebracht hat, und gegen die Söhne und Enkel, die nicht.«

15

Ich zog zwei Schubladen in der Küche auf. Moses, Salomo, jeder an seinem Ort. Die Tafelmesser, Gabeln, Löffel, Teelöffel, alle ordentlich in ihrem Fach. Die Küchenmesser – wie geistesabwesend prüfte ich zwei an meinem Daumennagel – scharf wie Rasierklingen.

Ich hob einen Esslöffel ans Gesicht. Als Kind betrachtete ich mich gern in den blanken Löffeln meiner Mutter, sah mich darin gespiegelt, verzerrt, hässlich verdreht, wie mit der Lupe unseres Vaters vorm Spiegel.

»Und deiner?«, überraschte mich Scharon mittendrin.

»Und deiner was?«

»Dein Großvater. Was für einen Opa hast du gehabt?«

»Keine Ahnung. Mein Großvater väterlicherseits ist gestorben, bevor ich geboren wurde, und den anderen habe ich kaum kennengelernt. Wichtig für uns waren die Großmutter mütterlicherseits und unsere Eltern, die sich dauernd bloß stritten.«

»Was heißt ›für uns‹?«

»Für mich und meinen kleinen Bruder, Boas.«

»Dich selbst hast du mit einem erfundenen Namen vorgestellt und mich mit meinem richtigen? Warum nicht mein kleiner Bruder Micha?«, fragte Boas.

»Warum Micha?«

»Wegen Gadi. Deshalb Micha. Was hast du ihr sonst noch erzählt?«

»Alles Mögliche.«

»Hast du ihr von den Botschaften erzählt, die du zwischen Mama und Papa übermitteln musstest?«

»Sicher. Und auch, dass du dich geweigert hast, dabei mitzumachen.«

»Weil du das schöne Kind warst und ich das kluge, Itta.«

»Itamar«, erhob ich mich zur feierlichen Imitation von Rechtsanwalt und Notar Jechiel Diskin, »bald bist du Bar-Mizwa, ein erwachsener Mann in fast jeder Hinsicht. Du wirst eine Aufgabe in diesem Haus bekommen. Du wirst zwischen Mama und mir Botschaften übermitteln an Tagen, an denen wir nicht miteinander sprechen.«

»Nicht schlecht.« Boas lachte. »Der Rechtsanwalt und der Papa sind perfekt, an dem Notar musst du noch arbeiten.«

»Du wirst zwischen dem Unten und dem Oben hin- und hergehen und mir ausrichten, was sie gesagt hat, und ihr ausrichten, was ich sage.«

Ich ging also hinauf und hinab, hinab und hinauf, von ihm zu ihr und von ihr zu ihm. Unterwegs sagte ich mir die Botschaften auf, denn beide formulierten sie sorgsam und achteten darauf, dass ich kein Komma veränderte:

»Sag deiner Mama, dass sie ihre Klauen wieder in meinen Tisch geschlagen hat. Damit sie nicht denkt, ich hätte es nicht gemerkt.«

»Sag deinem Papa: Der Tag der Feme und Vergeltung wird kommen. Dreißig seltsame Todesarten plane ich für ihn.«

So ging es in einem fort. Nicht »sag Papa« und nicht »sag Mama« und auch nicht »sag ihr« und »sag ihm«, sondern stets »sag deiner Mama« und »sag deinem Papa«, als hätte auch ich Schuld und Verantwortung zu tragen.

»Warum immer ich? Warum bittet ihr nicht auch Boas?«

»Boas ist noch klein«, sagte Vater. »Solche Aufgaben hat man erst nach der Bar-Mizwa.«

»Ich bin erst zwölf«, erinnerte ich ihn.

»Auch Bat-Mizwa ist in Ordnung.«

Es gab auch einfachere Botschaften: »Sag deiner Mama, dass noch Mokka fürs Büro gekauft werden muss«, zum Beispiel, und postwendend: »Mama hat gesagt, sag deinem Papa, er soll eine seiner Hetären um Kaffee bitten.«

»Da hattest du ja eine interessante Kindheit«, sagte Scharon. »Was für eine Mutter und was für eine Ausdrucksweise ... Feme und Vergeltung, Hetären ... Sie hat auf jeden Fall deinen Wortschatz erweitert.«

»Meist hat sie sie Gästinnen genannt«, erklärte ich. »Deine Gästinnen, hat sie zu ihm gesagt.«

Und manchmal auch: »Sag deiner Mama, ich habe eine Erklärung für das letzte Woche.« Oder: »Sag deiner Mama, dass ich mich entschuldigen möchte für das, was vor sechs Jahren in Beer Scheva geschehen ist.«

»Wegen dieser Botschaften habe ich dich nie gefragt, warum du nicht geheiratet hast«, sagte Boas.

»Das ist nur ein Teil der Antwort«, sagte ich. »Tatsächlich habe ich aus Rache an Mutter nicht geheiratet. Um der Dynastie der schönen Männer in der Familie ein Ende zu bereiten.«

»Wofür musstest du dich denn an ihr rächen? Du warst doch ihr Liebling.«

»Genau dafür, Boas.«

»Eigentlich hättest du ihnen auch erfundene Botschaften ausrichten können und damit ihr Leben und den ganzen Haushalt managen, Gadi«, sagte Scharon.

»Ich habe keine Lust, irgendwas zu managen, nicht mal mich selbst«, sagte ich.

»Du hättest ihr zum Beispiel mitteilen können, dein Vater wolle die Hetäre aus Beer Scheva bei ihm oben in der Kanzlei einziehen lassen, und sehen, was passiert.«

»Ich fürchte, du verstehst meinen Vater nicht ganz.«

»Er interessiert mich auch nicht wirklich. Deine Mutter gefällt mir viel besser.«

»Was ich meinte: Für ihn wäre eine weitere Frau im Haus nur noch eine gewesen, die seine Sachen anrührt, seine Bücher und Werkzeuge umräumt und in sein Territorium eindringt.«

»Du hättest ihr auch sagen können: Papa lässt ausrichten, er liebe nur dich. Und ihm: Sag deinem Papa: Ich verspreche dir, deine Sachen nie wieder anzurühren.«

»Sie hätten sofort gemerkt, dass es erfunden war.«

Irgendwann hatte ich genug von dem ewigen Auf und Ab. Fortan posaunte ich die Botschaften durchs Haus, worauf Vater vorschlug, wir sollten uns zu dritt auf »öffentliches Terrain« begeben, das heißt weder in seine Kanzlei noch in ihr Zimmer, sondern ins Wohnzimmer oder in den Garten. Sie war einverstanden, und so saßen wir denn alle drei zusammen, ich schaute mal zu ihr und mal zu ihm, wohingegen sie nur mich ansahen, und ich wiederholte ihre Botschaften, ohne durchs Haus zu streifen, von Stockwerk zu Stockwerk zu rufen oder mich auf den Treppen müde zu laufen.

»Als wir einmal so zusammensaßen«, erzählte ich Boas, »hat sie gesagt: Sag deinem Papa, er hat einen Krümel Feta am Mundwinkel kleben. Und schon klaubte sie ihm mit flinkem Finger etwas ab, was nur sie sah.«

»Warum hast du mich nicht gebeten, es für dich abzumachen?«, fragte ich sie. »Und wieso sprichst du nicht mit ihm, fasst ihn aber an?«

Vater lachte: »Siehst du, Itamar? Auch die Krümel auf meinen Lippen räumt sie auf.«

»Jetzt sagt mir mal«, begann ich ein anderes Mal, als ich mehr Erfahrung und Mut gesammelt hatte, »wir sitzen hier doch alle drei zusammen. Wenn einer von euch mir sagt, was ich dem anderen ausrichten soll, hört ihr es doch. Warum muss ich es da wiederholen?«

»Ich würde ihn auch dann nicht hören, wenn er mir ins Ohr schreien sollte«, sagte Mutter.

»Sag deiner Mama, dass sie nichts hört und fertig. Nicht nur mich nicht.«

»Sag deinem Papa, dass ich das jetzt gehört habe.«

»Für einen Mann und eine Frau, zwischen denen es in einer Bar gefunkt hat und die dann zu ihr nach Hause gegangen sind, vergeudet ihr recht viel Zeit für Gespräche über unsere verrückten Eltern und ihren depperten Großvater«, bemerkte Boas.

»Tut mir leid, wenn unser Tempo dich nicht zufriedenstellt, Boas. Hätte ich das früher gewusst, hätte ich dir eine Geschichte erfunden, bei der wir einander noch auf dem Parkplatz die Kleider vom Leib reißen und auf der Motorhaube ihres Kombis ficken. Ich habe gehört, dass man solche Szenen im Umkreis von Bars manchmal zu sehen bekommt.«

»Habe ich richtig gehört? Hast du ficken gesagt?«

»Ich habe versucht, in einem Stil zu sprechen, den du verstehst.«

»Und was heißt, ›hätte ich dir eine Geschichte erfunden‹? Vielleicht hast du das schon getan? Bei unseren Brüdernächten sprechen wir ja hauptsächlich über Papa und Mama, da sind dir vielleicht die wahren Geschichten ausgegangen, und du hast begonnen, welche zu erfinden?«

»Vielleicht«, sagte ich, »aber du musst mir glauben. Du hast keine andere Wahl. Denn ich bin der Erzähler, und du bist der Zuhörer.«

16

Scharon kam von hinten an, umarmte mich, legte eine angenehme Wange zwischen meine Schulterblätter. »Lass mein Besteck sein, Gadi. Du bist wie eine Mutter, die die Verlobte ihres Sohns prüft. Sauber? Ordentlich? Wird sie eine gute Hausfrau abgeben? Wir stehen nicht vor der Hochzeit. Wir sind für eine Nacht hergekommen. Morgen früh kriegst du ein unvergessliches Frühstück und fährst ab.«

Ihre Brüste drückten an meinen Rücken. Ihre Hände umschlangen meine Brust. Ich dachte: Wäre sie ein Mann und ich eine Frau, würde ihre linke Hand jetzt meine linke Brust umschließen. Aber sie war die Frau und ich der Mann, und ich hoffte, ihre Rechte würde zu meinem Schritt runterrutschen. Ich mag es, wenn eine Frau sich von hinten an mich schmiegt, die eine Hand über meinem Herzen spreizt und die andere meinen Unterleib erkundet.

»Endlich«, rief Boas. »Wir nähern uns der Sache. Aber warum nur hoffen? Man kann doch ihre Hand nehmen und ihr den Weg weisen.«

Ich trennte sanft ihre Hände voneinander, wandte mich zu ihr um und sagte: »Scharon, ich habe dir vorhin schon gesagt, ich bin nicht sicher, ob ich bis zum Frühstück bleiben kann.«

»Können wir diese ganze Hektik mal beiseitelassen, Gadi? Vielleicht möchtest du später doch mit mir trinken und kannst dann nicht mehr Auto fahren? Vielleicht schläfst du hinterher einfach ein, wie es Männern manchmal passiert, und wachst erst auf, wenn das Frühstück schon auf dem Tisch steht?«

»Und was hast du ihr darauf gesagt?«

»Tatsächlich wusste ich nicht, was ich sagen sollte. Sie gefiel mir, sehr sogar, und als sie sich von hinten an mich schmiegte, spürte ich, dass ich diesen Körper in Erinnerung behalten würde, was übrigens auch geschah. Zwanzig Jahre sind seither vergangen, ohne dass ich sie wiedergesehen hätte, vielleicht würde ich sie, sollten wir uns begegnen, gar nicht mehr erkennen, aber ich erinnere mich an ihre Haut und an ihre Wärme und an ihr Innen. Dennoch widerstrebte mir der Gedanke, bis zum Morgen bei ihr zu bleiben.«

»Was hast du da gemacht? Was hast du ihr dann gesagt?«

»Ich habe ihr gesagt, ich hätte am nächsten Morgen einen Flug nach Amsterdam, meine Frau würde mich erwarten.«

Boas lachte: »Hast du geheiratet, ohne Maya und mich einzuladen?«

»Nicht ich. Gadi hat geheiratet, und der kennt euch nicht.«

»Warum hast du Scharon nicht klipp und klar gesagt, dass du nicht vorhattest, bis zum Morgen zu bleiben, und fertig?«

»Habe ich gesagt … später … weiß nicht … Ich habe mich damit tatsächlich in was reingeritten.«

»Du bist dir dermaßen treu, Itta.«

»Schön«, sagte Scharon. »Ich bin sicher, du wirst dich richtig entscheiden, und jetzt küssen wir uns erst mal, und diesmal richtig.«

»Ich bin aufgeregt«, gestand ich ihr.

»Das ist schön. Dass du aufgeregt bist und es mir auch sagst. Und jetzt mache ich es so, wie du es mir vorhin erklärt hast, mit Vorankündigung: Ich möchte dich bitten, mir zu gestatten, dir die Brille wieder abzunehmen, also nicht erschrecken.«

Ich stand still.

Sie nahm mir vorsichtig die Brille ab und kam mit ihrem Gesicht nahe an meines. Wir betrachteten einander im Abstand von zwei Nasenlängen.

»Siehst du?«

»Was soll ich sehen?«

»Mich, aus diesem Abstand, ohne Brille, siehst du was?«

»Ja, für mich genau der richtige Abstand. Das ist die Distanz, aus der du nichts siehst und ich alles. Auch die Details, von denen du nicht möchtest, dass ich sie sehe.«

»Was zum Beispiel?«

»Beispielsweise deine Sommersprossen.«

»Ich habe keine Sommersprossen.«

»Doch. Teils bewegen sie sich sogar.«

»Genug damit, Gadi. Auch das ist ein Satz, den du schon anderen Frauen gesagt hast.«

»Da hat sie recht, den habe ich auch schon von dir gehört, in früheren Brüdernächten.«

»Und ich lege deine Brille hier aufs Bord. Da, siehst du? Merk dir, wo sie ist, damit du sie später stressfrei wiederfinden kannst.«

Wir küssten uns. Und der Kuss entflammte sofort, kurz und prüfend.

»Was heißt, wir küssten uns?«, fragte Boas. »Wer hat den Kopf zuerst wem genähert? Wessen Zunge hat womit angefangen? Damit ich wenigstens was lerne aus dieser Geschichte.«

»Du wirst nichts lernen. Ich lerne auch nichts. Es sieht am Ende immer ähnlich aus, man weiß sogar von vornherein, wo jedes Glied sich befinden wird, aber jedes Mal fängt alles von Neuem an: Was ihr angenehm ist, was nicht, was sie zum Lachen bringt, was ihr guttut, was die Käfige ihrer Dämonen öffnet, was sie kommen lässt, was sie langweilt, was ihr schmeckt und wie man sie küssen sollte.«

»Bis heute habe ich den Einführungskurs für Maya noch nicht absolviert«, sagte Boas. »Vierzig Jahre Ehe und trotzdem muss ich immer noch dauernd entziffern, enträtseln, entschlüsseln.«

»Schön, dich zu küssen«, sagte ich.

»Ich weiß.«

»Ja? Sagen dir das alle?«

»Es gibt nicht so viele ›alle‹.«

»Aber du hast diesen Satz schon gehört, Scharon.«

»Ja, doch man muss es mir nicht eigens sagen. Wenn es für dich so schön ist wie für mich, dann ist es sehr schön.«

»Das habe ich nicht so ganz verstanden, aber es hört sich sehr speziell an«, sagte ich.

»Danke«, erwiderte sie. »Siehst du? Es war mein Plan, dass es schön wird, und so ist es geschehen.«

»Und was hast du noch geplant?«

»Jetzt steht erneutes Küssen auf dem Programm. Um zu überprüfen und zu bestätigen, dass der vorige Kuss kein Zufall war.«

Ihre Lippen lächelten, unsere Augen versanken ineinander, tauchten wieder auf. »Schön, sich wiederzutreffen«, sagte ihre Zunge zu meinem Gaumen. Ihre Finger fassten in meinen Nacken, durchwühlten mein Haar, mein Körper geriet in Wallung. Sie atmete schwer und ließ mich los, löste ihren Kopf von meinem.

»Pass auf. Unter solchen Küssen schmelze ich«, sagte sie und leckte sich unwillkürlich die Lippen.

»Oder willkürlich«, überlegte Boas.

»Du überraschst mich wieder«, sagte ich, »willkürlich, sehr hübsch. Erinnerst du dich, wie Papa sich die Lippen leckte, wenn er einen Plan entwarf oder was reparierte?«

»Er hat die Zungenspitze aus dem Mund gereckt und wieder eingezogen. Ich denke, das half ihm, sich zu konzentrieren. Besonders, wenn er kleine Gegenstände reparierte, mit der Lupe im rechten Auge.«

»Hast du die Lupe noch? Hütest du sie?«

»Wie meinen Augapfel«, lachte er. »Manchmal setze ich sie ein, betrachte mich selbst aus der Nähe im Spiegel und sehe ihn vor mir.«

»Das Opinel und die Lupe. Schwert und Krone. Du bist Vaters Thronfolger.«

»Und jetzt sieht der Plan vor, dass wir einander anfassen«, erklärte Scharon. »Ich werde dir sagen, wann dort und wann hier, denn wir haben keine Zeit zum Suchen und

Ausprobieren. Alle meine Dorts und Hiers werde ich dir sagen, das Auch und das Noch.«

»Sie ist mindestens so selbstzufrieden wie Michal«, bemerkte Boas. »Vielleicht hast du dich deshalb in sie verknallt.«

»Ich habe mich nicht verknallt, und sie ist ihr nicht ähnlich.«

»Okay, Itta. Verblüffend, wie empfindlich du immer noch bist, was sie angeht.«

Ich schwieg.

»Hast du Kontakt zu ihr?«

»Zu Scharon oder zu Michal?«

»Zu Michal.«

»Nein. Und ich möchte jetzt nicht über sie sprechen.«

»Vor lauter nicht über sie reden wollen ist sie die ganze Zeit hier.«

»Alle sind die ganze Zeit hier, Boas.«

17

Wir werden einander berühren. Reden. Noch mehr reden. Uns ausziehen, jeder sich selbst, und uns aneinanderschmiegen, denn ich wünsche möglichst viel Hautkontakt. Und du darfst alles anschauen, was du möchtest, so nahe wie möglich und so viel deine Augen fassen können.«

»Itamar«, sagte mein Bruder mit Betonung auf der letzten Silbe, diesmal um zu signalisieren, dass er sich um mich sorgte. »Wieso hast du nicht begriffen, dass sie verrückt ist?«

»Warum verrückt? Ich fand das sehr charmant.«

»Eine völlig *Zudreite*«, sagte er.

»Ich erinnere mich an dieses jiddische Wort aus Vaters Botschaften an Mutter.«

»Ich auch«, sagte Boas. »Auch das hast du manchmal vom Oben ins Unten gebrüllt.«

»Warum verrückt?«

»Weil sie nur mit sich selbst spricht, nicht mit dir. Du warst nur ein Bühnenrequisit in ihrer Aufführung.« Und mit lauterer Stimme: »Hörst du, Scharon? Statt so viel zu reden, zieh ihn endlich aus, leg ihn auf den Rücken und reite auf ihm, dazu hast du ihn doch hergebracht, worauf wartest du denn noch?«

»Wir werden einander nicht die Kleider vom Körper reißen«, sagte sie. »Keinesfalls. Wir werden sie kultiviert ausziehen, vielleicht sogar zusammenfalten und über die Stuhllehnen hängen.«

Sie legte mir erneut die Hand auf die Brust, glitt hinunter, streichelte meinen Hosenlatz. »Das ist angenehm, schön, euch zu spüren.«

»Bist du immer noch bei der Nummer mit den zwei Gadis?«

»Nein, ich spreche von dir und dem Freund hier.« Ihr Streicheln wurde klar und zupackend, ließ sich nicht mehr als Versuch oder als zufällige Berührung interpretieren.

»Dieser Name, Gadi, will mir für dich immer noch nicht richtig in den Kopf, aber was soll's?«, sagte sie. »Du bist schon feucht, und mir steht er schon, gut zu wissen, dass wir in ein paar Minuten ineinander sein werden, dass nur noch ein Erdbeben oder der Ansturm einer Elefantenherde das verhindern könnte.«

»Nicht einmal die«, erwiderte ich, weil ich nichts zu sagen wusste und mir nun schon sehr albern vorkam.

Boas nahm einen Schluck aus seinem Glas und lehnte sich zurück: »Michal hat dich dazu gemacht.«

Ich geriet in Rage: »Es reicht jetzt mit Michal die ganze Zeit. Wozu denn gemacht?«

»Zu so einem Deppen. Kummer seiner Mutter.«

»Kummer unserer Mutter, wenn schon.«

»Und wenig später werden wir auch kommen«, legte Scharon weiter ihren Plan dar. »Ich möchte zuerst, und dann du, und danach schlafen wir umschlungen ein, und ich möchte, dass wir jetzt schon ein paar Gesetze und Regeln festlegen, bevor die Dinge heiß laufen und unser bisschen Verstand zu weniger verantwortungsbewussten Körperteilen abwandert.«

»Als ob der Kopf ein verantwortungsbewusster Körperteil wäre«, sagte Boas.

»Was hältst du davon, wenn wir aufhören, Pläne zu machen und Regeln festzulegen?«, fragte ich. »Vielleicht lassen wir die Dinge laufen und sehen zu, wo sie hinführen?«

»Grundsätzlich hast du recht. Aber es ist das erste Mal und vermutlich auch unser letztes, du fliegst zurück nach Amerika, und ich bleibe da, und deshalb wünsche ich mir einen präzisen und angenehmen Fick.«

»Diesen Ausdruck mag ich nicht«, sagte ich.

»Er trifft's aber«, erwiderte Scharon. »Was soll ich denn sagen? Beischlaf? Jemand hat mal ›Liebesakt‹ zu mir gesagt, da ist mir allein schon vom Hören die Lust vergangen. Es wird ein Fick, wie uns Gott erschaffen hat. Du weißt schon, nicht mehr zwei sein, sondern ein Fleisch. Ohne zu viel Vorspiel und ohne Beiwerk und Zubehör.«

Ich nahm die Brille vom Bord und setzte sie auf. Ihre Züge wurden wieder scharf und klar. Ihre Augen leuchteten. Ihre Stimme sang selbstbewusst eine Melodie: »Ganz normal. Eng und tief. Weißt du was? Als würden wir uns lieben.«

Ich musste lachen, was mich selbst überraschte. »Warum als ob? Vielleicht werden wir uns wirklich verlieben?«

»Vielleicht, aber warum lachst du?«

»Keine Ahnung. Manchmal lacht man los. Anscheinend hast du mich dazu gebracht.«

»Freut mich«, sagte sie. »Lachen ist wichtig.«

»Ich bin gespannt auf dich, voller Neugier, bin bereit für Überraschungen, ziehe sogar die Möglichkeit in Betracht, dass allerlei Glieder an deinem Leib anderswo sitzen. Aber hör dir doch zu, Scharon, du machst dauernd nur Pläne.«

»Ich mag es, wenn du mich beim Namen nennst. Er kommt dir schon glatt über die Zunge, und ja, ich mache Pläne, denn wir haben keine Zeit für Experimente und Fehler.«

»Wie du meinst«, sagte ich.

»Ich gehe jetzt duschen, und du bist eingeladen.«

Sie ging ins Badezimmer, ließ die Tür offen, damit ich sie rufen hörte: »Kommst du?«

Ich schwieg. War plötzlich gern allein.

»Wo bist du, Gadi?«

»Hier«, rief ich und stand auf.

»Warum bist du noch nicht bei mir?«

»Bis du fertig geduscht hast, geh ich einen Moment raus, zu meinem Auto.«

»Wozu?«

Ich trat näher zur Badezimmertür: »Ich brauch was daraus«, rief ich.

»Sag mir nicht, du gehst Kondome holen.«

»Okay. Dann sag ich's dir nicht.«

Ich hörte sie lachen.

»Wir kennen die Gewohnheiten des anderen nicht, und du bist auch eine junge Frau. Man muss vorsichtig sein.«

»Und vielleicht will ich ja unbedingt schwanger von dir werden? So ein schöner Mann wie du … Warum sich solch eine Gelegenheit entgehen lassen?«

»Dann zieh ich zwei an. Übereinander«, rief ich und ging hinaus.

»Echt?«, fragte Boas. »Du bist rausgegangen, um Kondome zu holen? Hast du immer einen Vorrat im Auto? Auch in den Vereinigten Staaten?«

»Nein, ich habe keinen Kondom-Vorrat im Auto. Ich denke, mein Körper wollte einfach für ein paar Minuten aus dem Haus, brauchte einen Platz im Freien, den Schaukelstuhl aus Amerika und einen kühlen Luftzug auf möglichst viel nackter Haut.«

Ich zog mich aus, ging hinaus und setzte mich auf den Stuhl, der wie von selbst zu schaukeln begann.

»Hast du dich ganz ausgezogen?«, fragte Boas.

»Ganz«, antwortete ich. »Adamskostüm.«

»Hübsch«, sagte Boas. »Hätte ich nicht von dir erwartet.«

Die kühle Luft traf mich. Ich spürte, wie mein Körper ruhiger und stärker wurde.

»Fester«, korrigierte Boas. »Weißt du noch, wie Vater gesagt hat? Ein Mann muss gefestigt sein. Nicht mit losen Teilen rattern. Ein Mann muss sich wie ein deutsches Auto anhören, nicht wie ein französisches.«

»Ja, weiß ich noch«, sagte ich.

»Einmal, als er langsam alt wurde, habe ich zu ihm gesagt: Was ist los, Papa, du hörst dich ja schon an wie ein Dauphine.«

Ich lachte. »Dauphine … Wo hast du den Oldtimer denn ausgegraben?«

»Boas, du bist bei der Marine, hat er mir gesagt, da ist es gut, in Winternächten an Deck zu stehen. Die kalte Luft dreht alle Schrauben und Muttern fest, im Kopf und im übrigen Körper.«

»Von wegen Luft und Deck, Papa«, habe ich zurückgegeben. »Hast du vergessen, dass ich im U-Boot bin?«

»Sehr gut«, sagte er. »Kaltes Wasser festigt noch mehr.«

»War schon ein Typ, was? Und wir beide so klein und quadratisch neben ihm.«

»Der Quadratische war ich«, sagte Boas. »Du bist ein Dreieck.«

»Warum Dreieck?«

»Weil du gleichschenklig bist.«

»Versteh ich nicht.«

»Symmetrisch. Ich habe keine vernünftige Erklärung dafür. Das ist die Empfindung, die du bei mir weckst.«

»Das ist die Empfindung, die der Boukha bei dir weckt.«

»Kann sein.«

»Und Mutter?«

»Mutter hat für mich immer wie ein Sechseck ausgesehen«, sagte Boas, »oder gar wie ein Siebeneck. Schenk mir bitte nach und komm auf Scharon zurück. Jetzt passiert ja bald endlich mal was bei euch.«

»Ja«, ich goss nach, »das spürte ich auch. Ich weiß es immer ein paar Minuten, bevor es passiert.«

»Wie? Woran?«

»Daran, dass ich plötzlich an Michal denke, wo sie jetzt wohl steckt und was sie in diesem Moment tut und ob sie spürt und weiß, was bei mir läuft.«

»Na, ich bittich, was hat Michal jetzt hier zu suchen … Passt sicher auf ihre Enkel auf. Deine Freundin ist schon Großmutter, Itta.«

So war es auch in jener Nacht, in Scharons Haus, inmitten des Labyrinths von Zitrushainen und Wegen und Feldern, auf ihrem freundlichen Schaukelstuhl, mit ihr und in ihr – auch damals habe ich an Michal gedacht, wie ich überall und zu aller Zeit und bei allen anderen Frauen an sie dachte und denken werde.

18

Die Badezimmertür stand halb offen. Wasserdunst und angenehmer Duft strömten heraus. Ich trat näher und rief: »Ich bin da. Wieder zurück.«

»Alles in Ordnung mit dem Auto?«

»Alles bestens.«

»Hast du ein Kondom mitgebracht?«

»Hab's schon an.«

»Du bist doch ein bisschen komisch, Gadi. Kommst du mit mir duschen?«

»Ich hab im Hotel geduscht, bevor ich rausgegangen bin.«

Der Wasserstrom versiegte auf einen Schlag. Stille trat ein. Scharons Kopf lugte aus dem Spalt zwischen Tür und Rahmen, tropfend, dampfend, duftend: »Komm unter die Dusche. Ich lasse keine Männer in mein Bett, die ich nicht selbst gewaschen habe.«

»Na endlich, wird allmählich ein bisschen warm«, sagte Boas. Und schon verschwand ihr Kopf wieder, und ich sagte, sei es im Stillen, sei es laut: »Ich bin nicht Männer, wenn du erlaubst, ich bin ich.«

Sie lachte: »Du hast was von mir gelernt. Ein umworbener Mann soll sich einzigartig vorkommen. *Unique.* Lass einen Mann nicht spüren, dass er vielen anderen gleicht, und stell keine Vergleiche an.«

»Das hatte ich nicht im Sinn, aber ja, so wäre es mir lieb.«

Ich studierte und prägte mir die zwei Schritte ein, die ich gehen musste, um zu ihr zu gelangen, nahm die Brille ab, legte sie neben das Waschbecken und schritt voran.

»Da bist du ja«, sagte sie und legte wieder die gespreizten Finger einer Hand an meine Brust. Ich dachte: So kurz sind wir erst zusammen, und schon haben wir ein kleines Repertoire an Nähe. Sie stellte den Wasserstrahl etwas schwächer, seifte mich ringsum ein, vorne und hinten, von Kopf bis Fuß.

»Die Seife freut sich sehr«, summte sie, und schon richtete sie sich auf und schmiegte sich an mich. »Wunderbar. Ich spüre dich. Tritt ein Stückchen zurück, sehen wir mal, was du mitgebracht hast.« Sie hielt mich fest. »Du bist nicht nur schön fürs Auge. Du bist auch schön für die Finger.« Sie lachte, streckte den Arm aus wie zu einem Händedruck, umschloss mich in einer feierlichen Geste der Vertrautheit, und senkte den Blick: »Alles an dir ist schön, Gadi. Das ist ungerecht.«

»Du bist auch schön«, versicherte ich ihr.

»Treibst du Sport?«, fragte sie.

»Gott bewahre«, antwortete ich. »Ich verkaufe ihn nur.«

»Dann ist dieser Körper zusammen mit dem Gesicht gekommen?«

»Wie bei allen Menschen, oder nicht?«

»Siehst du mich?«

»Nur dein Gesicht, ein Stückchen Brust und Schultern, danach wirst du immer verschwommener, weiter runter.«

Sie ergriff meine Hand. »Weiter runter«, sagte sie und lenkte meine Finger.

»Ich bin besorgt und eifersüchtig«, erklärte Boas.

»Fass mich an«, sagte sie. »Spürst du's?«

Ich fasste hin, glitt weiter. »Noch mal«, sagte sie, und ihr blieb der Atem weg. »Fühlst du? Selbst im Wasser bin ich feucht.«

Ich legte ihr die Finger an die Lippen, und sie leckte sie ab. »Ich liebe meinen Geschmack«, sagte sie, küsste mich auf Hals und Brust, umfasste mich erneut und ließ gleich wieder los. »Genug. Sonst kommst du mir noch in der Hand. Ab ins Bett.«

Schnell drehte sie den Hahn zu, trat hinaus, wickelte sich in ein großes Handtuch, reichte mir ein anderes, und wir gingen ins Schlafzimmer.

Sie nahm das Badetuch ab und legte sich rücklings ins Bett.

»Leg dich auf mich«, sagte sie.

»Jetzt habe auch ich Anweisungen für dich«, sagte Boas. »Von jetzt an lass bitte keine Einzelheit aus. Ich will alles hören. Alles, ›unsere Beine auf den Schultern‹ – Pardon – ›unsere Körbe auf den Schultern‹, und ›wir tragen Fackeln‹, oder was der Pionierlieder mehr sind, aber ohne die Nebengedanken, die dich dauernd ablenken. Ich will ein paar Minuten ohne Michal und ohne Maya und ohne Papa und Mama, nur du und Scharon in jener Nacht und du und ich heute Nacht.«

»Ein Paar steigt ins Bett – ist dann nicht klar, was passieren wird?«

»Jede Einzelheit, jeden Ablauf. Was Scharons Hand getan hat, als sie zu dir runtergeglitten ist, und wo sich jedes ihrer Beine befand.«

»Sie ist nicht zu mir runtergeglitten.«

»Das glaube ich dir nicht.«

»Dann glaub halt nicht.«

»Haben wir so guten Boukha für nichts und wieder nichts vergeudet …?«

Ich lachte.

»Worum bitte ich dich denn schon, Itta?«, sagte Boas.

»Ein Hoch auf deine Frau«, erwiderte ich. »Du bist goldig, wenn du so redest wie sie.«

Wir lachten noch mehr. »Der Alkohol macht uns weich«, sagte ich.

»Vor allem mich«, erwiderte Boas. »Du bist ohnehin weich und gut.«

»Ich muss pinkeln, fürchte aber umzufallen, wenn ich aufstehe«, sagte ich.

Boas erhob sich und reichte mir die Hand. »Komm, ich helfe dir.«

Ich stand auf. Zu meiner Überraschung war ich völlig stabil, aber ich legte ihm die Hand auf die Schulter und stützte mich auf ihn.

Wir gingen vom Balkon ins Zimmer.

»Kommst du dort allein zurecht?«, fragte er.

»Bin nicht sicher«, antwortete ich.

Er machte mir die Badezimmertür auf. »Geh rein. Ich stütze dich von hinten, wenn du die Hose aufmachst. Da, du hast es geschafft. Sehr schön, Itta. Kein schlechtes Tröpfeln für unser Alter.«

»Weißt du noch, wie wir als Kinder überkreuz gepisst haben?«

»Und mit Vater wetteiferten, wer weiter trifft?«

Ich zog den Reißverschluss hoch, drehte mich um und ging zurück auf den Balkon.

»Du wirkst gar nicht betrunken, gehst völlig sicher«, sagte Boas. »Warum hast du dich vorher auf mich gestützt?«

»Nur so. Ich wollte prüfen, ob man sich auf dich verlassen kann.«

»Auf wen, wenn nicht auf mich? So hat man mich doch erzogen: Boas, du musst auf unseren Schönen aufpassen.«

Wir setzten uns wieder auf den Balkon. »Mach weiter«, sagte er. »Wir waren da angelangt, als sie dir gesagt hat, du sollst dich auf sie legen.«

»Sie hat zu mir gesagt: Mund an Mund, Brust an Brust, Knie an Knie, und obwohl du größer bist, wirst du sehen, dass der Rest sich dann schon anpasst.«

Ich legte mich auf sie. Jedes meiner Glieder auf seinen Bruder, seine Schwester an ihrem Körper.

»Und ich möchte, dass es so wird wie beim ersten Mal«, sagte sie.

»Warum wie? Es ist das erste Mal.«

»Als wäre es mein erstes Mal überhaupt, nicht nur mein erstes Mal mit dir.«

»Was heißt das?«

»Geduldig und sanft und mit offenen Augen. Ich will dich sehen, und dass du mich siehst.«

Unsere Lippen trafen einander und trennten sich sofort wieder.

»Sag deinen Händen, sie sollen aufhören, auf mir rumzuwandern.« Und schon packte sie sie beide, mit der Linken meine Rechte und mit der Rechten meine Linke, und spreizte die Arme auseinander.

»So. Such dir aus, ob du der Gekreuzigte bist oder das Kreuz.«

»Du bestimmst heute Abend.«

Ihre Lippen fanden meine wieder zu einem langen, tiefen Kuss. Ihre aneinandergepressten Beine streckten sich unter meinen, ihr Schoß hob sich und drängte an meinen.

»Das ist schön.« Sie löste ihre Lippen und atmete tief ein. »Schön, dich zu küssen. Schön, die Haut aneinanderzuschmiegen.«

Ich spürte ihre Beine mich umklammern. »Nimm deine Hand da weg, Gadi. Er wird allein zurechtkommen und hinfinden.«

»Bin nicht sicher. Er sieht sogar noch schlechter als ich.« Und sofort erschrak ich: »Wo ist eigentlich meine Brille?«

»Was bist du für ein Stimmungskiller! Genug davon! Ich bin dabei, meine Jungfräulichkeit zu verlieren, und du denkst dauernd nur an deine Brille.«

Winzige, blinde, sinnliche Bewegungen.

Ihre Weichheit. Ihre Wärme. Ihr Atem.

»Jetzt mach keinen Mucks. Denk nur daran, dass du gleich ganz in mir sein wirst.«

Ich schaute ihr in die Augen. Fühlte ihren lenkenden, tastenden, lockenden Schoß, mein Körper geriet in Wallung.

»Schalom«, sagte sie.

»Schalom?«

»Ein Gast ist da. Schau, Mama, ganz ohne Hände ... Er hat hergefunden.«

»Du bist witzig«, sagte ich zu ihr.

»Sachte-sachte. Halt. Spürst du mich?«

»Was genau?«

»Ich mache sie miteinander bekannt.«

»Scharon«, sagte ich, »wenn du so weitermachst, wenn du weiter so redest und so zuckst, wird alles fertig sein, ehe es angefangen hat.«

»Das würde dir gerade noch fehlen. Jetzt weiter, so langsam wie möglich.«

»Das ist so langsam, wie ich kann«, sagte ich.

»Noch langsamer. Ja, so.«

»Das war's«, sagte ich eine Minute später. »Mehr habe ich nicht.«

»Schwanz am Ende«, sagte Boas.

»Was bist du für ein Rindvieh.«

»Mehr braucht es nicht.« Sie umarmte mich fest. »Jetzt ganz ruhig.«

So lagen wir, stumm umschlungen, und du wirst es nicht glauben, Boas, ich glaube, ich bin sogar kurz eingeschlafen, denn ich wachte auf, als sie sagte: »Jetzt drück dich an mich, so fest du kannst. Nur drücken, Gadi, ohne sonstige Bewegung. Bis wir beide anfangen zu vibrieren.«

»Warum sollten wir vibrieren?«

»Weil genau das passieren wird. Wir werden vibrieren, du wirst sehen.«

Ich drückte mich an sie.

»Weiter so. Hör nicht auf und reg dich nicht. Nur drücken.«

Wir vibrierten.

»Gadi«, sagte sie, »ich liebe dich.« Und sofort fügte sie

an: »Erschrick nicht, das ist ein spontanes Gefühl, normal und voraussehbar. Gleich geht es vorbei.«

»Ich liebe dich auch«, sagte ich.

»Wie schön, und auch davor brauchst du keine Angst zu haben, auch das geht vorbei.«

»Du fühlst dich so gut an«, fuhr sie fort, »schade, dass du nicht mein erster Mann bei meinem ersten Mal überhaupt warst. Bleib so, wie ich, mit offenen Augen die ganze Zeit.«

»Willst du auf mir sein?«

»Spinnst du? Wenn es gut ist, ändert man nichts. Macht so weiter.«

»Wie Papa sagte: Wenn Mama was wirklich Gutes gekocht hat, darf man sie nicht loben, denn dann beschließt sie sofort, es zu verbessern, und macht alles kaputt.«

Sie löste ihre Füße von meinem Rücken, streckte die Beine wieder unter mir aus, eng aneinander, dicht an dicht.

»Ich wusste, dass unser erstes Mal so sein würde.«

Ich sagte: »Ich weiß nicht, wie du's siehst, aber ich und der Freund hier, wie du ihn nanntest, möchten dich daran erinnern, dass dieses erste Mal von uns aus noch nicht beendet ist.«

Sie lachte, umschlang mich wieder mit allen Gliedern: »Was können wir Damen für euch tun, meine Herren?«

»Keine Bewegung«, sagte ich. »Hol nicht mal Atem, und nimm deine Hand weg, Scharon, fass mich nicht an ...« Aber mein Körper tat schon, was er wollte, kapitulierte und pulste und zerschmolz in ihr.

Sie kicherte: »Schämst du dich nicht? Was ist mit dir?

Wie ein siebzehnjähriger Junge, und wie viel … Alles für mich …?«

Auch Boas lachte. »Itta bleibt Itta, ein Hase auch im Bett.« Er füllte unsere Gläser nach. »Richte Altmann aus, dass sein Boukha dieses Jahr besonders gut ist.«

Und kurz darauf: »Falls es dich erleichtert – also auf der U-Boot-Werft in Kiel, in Deutschland, hatte ich eine Art Freundin vor Ort, die mich dauernd genau dafür getadelt hat.«

»Ich dachte immer, du würdest den Hausfrieden deiner Familie wahren, und nun plötzlich ›eine Art Freundin vor Ort‹? Noch dazu in Deutschland?«

»Sie sagte, sie sei Teil der Wiedergutmachung für die Schoa.«

Ich lachte. »Vielleicht haben wir das von Vater geerbt.«

»Was?«

»Diese Schnelligkeit.«

»Oder von Mutter, wer weiß.«

»Von Mutter? Ich kann sie mir nicht im Bett vorstellen.«

»Kein Sohn kann sich seine Mutter im Bett vorstellen. Den Vater vielleicht, aber sie?«

»Ein Glück, dass sie mich nicht gebeten haben, auch dabei Botschaften zu überbringen.«

»Sag deinem Papa, dass ich gekommen bin … Sag deiner Mama, dass ich es gespürt habe …«

»Tut mir leid«, sagte ich zu Scharon, »anscheinend war es auch bei mir eine Art erstes Mal.«

»Kann sein«, meinte sie und fügte hinzu: »Ich habe dich angeschaut. Du warst sogar noch schöner. Dein Gesicht hat einen Moment geleuchtet.« Sie musterte meinen Ausdruck. »Keine Sorge. Ich habe keine weiteren Anweisungen. Außer der einen, dass du mit keiner anderen Frau so schläfst.«

»Wie?«

»Als wäre es ihr erstes Mal.«

»Versprochen.«

»Ich glaube dir. Menschen wie du haben jeden Grund, unerträglich zu sein. Aber du bist nett und gut. Bemühst dich und streitest vorerst auch nicht.«

»Ein zartes und gutes Jungrind«, sagte ich.

»Wie bitte?«

»So hat meine Mutter mich genannt.«

»Und jetzt ist das eine Bitte und keine Anweisung: Nachdem du so schön und so gut und so üppig gekommen bist, wünsche ich mir bald ein zweites Mal.«

»Vielleicht warten wir ein bisschen, schlafen noch mal miteinander und kommen gemeinsam?«

»Auf keinen Fall«, lachte sie, »wenn ein Paar gemeinsam kommt, oder richtiger, wenn zwei erzählen, sie seien gemeinsam gekommen, dann lügt entweder einer der beiden, oder er ist schlecht gekommen.«

Ich lachte mit.

»Ich bin wie die Musketiere«, sagte sie. »Zwei für einen, einer für sich selbst.«

»Du bist witzig.«

»Erst mal reden wir über unser Frühstück«, sagte sie, schob mich sanft von sich und setzte sich neben mir auf. »Das beste Frühstück, das du je gegessen hast. Brötchen frisch vom Baum, Kaffee direkt aus dem Hühnerstall und Orangensaft direkt von der Kuh. Akkurat geschnippelter

Salat, zwei Spiegeleier mit zwei weichen Eigelben und das Weiße ganz fest und an den Rändern angebrutzelt.«

»Klingt sehr gut«, sagte ich.

»Und weißt du was? Ich gebe dir das Gelungenere, denn wenn man zwei Spiegeleier brät, wird immer eines besser als das andere, und jemandem das Bessere geben – das ist Liebe.«

19

Es war schön. Es war wunderbar. Es war herzerwärmend und leiberhebend. Wir waren in sicheren Händen, jeder in einem freudigen Körper mit klarem, klugem Kopf. Wir machten miteinander, was wir gern taten und gut konnten. Wir waren sechs ausgebreitete Engelsschwingen und ein vibrierendes Fleisch. Mit uns im Bett waren einige Männer von Scharons Seite, und auch meine feste blinde Passagierin war dabei und noch ein paar Gästinnen.

Ich fragte mich, ob auch Scharon mich so besuchen würde, irgendwann in der Zukunft, wenn ich mit einer anderen zusammen wäre.

»Und hat sie dich besucht?«, fragte Boas.

»Das eine oder andere Mal, ja.«

Ich legte den Kopf auf ihren Oberschenkel und schloss die Augen. Ihr Duft, unser Duft, waberte. Die Vorhöfe meines Herzens wogten und entspannten sich, aber in den Kammern begann ein altes Verlangen zu pulsieren: ins Hotel zurückzukehren, oder zu Boas und Maya, am allerbesten – in die Vereinigten Staaten, nach Charlottesville, nach Hause.

»In dein U-Boot.«

»So was in der Art.«

»Wie ich, tief und weit weg.«

»Ich habe dir doch gesagt, Scharon, ich kann nicht zu deinem Frühstück bleiben.«

»Warum nicht?«

»Weil ich das bin, was man einen alten Junggesellen nennt, gewohnt, allein zu leben und das Bett leer zu haben. Ich tue mich schwer mit einem anderen Körper neben mir, und ich bin auch nicht gewohnt, so lange Gespräche zu führen.«

»Vor allem nicht Gespräche über deine Frau und über Flüge nach Amsterdam«, sagte sie.

»Stimmt. Da ist der Flug nach Amsterdam, und da ist auch eine Frau, aber jetzt rede ich allgemein und grundsätzlich.«

»Auch ich bin ein Single von der Sorte, die du beschrieben hast.« Sie stand auf. »Noch nicht alt, aber mit meinen Wünschen und Präferenzen, und manchmal möchte ich genau das, mit einem weiteren Körper im Bett schlafen, vor allem mit einem Körper wie deinem, und reden, umarmen, streicheln, denn das tun Menschen häufig mit jemandem, mit dem sie vor ein paar Minuten gevögelt haben, und am nächsten Morgen fragen: Wie hast du geschlafen? Und das versprochene Frühstück machen, sagen: Gib mir bitte das Salz, noch eine Tasse Kaffee trinken, dir erzählen, was ich in der Nacht geträumt habe, wie kultivierte Menschen voneinander Abschied nehmen.«

»Wo ist meine Brille?«, fragte ich.

»Die brauchst du jetzt nicht, wir sind uns wirklich nahe genug und sehen einander sehr gut.«

»Ich meine, ich habe sie im Bad neben dem Waschbecken abgelegt«, sagte ich.

»Keine Sorge. Zum Frühstück bekommst du sie, damit du das Brot vom Löffel unterscheiden kannst.«

»Was heißt, ich bekomme sie? Hast du sie woanders hingetan?«

»Ich habe sie an einen sicheren Ort gebracht, damit du sie nicht fallen lässt wie vorhin am Tor und sie aus Versehen zertrittst.«

»Ich muss wissen, wo sie ist.«

»Sie hat sie dir weggenommen«, sagte Boas. »Ich hab dir ja vorhin schon gesagt, dass du dich vor ihr in Acht nehmen sollst.«

»Ich habe dir gesagt, ich kann nicht bis zum Morgen dableiben, und ich kann ohne sie nicht Auto fahren. Jedenfalls muss ich wissen, wo sie ist.«

Sie schwieg.

»Hast du begriffen, was läuft?«, sagte Boas. »Sie hat sie versteckt, damit du nicht wegkannst.«

»Es war nett und angenehm bis jetzt«, sagte sie. »Warum zerrst du uns in diesen Streit?«

»Ich habe niemanden irgendwohin gezerrt. Sondern du. Du hast meine Brille versteckt, damit ich nicht wegkann.«

»Du sprichst, als wärst du wütend.«

»Natürlich bin ich wütend, und auch gekränkt. Du hältst mich bei dir gefangen, in meinem Fall braucht man weder Schloss noch Handschellen dafür.«

Sie schwieg.

»Du nutzt meine Behinderung aus. Wenn du meinen Autoschlüssel versteckt hättest, würde ich mich ärgern und fertig oder würde zu Fuß weggehen. Dies ist ein kleines Land, zum Schluss kommt man immer zu einer Straße.

Aber die Brille ist eine ganz andere Geschichte. Jemandem eine Brille mit solchen Gläsern wegzunehmen ist wie einem Beinamputierten die Prothesen zu entwenden.«

»Übertreib nicht, Gadi, und nimm dich in Acht, denn ich bin viel besser und geübter in solchen Streitereien.«

Ich gab keine Antwort.

»Fertig aus? Du sprichst nicht mehr mit mir?«

»Ich tue mich schwer damit, mehrere Dinge auf einmal zu machen, und jetzt konzentriere ich mich darauf, wie sich dieses Problem lösen lässt.«

»Was hat dir meine Freundin in der Bar über mich erzählt, bevor ich dort ankam?«

»Nur Gutes, nichts, was auf dein jetziges Verhalten hätte hinweisen können.«

»Und was hast du ihr erzählt?«

»Frag sie. Sie wird dich doch morgen anrufen und sich erkundigen: Wie war der dumme Schönling, den ich dir vermittelt habe? War er brav? Hat er geliefert?«

Sie lachte: »Vor lauter Vorsicht und Argwohn wird es dir nie langweilig. Du bist niemals allein. Das ganze Jahr umzingelt von Feinden.«

»Ich passe bloß auf mich auf, und nach allem, was mir jetzt passiert, habe ich gute Gründe dafür.«

»Die Barwirtin, wie du sie nennst, ist meine oberste Instanz in allen Lebensfragen«, sagte Scharon. »Sie kennt mich, seit ich ein Baby war. Früher war sie die jüngere Freundin meiner Mutter, und heute ist sie meine ältere Freundin.«

»Das hat sie mir auch schon gesagt, und ich habe keine Lust, über sie zu sprechen. Wir waren bei meiner Brille.«

»Vor ein paar Wochen hatte ich ein Frauen-Gespräch mit ihr, und wie viele Geschlechtsgenossinnen sprechen wir sehr offen und detailliert miteinander. Dabei habe ich ihr erzählt, dass ich einmal einen schönen Mann begehrt habe, der mich gar nicht beachtete.«

»Scharon, das interessiert mich nicht«, sagte ich. »Ich kann nicht sehen, was einen Meter vor meiner Nase vorgeht, und ich muss wegfahren. Das verursacht mir Stress und Übelkeit. Gib mir sofort meine Brille zurück.«

»Ich war damals neunzehn Jahre alt, eine Art Knospe, noch nichts war bei mir gesprossen, noch nichts aufgeblüht, und ich meinte, mit ihm zu flirten, aber er merkte es wohl nicht oder wollte es nicht merken, vielleicht war ich auch nicht deutlich genug. Kurzum, habe ich ihr erklärt, von damals ist mir das Verlangen geblieben, einmal mit einem wirklich schönen Mann zusammen zu sein, schön von Kopf bis Fuß.«

»Interessiert sie nicht, was du sagst«, warf Boas ein. »Sie redet schon wieder, als würde sie dich gar nicht hören.«

»Ein einziges Mal ist keine so große Bitte, und ich möchte es nicht mit Fick und weg enden lassen, sondern eine vollständige, eine runde Sache draus machen.«

»Jetzt hast du dieses eine Mal gehabt«, sagte ich. »Du kannst es abhaken, hast es mit einem schönen Mann gemacht, kannst mir meine Brille wiedergeben und mich gehen lassen.«

»Kennst du den Satz, dass ein Mann nur etwas schöner sein muss als ein Affe?«

»Ja, ich habe diesen Quatsch schon mal gehört.«

»Warum Quatsch?«

»Weil es auch wichtig ist, etwas klüger als ein Affe zu sein, gewiss für einen Mann in deinem Haus.« Ich stand auf, ging durchs Zimmer, beugte mich vor, um besser zu sehen.

»Was suchst du?«

»Meine Kleider.«

»Wozu?«

»Ich will nicht nackt sein mit dir.«

Sie lachte: »Wie ein kleiner Junge. Eingeschnappt.«

»Da sind sie«, triumphierte ich und zog mich an.

»Du bist viel schöner, nicht nur als ein Affe, sondern auch als jeder andere Mann, den ich je gesehen habe, außer dem, der mich nicht beachtet hat, aber fürs ganze Leben reicht nicht mal eine Schönheit wie deine.«

»Wer wüsste das besser als du«, sagte Boas.

Ich schwieg.

»Entscheide dich, Gadi, mal bist du ein alter Junggeselle, mal hast du eine Frau, die dich in Amsterdam erwartet? Lügner müssen konsequent sein, und dafür braucht man mehr Verstand und ein besseres Gedächtnis als du.«

»Da hat sie recht«, sagte Boas.

»Du verstehst nicht, wie schlimm meine Kurzsichtigkeit ist. Sie ausnutzen – das kannst du, aber verstehen nicht.«

»Du hast vorhin nach der Barwirtin gefragt, also mach ich da weiter. Sie hat mir am Telefon gesagt: Scharon, erinnerst du dich an unser Gespräch über schöne Männer? Also jetzt sitzt so einer bei mir in der Bar.«

»Ich frage dich jetzt, was ich auch sie gefragt habe: Benachrichtigt sie dich jedes Mal, wenn ein schöner Mann ihre Bar betritt?«

»Mach keine hässlichen Andeutungen, Gadi. Es ist nur

ein einziges Mal vorgekommen, und das war – ist – heute Abend. Mit dir.«

»Sag mal«, fragte ich sie, »wenn deine Mutter Barwirtin wäre, würde sie dich dann auch so herbeirufen, komm schnell, hier sitzt ein schöner Mann?«

»Nein. Meine Mutter war gegen One-Night-Stands und gegen verheiratete Männer, und du bist ja verheiratet, Gadi, hast du das schon wieder vergessen?«

»Unsere Mutter war gegen den Mann, mit dem sie verheiratet war«, bemerkte Boas.

Ich prustete los.

»Und auch gegen Männer, die ihre Söhne waren, wenn sie für ihren Geschmack nicht schön genug aussahen.«

»Und was hätte dein Vater dazu gesagt, dass du in die Bar gekommen bist und mich mit nach Hause genommen hast?«, fragte ich sie.

»Er wäre hergekommen und hätte dich erschossen.«

»Warum?«

»Weil er so einer war.«

»Was für einer?«

»Universitätsdozent, Anglistik, Humanist, Unterzeichner von Aufrufen gegen die Besatzung, aber primitiv, was seine Frau und seine Tochter betraf.«

»Gibt es hier Telefon?«, fragte ich.

»Nein.«

»Als ich meine Brille noch hatte, habe ich einen Telefonanschluss gesehen«, sagte ich.

»Eine Anschlussbuchse gibt es. Wenn du da reinbrüllen möchtest, darfst du es gern versuchen.«

»Sicher hast du das Telefon zusammen mit meiner Brille versteckt, und es würde mich nicht wundern, wenn du auch das vorausgeplant hättest. Es geht dir gar nicht darum, die ganze Nacht mit mir zu schlafen, und auch nicht um ein bestimmtes Frühstück, du hast einfach ein kleines Theaterstück verfasst und mir eine Rolle darin zugewiesen, leider.«

»Und du? Hast du denn gar nichts geplant? In dem Moment, als ich dich zu mir einlud, hat dein erbärmlicher Kopf doch gleich angefangen, Pläne zu machen und Berechnungen anzustellen, denn wer wäre routinierter und geübter in solchen One-Night-Stands als du?«

Sie stand auf, trat vor den Spiegel und redete weiter, während sie sich betrachtete und an den Fingern abzählte: »Eine halbe Stunde Fahrt zu ihr nach Hause, zwölf Minuten Gequatsche, Snacks, ein bisschen Alkohol als Gleitmittel, vielleicht etwas Musik im Hintergrund, drei Minuten Knutschen, vier Minuten Geturtel, ein bisschen Vorspiel, denn ich bin nicht einer von diesen Männern, auch wenn ich es eigentlich doch bin, und fertig. Eine Dusche, um sie abzuspülen, schön war's und Schalom dann. Nimm.«

»Nimm was?«, fragte ich.

»Nimm«, wiederholte sie und warf etwas zu Boden.

Ich wandte mich nach dem Fallgeräusch um, und wie ein schnüffelnder Hund, dem man einen Knochen hingeworfen hat, kniete ich nieder und kroch suchend herum.

»Ich bitte dich, Scharon.« Ich blickte von unten zu ihr auf. »Wenn das, was du eben geworfen hast, meine Brille war, dann gib sie mir, denn ohne sie kann ich sie nicht finden.«

Sie schwieg.

»Du lässt mir keine Wahl, und es geht auf deine Verantwortung.«

Sie reagierte nicht.

»Ich gehe. Ob sehend oder nicht, ich geh. Und hoffentlich bin ich blind genug, um den Rückweg hierher nie wiederzufinden.«

»Geh. Ich kann dich ohnehin nicht aufhalten.«

»Das kannst du sehr wohl, und bisher hast du es auch erfolgreich getan.«

»Ich habe getan, was du meines Erachtens verdient hattest, und du kannst tun, was du verdient zu haben meinst. Ich bin weder deine Frau noch deine Mutter.«

»Du verblüffst mich.«

»So bin ich. Eine verblüffende Frau. Aber auch eine banale, falls du es zufällig vergessen haben solltest.«

Nun schwieg ich.

»Aber du bist viel verblüffender als ich. Bin ich die Blinde, die ohne Brille im Dunkeln Auto fahren will? Bin ich diejenige, die in einer halben Stunde jemanden überfahren wird? Einen Landwirt, der rausgegangen ist, um einen Bewässerungshahn zu schließen? Eine vom Aussterben bedrohte Wildkatze? Einen Dichter, der nicht einschlafen kann, ein unvollendetes Gedicht auf dem Tisch liegen lässt und zum Luftschnappen rausgeht …«

»Es reicht mit dem Unsinn«, rief ich.

»Da kommt plötzlich ein verantwortungsloser Mann angerast, schwer sehbehindert und leichtsinnig, der es dermaßen eilig hat, von einer Frau wegzukommen, mit der er gerade erst geschlafen hat, aus der er praktisch in diesem Moment rausgeploppt ist« – sie steckte einen Finger in den

Mund, bohrte ihn in die eine Wange und zog ihn mit einem widerlichen Ploppen wieder heraus – »So. Ist rausgerannt, hat sich hinters Steuer gesetzt und Bumm! Mit Karacho auf sie zu!«

20

Vielleicht trinkst du doch was mit mir?«

»Nein, danke.«

Sie goss sich selbst ein Gläschen ein, Whisky, nach dem Geruch zu urteilen, und wandte sich mir zu.

»Die Maschine nach Amsterdam ist schon voll«, verkündete sie feierlich. »Der Lautsprecher plärrt: Der Passagier Gadi – Gadi was übrigens? Falls Gadi überhaupt dein richtiger Name ist – wird dringend zum Gate Nummer fünf gebeten.«

»Cohen.«

»Was Cohen?«

»Gadi Cohen. Cohen ist mein Familienname.«

»Ist das dein Ernst? Gadi Cohen?«

»Mein voller Ernst.«

»Wieso hast du dir nicht einen etwas ausgefalleneren Familiennamen ausgedacht? Sagen wir Gadi Levi?«

Ich stand auf. »Wenn du mir meine Brille nicht zurückgibst, schreie ich. Irgendjemand wird mich schon hören und herbeikommen, um zu sehen, was hier los ist.«

Sie prustete vor Lachen. »Endlich ein praktischer Einfall. Dann schreie ich ... Was bist du bloß für ein Weib, Gadi Cohen.« Sie trat ans Fenster und riss es weit auf. »Schrei ruhig. Vielleicht wird der Wächter, der hier nachts mit seinem

Pick-up durch die Zitrusplantage fährt, dich hören und herkommen, und das wäre dir echt nicht zu wünschen.«

Sie baute sich vor mir auf: »Aber vorerst gehen wir beide mal schlafen, und vielleicht treiben wir's noch mal miteinander, wenn wir aufwachen, und dann essen wir das Frühstück, das ich dir versprochen habe, weiche Dotter und so weiter, und danach lotse ich dich zurück zur Landstraße und zu deinem weiteren Leben.«

Sie stellte ihr Glas auf den Tisch, griff plötzlich mit einer Hand nach meinem Hals und krallte die Finger ein wenig: »Worum habe ich dich denn schon gebeten?«

»Das hat sie so gesagt?«, fragte Boas. »Das ist ein Satz von Maya.«

»Das ist ein Satz von vielen«, erwiderte ich. »Ich höre ihn dauernd bei euch hier im Land. Weil ich im Ausland lebe und nur einmal im Jahr herkomme, fällt mir das besonders auf.«

»Nimm deine Pfoten von meinem Hals!«, fauchte ich. »Und ich habe langsam genug von Eidottern und deinem Frühstück gehört.«

Sie strich mir zärtlich übers Gesicht. »Man könnte ja meinen, ich würde dich um Liebe bitten, um Treue, um Geld, Gott behüte, man könnte meinen, ich würde dich bitten, bei mir zu bleiben, bis dass der Tod uns scheide.«

»Der Tod scheint mir im Moment die vergnüglichere Option zu sein als ein Leben mit dir«, sagte ich.

Sie setzte sich aufs Bett, nahm mein Handgelenk und zog mich sanft neben sich.

»Deine Mutter hatte recht, Gadi. Du bist tatsächlich zart

und gut, und wenn du versuchst, hart und schlecht zu sein, bist du einfach lächerlich.«

»Gadi …«, sagte Boas. »Du warst echt ein Idiot. Selbst wenn du einen Flug nach Amsterdam gehabt hättest, hättest du ihn stornieren müssen, um bis zum Morgen bei Scharon zu bleiben.«

»Nenn mich nicht Gadi. Darüber hatten wir schon gesprochen.«

Er kicherte.

»Und mir scheint, hier geht etwas Seltsames vor«, sagte ich. »Am Anfang warst du gegen sie, und jetzt fängst du an, für sie zu sein.«

»Jetzt kenne ich sie besser«, sagte er. »Sie ist ein origineller Typ. Und sie erinnert mich ein bisschen an Maya, das gefällt mir auch.« Er verstummte und fügte dann hinzu: »Das heißt, sie ist vermutlich vergnüglicher im Bett als sie und weniger vergnüglich außerhalb.«

»Bald wird es Morgen«, sagte ich zu ihr, »wir haben bereits gelacht und gestritten und erzählt und gevögelt und uns aneinandergeschmiegt – vielleicht ziehst du dich ebenfalls an, machst dein Frühstück jetzt, wir essen es gemeinsam, und ich fahre los?«

»Jetzt schon Frühstück? Was sind wir denn, Frühschicht auf der Inneren Station III? Das Frühstück heißt auf Hebräisch Morgenmahlzeit, weil man es am Morgen isst.«

Ich schwieg.

»Sag mal …«, begann sie.

Ich antwortete nicht.

»Apropos Morgen, wie hältst du es mit Morgenficks?«

»Nicht meine Lieblingsbeschäftigung.«

»Meine auch nicht, aber wenn ein Morgenfick gut ist, dann ist er sehr gut.«

»Dieses Gespräch wird von Minute zu Minute dümmer«, sagte ich.

»Und gleich danach rennst du sicher unter die Dusche, denn du weißt es vielleicht nicht, aber an dir baumelt ein Schild: *Gadi Cohen, Hygiene und Sanität.* Ich hingegen werde nicht duschen, denn so bin ich nun mal. Eine, die unseren Duft noch einige Stunden lang bewahren, sich hier und da berühren, die Fingerspitzen an die Nase führen und lächeln möchte, ein Pfirsich, der in seinen Saft taucht. Gadi dagegen – sauber und steril.«

»Du hättest ihr erzählen können, dass auch du an deinen Fingerspitzen gerochen hast zu Zeiten von Michals Marzipan, oder wie ihr das nanntet«, sagte Boas.

»Hatte kein Bedürfnis danach.«

»Lass uns das Morgenmahl am Morgen essen, und dann kriegst du deine Brille.«

Ich schwieg.

»Jetzt komm schlafen. Wirklich schade, dieser Streit. Es ist schon spät, und den Flug, den du nicht hattest, hast du ohnehin schon verpasst.«

»Sie hat dir wirklich einen üblen Streich gespielt«, sagte Boas. »Aber ich habe das Gefühl, dass dir dieses Spiel allmählich gefiel.«

»Es war einfach nur schrecklich«, entgegnete ich.

»Schon über sechzig Jahre sind wir Brüder«, sagte er, »Söhne derselben Eltern, unterschiedlich, aber fast gleich alt, und du musstest erst im Ausland wohnen und nur noch einmal im Jahr herkommen, damit wir Gespräche führen, wie du sie mit Scharon schon zwei Stunden nach dem Kennenlernen hattest.«

»Weil sie meine Brille versteckt hat und du nicht«, erklärte ich.

»Weißt du«, überging er meinen Seitenhieb, »im U-Boot herrscht die größte und engste körperliche Nähe, die man sich vorstellen kann, und die Leute müssen geduldig und sogar nett miteinander umgehen, aber die Bedingungen für innige Gespräche sind nicht gegeben, und wenn man an Land geht, explodiert man manchmal schier, spritzt fast los. Manchmal möchte man einen guten Freund finden, noch ehe man zu seiner Frau läuft.«

»Ich führe solche Gespräche mit Altmann«, sagte ich.

»Wie unsere?«

»Nein, bei meinen Gesprächen mit ihm spricht er, und ich höre zu.«

»Auch darum beneide ich dich. In unserem Alter ist das Bedürfnis nach einem männlichen Freund größer als das Verlangen nach noch einer Frau und noch einer.«

»Mir scheint, du kritisierst mich«, sagte ich.

»Ein bisschen kritisiere und ein bisschen beneide ich dich«, erwiderte er. »Habe ich dir schon gesagt.«

21

Scharon erhob sich und stand über mir, die Füße beidseits meines Körpers.

»Ich bin ganz verrückt nach dieser Stellung«, bekannte Boas.

»Eine Art Himmelsleiter«, sagte ich.

»Spaß für Matrosen«, meinte er.

»Du solltest dich ausziehen«, riet sie. »Ich habe etwas sehr Angenehmes mit dir vor.«

»Ich hoffe, du hast auf sie gehört«, sagte Boas.

»Ja, und ich habe mich ausgezogen.«

»Da bist du ja«, sagte sie, knipste die Nachttischlampe aus, kniete nieder, die Knie beidseits meiner Hüften, bewegte sich wie ein großes, lautloses Metronom, ließ ihre Scham über meine Leisten gleiten.

»Eine Schiebetür für dich«, bemerkte Boas.

Ich lachte.

»Das fühlt sich so gut an«, flüsterte sie.

Ich stöhnte, und sie legte mir einen Finger auf die Lippen: »Sei still.«

»Auch für mich fühlt es sich gut an, deshalb mache ich Laute.«

»Genieß still«, hauchte sie an meinem Hals, »auch an sich halten fühlt sich gut an.«

Ich hielt an mich. Aber ein paar kleine Ächzer rutschten mir heraus. Sie hörte auf zu schwingen, rollte sich zur Seite und kam neben mir zu liegen.

»Warum hast du aufgehört?«

»Weil du weiter Töne von dir gegeben hast.«

»Na und? Wer sollte mich hören?«

»Was geht hier vor?«, fragte Boas. »Erst habt ihr euch bekämpft, gestritten, Brille hin, Brille her, du hast dich angezogen, ich will wegfahren … Und nun wolltest du bleiben? Hast deinen lächerlichen Flug sausen lassen?«

»Weiß nicht. Ist dir immer alles so klar, was du tust?«

»Normalerweise ja.«

»Bei mir nicht immer. Weiß nicht … Ich verstehe nicht alles, was ich tue oder was man mit mir macht, und das gilt erst recht für jene Nacht. Manchmal verstehe ich die Dinge erst hinterher, aber auch dafür gibt es keine Garantie. Ich verstehe längst nicht alles, was ich in dieser Nacht getan und gesagt habe und auch nicht alles, was Scharon gesagt und getan hat.«

»Plötzlich hast du deinen dringenden Wunsch, nach Hause zu gehen, vergessen? Diese Scharon streicht dir ein bisschen über den Penis und fertig? Schon warst du ruhig?«

»Du hast selbst gesagt, irgendwie hat es mir auch gefallen. Vielleicht verstehst du bald, warum.«

Wir lagen einander im Dunkeln gegenüber, unsere Brustwarzen berührten sich, unsere Gesichter waren einander nahe, ihr Oberschenkel ruhte fast besitzergreifend auf meiner Hüfte, meine Hand auf dem Punkt, wo er auf den zweiten traf. Ihr Mundhauch wärmte mir Lippen und Hals.

Plötzlich geriet sie in Anspannung und knipste die Lampe an. Ihre Augen blickten über mich hinaus. Ich erschauerte. »Was guckst du? Ist noch jemand im Haus?«

»Mein Mann«, sagte sie.

Boas war schneller als ich. »Ihr Mann?!«, rief er aus. »Jetzt gibt's da einen Ehemann? Was ist los mit dieser Frau?«

»Dein Mann?«, flüsterte ich entsetzt.

»Jap. Ich habe ihn gehört. Ich hatte ihn gebeten, heute Abend nicht herzukommen, aber er ist im Nebenzimmer.«

»Hier im Haus?«

»Jap.«

»Was soll dieses Jap auf einmal? Was für ein Nebenzimmer?«

»Das Zimmer jenseits der Tür da.«

»Du bist verheiratet? Vorhin hast du gesagt, du wärst nicht verheiratet.«

»Verheiratet …«, sagte sie, »verheiratet … Das beschäftigt dich? Nicht zu glauben, ich hab heute in der Bar den Papst höchstpersönlich abgeschleppt.«

»Das ist nicht lustig. Willst du mir sagen, dass du mit mir geschlafen hast, während dein Ehemann hinter der Wand da war?«

Boas platzte heraus: »Warum führst du überhaupt dieses Gespräch mit ihr? Du musst sofort aufspringen, dich anziehen und abhauen, mit oder ohne deine Brille.«

»Was heißt, du musst?« Ich lachte auf. »Ich erzähle dir etwas, was zwanzig Jahre her ist. Es ist zu spät, um mir zu sagen, was ich tun soll.«

»Stell dir vor, dieser Ehemann wäre plötzlich reingekommen, als du dort nackt in ihrem Bett lagst. Das Letzte, was ein Mann sehen möchte, ist ein Schwanz, der eine Minute zuvor noch in seiner Frau gesteckt hat.«

»Was beunruhigt dich denn nun mehr, Gadi«, fragte sie gedehnt, ihr Körper bebte vor unterdrücktem Lachen, »dass ich eine verheiratete Frau bin oder dass mein Mann im Nebenzimmer ist?«

»Sie ist wahnsinnig, und du bist ein Idiot«, sagte Boas. »Aber wenigstens sehe ich dich hier, ohne Narben im Gesicht, woraus ich entnehme, dass du da irgendwie heil rausgekommen bist.«

»Du bist nicht normal, Scharon«, flüsterte ich. »Wir hätten zu mir ins Hotel gehen können. Und was ist das überhaupt für ein Arrangement? Du informierst ihn, dass er das Schlafzimmer räumen soll, weil du mal wieder mit einem Lover heimkommst?«

»Dieses Haus hat zwei Trakte. Seinen und meinen.«

»Steh schon auf und zieh dich an«, rief Boas. »Plötzlich ist ein Architekt aus dir geworden. Über Häusertrakte reden sie auf einmal.«

Eine ärgerliche Männerstimme tönte vom Balkon unter uns herauf. »Hört auf zu schreien! Ihr seid nicht bei euch zu Hause. Das hier ist ein Hotel. Leute versuchen hier zu schlafen!«

»Und wenn er plötzlich aus seinem Trakt kommt und in dieser Tür erscheint?«, fragte ich Scharon.

»Er kommt nicht raus. Diese Tür wird von beiden Seiten abgeschlossen, mit zwei verschiedenen Schlüsseln. Sie geht nur auf, wenn wir beide es übereinstimmend wollen. Er hat einen separaten Eingang, ein eigenes Klo und Bad und auch eine kleine Küche für sich. Er ist ein ausgezeichneter Koch, und wir haben eine gute Beziehung, treffen uns manchmal zum Essen und wenn Gäste kommen.«

»Erinnert mich ein bisschen an unsere Eltern«, sagte Boas, »abgesehen von dem ausgezeichneten Koch und der guten Beziehung.«

»Gleich sagst du mir noch, er sei dort mit seiner Freundin, wie du mit mir.«

»Nein, nein.«

»Danke. Wenigstens das.«

»Er ist mit seinem Freund.«

Boas lachte los.

»Du lachst, aber ich bekam schier einen Herzinfarkt«, sagte ich.

»Hier hat die Geschichte eine unerwartete Wendung genommen, und dem kleinen Freund gefällt sie nicht.« Scharon kicherte. »Eben noch war er fröhlich und hat dir Laute entlockt, und jetzt versucht er sich in deinem Bauch zu verstecken.«

»Tut mir leid«, sagte ich. »Ich entschuldige mich in seinem Namen, er war etwas überrascht.«

»Du hättest ihr erklären sollen, dass der Penis ein binäres Wesen ist. Er versteht nur Ja oder Nein, an und aus«, sagte Boas.

»Du solltest etwas offener sein, Gadi«, sagte sie.

»Macht mich verrückt, dieser Gadi. Ich verstehe immer noch nicht, warum du ihr deinen richtigen Namen nicht genannt hast.«

»Ich bin offen, ich bin liberal, ich wähle die Demokraten«, sagte ich ihr. »Aber einige meiner Körperteile sind von der alten Generation. Mein Magen fürchtet Neuerungen, mein Penis ist wählerisch und mein Hintern homophob.«

»Echt? Haben dich Männer angemacht?«

»Mehr als einmal.«

»Und ist es auch zum Vollzug gekommen?«

»Nein, echt nicht. Aber es hat zudringliche Blicke gegeben. Anders als die von Frauen. Manchmal bin ich mir vorgekommen wie eine Schreibstubensoldatin, zur Zeit, als ich noch beim Militär war.«

»Ich bin sicher, alle weiblichen Schreibstubenkräfte haben von dir fantasiert.«

»Vielleicht törnt das euch zwei ja an«, mutmaßte ich. »Er bittet seinen Freund jetzt sicher, still zu sein, weil seine Frau im Nebenzimmer mit ihrem Freund zusammen ist.«

Sie näherte ihr Gesicht meinem. Ihr Lächeln erleuchtete die Dunkelheit.

»Fass mich an«, sagte sie.

Ich fasste sie an. Streichelte sie.

»Sei still«, warnte ich, »damit dein Mann nichts hört.«

Sie lachte.

»Du bist originell«, sagte ich, »und du bist amüsant, und ich werde dich niemals vergessen, aber du bist zu groß für mich.«

»Versprich nichts. Du hast keine Ahnung, wie leicht man mich vergisst.«

»Ich werde dich nicht vergessen, nur leider nicht aus den guten Gründen.«

»Wirklich schade.«

»Diese Nacht ist zu groß für mich. Wirklich zu viel. Die Brille, die du versteckt hast, und dein Mann, und sein Freund plötzlich, selbst wenn du ihn erfunden haben solltest. Und auch du bist eine Nummer zu groß für mich, wie die jungen Leute im Fahrstuhl heute Abend, das ist nichts für mich.«

»Welche jungen Leute im Fahrstuhl?«, fragte sie verwundert.

»Egal. Alles ist hier zu schwer und zu gedrängt und zu viel für mich. Ich habe wirklich keine Lust mehr. Ich bitte dich, mir die Brille zurückzugeben und mich zur Landstraße zu lotsen, von da finde ich mich zurecht.«

»Ich habe bloß Spaß gemacht, hier ist kein Mensch, und ich bin genauso wenig verheiratet wie du. Ich habe mir einen Ehemann erfunden, weil du dir eine Frau erfunden hattest. Ich dachte, das darf ich auch, nicht nur du.«

»Scharon, du hast mich zum Vergnügen hergebracht. Wir haben uns vergnügt, miteinander unterhalten, miteinander geschlafen, es war alles wunderbar, bis du mit deinem ›Bis zum Morgen‹ angefangen hast. Ich will wirklich meine Brille haben und gehen.«

Sie stand auf. »Komm«, sagte sie.

»Fahren wir? Sehr gut.«

»Nein, Gadi, wir fahren nicht, wir gehen in den unverschlossenen Trakt meines nichtexistenten Ehemanns.«

»Ich habe keinerlei Absicht, dort reinzugehen.«

Sie ging zur Tür.

»Und dass du es ja nicht wagst, sie aufzumachen«, sagte ich.

Ich sah verschwommen und hörte deutlich die Tür aufgehen, die gar nicht abgeschlossen gewesen war. Scharon schaltete das Licht im Raum dahinter an.

»Siehst du?«

»Ohne Brille sehe ich nichts.«

»Siehst du nicht, dass das Bett gemacht, das Zimmer leer ist, bist du wirklich so blind?«

»Ohne Brille sehe ich gar nichts.«

»Du kannst reinkommen, alle Schubladen und Schränke aufmachen, wenn du hier ein männliches Kleidungsstück oder den Rasierapparat eines Mannes findest, gebe ich dir deine Brille. Das schwöre ich dir.«

»Ohne Brille kann ich nicht …«

»Genug mit deinen endlosen Wiederholungen, du infantiler Kerl«, hob sie die Stimme.

»Selber genug!« Ich wurde ebenfalls laut. »Es reicht mit deinen Spielchen. Ich wäre schon lieber ganz blind.«

»Vertraust du mir wirklich nicht?«

»Dein Verhalten ist nicht gerade vertrauenerweckend.«

»Du hast keinen Sinn für Humor.«

»Gewiss nicht für Humor wie deinen.«

»Warum bist du überhaupt mit hergekommen? Wer hat dich gezwungen?«

»Weil ich ein Idiot bin«, antwortete Boas an meiner Stelle, »deshalb.«

»Die Frage lautet nicht, warum ich hergekommen bin, sondern warum du mich eingeladen hast. Nur, weil du einmal mit einem gut aussehenden Mann zusammen sein wolltest? Oder um mich zu misshandeln?«

»Das ist alles, was du dir vorstellen kannst? Es gibt noch viele weitere Möglichkeiten.«

»Welche zum Beispiel?«

»Das geht dich nichts an.«

»Erstaunlich, wie mich jene Nacht immer noch in Aufregung versetzt, auch nach zwanzig Jahren«, sagte ich zu Boas.

»Außer der Brille verlangst du tatsächlich nichts«, sagte sie. »Erfüllst nur die Wünsche anderer. Meine Freundin hat dir gesagt, du sollst in der Bar bleiben und auf mich warten, und du bist dageblieben und hast gewartet. Ich habe dir gesagt, du sollst mit herkommen, und du hast zugestimmt und bist gekommen. Ich habe dir ganz genau gesagt, wie du mich vögeln sollst, und du hast es getan. Weil sich dir alle Türen auftun, bist du passiv geworden. Einer von diesen Typen, die sagen: ›Was auch immer geschehen wird, jeder Aufschub tut gut.‹«

»Da ist was dran an dem, was sie sagt«, meinte Boas.

»Ja, Boas?«, brauste ich auf. »Was denn genau?«

»Was auch Mutter meinte. Dass du dich nicht anzustrengen brauchst. Dass deine Schönheit dir alle Türen öffnet.«

»Komisch, wie diese Passivität den ewigen Verlierern, denen nichts gelingt, und den ewigen Gewinnern, denen alles leicht zufällt, gemeinsam ist«, fuhr sie fort.

Ich schwieg.

»Ich bin genau das Gegenteil von dir«, sagte Scharon. »Du möchtest alles offen und einfach haben? Ich kam in die Bar, du warst noch schöner als gedacht, und ich bekam einen trockenen Mund vor lauter Verlangen nach dir. Ist es dir noch nie passiert, dass du eine sehr schöne Frau gesehen und gedacht hast, du *musst* einfach mit ihr schlafen? Aber du würdest dasitzen und abwarten, in dem Wissen, dass sie anfangen wird, mit dir zu flirten, während ich, *poor me,* Pläne aushecke und Erfolg habe. Tatsache – hier bist du, bei mir im Bett, und laut Plan bleibst du auch bis zum Morgen bei mir.«

Ich schwieg.

»Stimmt, ich bin nicht so schön wie du, aber ich sehe nicht schlecht aus, es ist nicht langweilig mit mir, und ich bin gut im Bett, richtig gut. Du weißt noch nicht, wie gut, und weil du dauernd weglaufen willst, wirst du es auch nicht erfahren. Ich bin nicht gestresst und mache auch keine versteckten Andeutungen oder stelle irgendwelche Forderungen. Keine Hochzeit und keine Kinder und keine tickende biologische Uhr, deren Sand abläuft, wie bei vielen Frauen in meinem Alter, und wer nicht gegen mich ankämpft wie du, kann sich mit mir vergnügen bis zum Himmel und bis zum Morgen oder beides zusammen.«

Ich klatschte Beifall. »Ich bin sprachlos«, gestand ich ihr.

»Was für eine Rede«, sagte Boas. »Und was ist danach passiert?«

22

Scharon trat näher und blieb vor mir stehen, und ich umarmte im Knien ihre Beine. Sie legte ihre Hand auf meinen Nacken, drückte mein Gesicht an ihre Scham, und wie zuvor, nach unserem Vögeln, vibrierte sie.

»Genug, ich kann auch nicht mehr, und so werde ich auch nicht kommen«, sagte sie schließlich und trat zurück. »Steh auf, Gadi, stell dich hin. Ich möchte dich umarmen, an mich drücken, gut, dass du nicht weggegangen bist, gut, dass du dich nicht angezogen hast.«

Aber ich stand nicht auf, sondern umarmte ihre Beine noch fester.

»Na, was hast du denn, Gadi?«, sagte sie. »Das mag ich nicht. Das sieht aus, als würdest du mich anflehen.«

»Interessant, mit welcher Leichtigkeit du einen flehenden Mann erkennst«, sagte ich. »Was sind die Merkmale genau?«

Sie schwieg.

»Ich flehe tatsächlich«, sagte ich. »Bitte, Scharon, gib mir meine Brille, erbarme dich meiner, bitte.«

»Du bist ein schlechter Schauspieler«, befand sie.

Ich schwieg, aber meine Arme umschlangen wie aus eigenem Antrieb mit Macht ihre Waden.

»Das ist zu fest! Das ist mir unangenehm ...!« Ihre Stimme schrillte lauter und schärfer.

Aber mein Flehen wurde fordernd und meine Umarmung zerrend. Sie strauchelte, schrie wütend auf und fiel zu Boden, zog das Laken vom Bett und bedeckte sich in jäher Keuschheit.

»Prima, Itta«, sagte mein Bruder. »Etwas von Jechiel Diskin hast du doch auch in dir.«

»Du nutzt eine Schwäche von mir aus, dann nutze ich das, was stark an mir ist«, sagte ich und legte ihr die Hand an den Hals.

»Sag mir nicht, du hast sie gewürgt.«

»Natürlich habe ich sie nicht gewürgt. Du weißt ja, dass ich nicht aggressiv bin wie du und Vater, und gewiss kein Grobian wie ihr, aber ich habe eine große Hand und wollte, dass sie sie spürt.«

»Da«, sagte ich zu ihr. »Wie fühlt es sich an, schwach zu sein?«

Ich war sicher, sie würde meine Hand wegdrücken, würde aufstehen, mich vielleicht sogar treten, aber ihr Körper erschlaffte mit einem Mal, und ihr Gesicht über meiner Hand verzerrte sich.

»Wo ist meine Brille?«

Sie hustete. Ich nahm die Hand von ihrem Hals. »Tut mir leid«, sagte ich. »Ich bin nicht so einer. Ich weiß nicht, was du denkst, aber du hast mir die Brille weggenommen, und das ist wirklich schlimm für mich.«

»Diese Hand ist nicht ernst zu nehmen«, flüsterte sie. »Das habe ich gespürt. Sie ist nicht ernst zu nehmen, weil sie einem Mann gehört, der nicht ernst zu nehmen ist. Ich habe weniger Kraft als du, aber ich habe keine Angst vor dir.«

Ich schwieg.

»Du bist stärker als ich, na und? Die meisten Männer sind stärker als die meisten Frauen, aber du hast nichts, was deinen Körper antreibt.«

Und nach einer Pause, einem Räuspern und einem tiefen Atemzug: »Hol mir bitte ein Glas Wasser.«

»Ohne Brille? Ich werde weder die Gläser noch den Wasserhahn finden.«

Sie stand auf, ging in die Küche. Ich hörte die Schranktür, die Tür des Gefrierfachs, das Klirren von Eiswürfeln im Glas, ein Schlucken und erleichtertes Aufseufzen.

»Das sind keine Wassergeräusche«, rief ich.

»Es sind die Geräusche von noch mehr Whisky. Soll ich dir auch welchen einschenken?«

»Nein, danke.«

Sie setzte sich aufs Bett.

»Ich verstehe nicht, warum mir all das passiert«, sagte ich.

»Du verstehst sehr gut, bist es einfach nicht gewohnt.«

»Du lässt mir keine andere Wahl«, erklärte ich. »Ich gehe.«

»Geh«, sagte sie. »Lass sehen.«

»Schalom, Scharon«, verabschiedete ich mich, »es war sehr schön. Nicht die ganze Zeit, aber hier und da durchaus.«

»Was hast du wirklich gedacht?«, fragte Boas. »Was wolltest du tun? Du konntest ohne Brille ja tatsächlich nicht weggehen, schon gar nicht Auto fahren, noch dazu im Dunkeln.«

»Es war ganz einfach, Boas. Ich stand auf, zog mich an,

ging an die Garderobe neben der Haustür, nahm das Jackett vom Bügel, das ich ein paar Stunden zuvor dort aufgehängt hatte, griff in die Innentasche und zog meine Reservebrille heraus.«

Boas staunte. »Ich wusste, dass du normalerweise immer eine Reservebrille dabeihast, dachte aber, diesmal wahrscheinlich nicht.«

»Es hat mich gewundert, dass du nicht schon früher danach gefragt hast«, erwiderte ich.

»Ich habe dich das Tempo deiner Geschichte bestimmen lassen, wie du mich gebeten hast.«

»Danke«, sagte ich.

»Siehe da, nach so vielen Jahren des gemeinsamen Aufwachsens, nach Brüdernächten, Alkohol, Gesprächen, Geschichten meint der Mensch, seinen Bruder, sein eigen Fleisch und Blut, zu kennen – und doch hast du mich jetzt überrascht, Gadi.«

23

Scharon wurde nervös. »Was ist das?«

»Meine Reservebrille.«

Sie schwieg.

»Was hast du dir denn gedacht, Scharon, dass ein Mensch mit meiner Sehschwäche mit nur einer Brille das Haus verlässt? Selbst wenn ich bei mir daheim vom Schlafzimmer in die Küche gehe, habe ich eine Reservebrille in der Tasche.«

»Dann wusstest du bei allem, was hier heute Nacht passiert ist, dass du noch eine Brille dabeihast?«

»Jap.«

Ihre Stimme wurde lauter, sie bebte: »Und alles, was du getan und gesagt und geschrien und getobt und gefleht hast, war Theater?«

»So kann man es nennen, parallel zu deinem Theater.«

»Du hättest also gehen können, wann du wolltest.« Jetzt schwoll ihre Stimme zum Kreischen an. »Und dann: ›Ich muss gehen, ich habe einen Flug, gib mir die Brille zurück, meine Frau wartet, Gewohnheiten eines Junggesellen, du nutzt meine Behinderung aus, erbarme dich meiner, wie einem Beinamputierten die Prothesen wegnehmen?‹ Und du sagst zu mir, *ich* hätte hier ein Stück inszeniert?«

»Nein, im Gegensatz zu dir bin ich nicht mit einem Plan hergekommen, außer mit dir zusammen zu sein. Hättest du mir die Brille, die ich aufhatte, nicht weggenommen, wäre all das nicht passiert, aber du hast sie weggenommen, und als ich dann wusste, mit wem ich es zu tun hatte, dachte ich mir, dass ich auch manches darf.«

»Ich muss mich noch von dieser Überraschung erholen«, sagte Boas. »Versuchen, die Geschichte noch mal von Anfang an abzuspulen, diesmal in dem Wissen, dass du eine Reservebrille hattest, von der sie nichts ahnte.«

»Menschen ändern sich, Boas, wie du gesagt hast, entwickeln sich sogar«, erklärte ich.

»Ich verstehe, warum du ihr verheimlicht hast, dass du noch eine Brille dabeihattest, aber warum auch mir, Itta?«

»Wenn du es gewusst hättest, hättest du mir dauernd Anweisungen erteilt. Hol sie raus, hol sie nicht raus, jetzt, später. Außerdem solltest du mehr Freude an meiner Geschichte haben, diese Überraschung miterleben.«

»Hast du noch mehr solche Überraschungen parat?«

»Warum sollte ich dir das verraten?«

»Du hattest einfach Spaß an diesem Spiel. Bist ja schlimmer als sie.«

»Du hast mich gewürgt, umgeworfen, beinahe geschlagen«, schrie Scharon, »und all das in dem Wissen, dass du noch eine Brille hast und einfach gehen kannst, wann du willst.«

»Ich sage noch einmal, du hast die Spielregeln festgelegt. Ich bin nur eingestiegen.«

»Geh weg, auf der Stelle! Du Lügner! Hau ab! Lachst dir insgeheim auch noch ins Fäustchen über deinen erbärmlichen Sieg.«

»Wer gewonnen und wer verloren hat, interessiert mich

nicht mal. Dabei sein ist alles, wie man in solchen Fällen sagt.«

»Dabei sein ist alles, sagen nur die Verlierer, und ich hasse es, zu verlieren.«

»Ich bin bereit, meine Niederlage einzugestehen und dich als Siegerin zu krönen.«

»Aber im Grunde deines Herzens hältst du dich für den Sieger und triumphierst. Und ich hab dich zuvor der Passivität bezichtigt … Ich war hier die Blinde. Setz endlich deine Reservebrille auf und hau ab. Warum hast du sie eigentlich noch nicht auf?«

»Weil ich mich an dem Wissen freue, wieder Herr meines Schicksals zu sein. Machen zu können, was ich entscheide, nicht, was du bestimmst.«

»Gut, die Einladung zum Frühstück ist auf der Stelle gestrichen. Ich fahr dir bis zur Landstraße voraus, um sicherzustellen, dass du wirklich weg bist. Setz deine Brille auf, und los geht's.«

»In Ordnung«, sagte ich.

Ich öffnete das Brillenetui. Es war leer. Meine Reservebrille lag nicht drin.

»Eine unerwartete Wendung in der Geschichte«, sagte Scharon. »Du hast keine Brille, Gadi.«

»Eine Königin«, sagte Boas. »Du bist zwar mein Bruder, und ich gehe mit dir durch Feuer und Wasser, aber sie ist schon eine tolle Frau, ehrlich.«

»Sehe ich genauso. Und erstaunlicherweise habe ich das auch in jenem Moment so gedacht.«

»Was hast du ihr gesagt? Was hast du gemacht?«

»Dann habe also nicht nur ich hier Theater gespielt«, sagte ich zu ihr. »Den ganzen Abend über wusstest du, dass ich dachte, ich hätte noch eine Reservebrille, und nur eine Show abzog. Du hast mir auch nicht gesagt, dass du es weißt, sondern mir vor fünf Minuten noch eine Szene hingelegt … Ich kapituliere, Scharon. Du hast gewonnen. Ich gebe auf. Und du wirst es nicht glauben, Boas, aber ich fing an zu lachen.«

»Warum lachst du denn jetzt?«, schrie sie. »Du hast dich als das erwiesen, was du bist, ein Depp. Und schlimmer noch, ein Depp, der dachte, ich sei hier die Dumme. Was hast du dir dabei gedacht? Dass ich nicht wüsste, dass jemand mit deiner Sehschwäche ohne eine Zweitbrille nicht das Haus verlässt? Sobald ich konnte, als du rausgingst, habe ich in deiner Jacketttasche nachgeschaut und sie gefunden. Sei froh, dass ich sie dir nur weggenommen und nicht zerbrochen habe, wie du es verdient hättest.«

»Ich habe ja schon gesagt, Scharon, du hast gewonnen. Wir müssen nicht weiter darauf rumreiten.«

»Und was ist mit mir?«, fragte Boas. »Jetzt muss ich die ganze Geschichte noch mal durchspulen. Diesmal in dem Wissen, dass sie wusste, dass du nicht wusstest, dass du keine Brille mehr hattest.«

»Wie ich mich wohl verhalten hätte, wenn es mir bewusst gewesen wäre?«

»Du hättest dich genau gleich verhalten«, sagte Scharon, »nur ein bisschen weniger gewalttätig.«

»Ich weiß nicht«, sagte ich.

»Du wärst gewalttätiger gewesen, damit sie nicht merkt, dass du es weißt«, sagte Boas.

»Am meisten amüsiert hat mich deine Selbstzufriedenheit«, erklärte Scharon und äffte mich nach: »Ich habe noch eine Brille, aber das sag ich ihr nicht.«

»Die echte Show hier hast du abgezogen, Scharon, vom Anfang des Abends bis zu meiner Schlussszene, mit dem Etui ohne Brille.«

»Stimmt. Ich habe gewonnen. Ich hoffe, das ist dir klar.«

»Habe es ja schon dreimal gesagt. Du hast eine Medaille verdient.«

24

Wegen meiner Augen konnte ich beim Militär nicht in einer Kampfeinheit dienen. Ich bedauerte das nicht. Die raue männliche Körperlichkeit hat mich von Kindheit an abgestoßen. Gebrüll, Körpergerüche, Gedränge, Schulterklopfen, Aggression – all das war mir schon beim Sportunterricht in der Schule und bei den jährlichen Klassenreisen zuwider.

Da ich zu schön und zu bebrillt war und schon als Kind gern die »Feiertagskleider« trug, die meine Mutter mir kaufte, versuchten andere Kinder mich in den Pausen zu provozieren oder gar anzugreifen. Ich war und bin bis heute ein sehr guter Läufer, und normalerweise konnte ich ihnen entfliehen. Aber als mich einmal zwei Jungs gemeinsam attackierten, fiel meine Brille zu Boden, und in einem Anfall von Panik und Atemnot biss ich einen von ihnen in die Wade.

Ein Tumult brach aus. Der Schuldirektor bestellte meinen Vater ein. Der kehrte mit ernstem Gesicht zurück und verhörte mich. Ich erklärte ihm, normalerweise würde ich fliehen und kein Mensch könne mich einholen, aber diesmal hätte ich auf dem Boden herumkriechen und meine Brille suchen müssen, damit sie nicht kaputtging, und die beiden hätten mich dabei getreten.

»Und da bist du erschrocken«, erklärte mein Vater mit unerwartetem Mitgefühl.

»Ja«, sagte ich, »und mir wurde übel. Manchmal, wenn ich ohne Brille bin, möchte ich kotzen vor lauter Sehschwäche.« Und ich brach in Tränen aus.

»Itta macht uns Schande«, petzte Boas. »Er ist eine Heulsuse und ein Angsthase, läuft weg, statt zurückzuhauen.«

Unser Vater gebot ihm Schweigen, umarmte mich und sagte: »Itamar kann sich wegen seiner Brille nicht prügeln, und wir wollen nicht, dass er sich das Beißen angewöhnt, also verteidige du ihn, Boas. Jeder hat Aufgaben in der Familie. Itamar übermittelt Botschaften zwischen Mutter und mir, und dies wird nun deine Aufgabe sein.«

Wir waren beide verblüfft. Unser Vater fuhr fort: »Du bist zwar kleiner als er, aber ein kräftiger Junge, prügelst dich gern und gut und wirst mehr Spaß an deiner Aufgabe haben als er an seiner. Ich bring dir ein paar Taktiken aus der britischen Armee bei, und du passt auf ihn auf, als wäre er der kleine Bruder und du der große.«

Boas freute sich über die britischen Taktiken und die Erlaubnis, sie einzusetzen, und kam fortan nicht mehr mit Sandalen in die Schule, sondern immer in Stiefeln. »Die sind für die Fußtritte«, erklärte er fröhlich, stürzte sich auf die Jungs, die mich überfielen, auch wenn sie größer waren als er, schlug und trat, würgte sie und zwang sie zu Boden.

Jetzt lachte er los. »Ich hoffe, das hast du Scharon ebenfalls erzählt«, sagte er, »damit auch sie, bei all den hartgesottenen Neandertalern in ihrer Familie, weiß, mit wem sie es zu tun hat.«

Ich wurde eingezogen, in einen Sporttrainerkurs geschickt und kam danach zur Luftwaffe. Anscheinend erfüllte ich meine Aufgabe gut, denn am Ende meines Wehrdienstes bot man mir an, mich für längere Zeit zu verpflichten, einen Offizierskurs zu absolvieren und Beauftragter für Körpertraining zu werden.

Überraschend für meine Bekannten und kein bisschen überraschend für mich, nahm ich dieses Angebot an.

»Hat mich auch nicht überrascht«, sagte Boas.

Meine Eltern waren außer sich. Endlich hatten sie ein Thema, bei dem sie sich einig waren, und mir ist klar, dass sie darüber sogar miteinander sprachen, ohne meine Botendienste in Anspruch zu nehmen. Ich weiß nicht, ob sie mich wechselseitig als »dein Sohn« betitelten, aber beide wollten, dass ich meinen Abschied nahm, wieder zu ihnen zog, einen »Beruf« erlernte – so nannte mein Vater jede Werktätigkeit, die nicht in den Bereich der Kunst oder der Geisteswissenschaften fiel – und weiterhin Botschaften von ihr zu ihm und von ihm zu ihr übermittelte.

Auf mich wartete bei ihnen mein großes, gemütliches Zimmer mit Toilette, Dusche und Balkon – »Wir bauen dir dort Stufen hin und einen separaten Eingang, Itamar, wie für deinen Vater«, versprach meine Mutter –, aber ich lehnte ab. Ich konnte ihre Botschaften und ihren Streit nicht mehr ertragen. Mit Unterstützung des Militärs mieteten wir, ich und ein junger Pilot, den ich vom Gymnasium her kannte, eine kleine Wohnung in Tel Aviv, und ich diente weiter auf meinem alten Stützpunkt, frei von den Mühen und Lasten meiner Eltern und – nicht weniger wichtig – finanziell unabhängig von ihnen.

Meine neue Aufgabe und mein neuer Dienstgrad erlaubten es mir, das Lauf- und Fitnesstraining für Soldaten und Lehrgangsteilnehmer auch den Piloten und ihren Familien anzubieten, die auf dem Stützpunkt wohnten. Die meisten Piloten liebten natürlich Erfolge und Siege. Ich rief eine einstige Basketballmannschaft wieder ins Leben, deren Mitglieder zum Teil auch gut Volleyball spielten, und mobilisierte auf deren Anregung hin ein fröhliches Dutzend Cheerleader: vier Ehefrauen von Piloten, zwei Soldatinnen, zwei Offizierinnen und vier männliche Soldaten und Offiziere, die dabei kurze Röckchen und wehende blonde Perücken trugen.

Außerdem stellte ich eine Tauziehmannschaft auf die Beine, der unter anderem zwei kräftige Mechaniker und ein gewichtiger Logistiker angehörten. Die Pokale im Büro des Stützpunktkommandeurs mehrten sich, und seine Zufriedenheit mit mir und meinen Leistungen wuchs, aber meinen eigentlichen Ruhm erwarb ich mir mit der Erfindung meines »Fitness-Karrens«, der rein gar nichts mit Medaillen und Siegen zu tun hatte.

Im hintersten Winkel der Fahrzeugwerkstatt auf dem Stützpunkt fand ich einen alten Munitionskarren, der in den Fünfzigerjahren dazu gedient hatte, Bomben aus den Lagern zu den Flugzeugen zu bringen. Die Mechaniker rüsteten ihn für seine neue Aufgabe um: Befördern sollte er nun Matratzen, Taue, Matten, Springseile, Expander und Hanteln, die ich selbst nicht anrührte, wegen Dr. Levins Ermahnungen und wegen meiner Abscheu gegen schwellende Muskeln. Sie montierten auch Achsen und Kabel und Räder und Stangen und Stützen, die sich als Barren und Recks ausklappen ließen.

Ich hängte den Karren an einen alten Jeep und fuhr mit meinem Assistenten, Gadi Altmann, auf dem Stützpunkt umher. Heute ist er Inhaber der Schnapsbrennerei, die seinen Namen trägt, damals war er ein Sportcoach mit schwarzem Humor, der in jeder freien Minute Liegestütze und Gewichtheben trainierte. Von Jugend an wollte er seinem großen Bruder nacheifern und in der Aufklärungseinheit als Fallschirmjäger dienen, aber der Bruder fiel, und seine Eltern erlaubten ihm nicht, ebenfalls in eine Kampfeinheit einzutreten.

»Sie reden dauernd nur über ihn, und mich beachten sie kaum«, klagte er mir immer wieder sein bitteres Schicksal, »und unterschreiben auch nicht die Einwilligung für Kampfeinheiten, die ich als nunmehr einziger Sohn brauchen würde … Als Sportcoach habe ich keine Chance, zu fallen, nicht mal ordentlich verwundet zu werden.«

So fuhren wir gemächlich zwischen Flugzeughangars, Familienunterkünften, Lagerhäusern, Werkstätten und Büros umher, und an jeder Station installierten wir die Geräte, luden alles ab, breiteten Matten und Matratzen aus. Altmann schlug auf ein Blechrohr, das an einer Ecke des Karrens baumelte, und ich machte unseren riesigen »Kassettenrekorder« an, wie es sie damals gab. Das Klingeln und die Musik riefen unsere Kunden zu den Gymnastikübungen, die sich bei Mechanikern, Technikern, Sekretären, Köchen und Lageristen beiderlei Geschlechts bald großer Beliebtheit erfreuten und sich darüber hinaus zu gesellschaftlichen Treffpunkten entwickelten. Sie wurden auch populär in den Familienunterkünften und machten mich auf dem ganzen Stützpunkt bekannt.

Einmal geriet ich in Narrenlaune. Vor einer der Purimfeiern, die jedes Jahr auf dem Stützpunkt stattfanden, konnte ich meinen Piloten-Freund, mit dem ich die Wohnung in Tel Aviv teilte, überreden, mir einen Druckanzug, Schuhe, eine Mae-West-Rettungsweste und einen Helm zu besorgen. So, als Kampfpilot verkleidet, lief ich zwischen den Cowboys, Feen, Prinzessinnen und Indianern herum. Einige echte Piloten rümpften die Nase, aber viele Gesichter lächelten mir zu.

Eine Soldatin in Arbeitsuniform, ausgestattet mit Clownshut, roter Knollennase und zwei Fotoapparaten, streifte zwischen den Feiernden umher, knipste mit ihren Kameras und wollte auch mich fotografieren.

Ich posierte vor ihr, und sie kicherte: »Nicht so, Itamar. Stell dich hin wie ein echter Pilot.«

»Kennst du mich?«

»Alle kennen dich, Itamar, von deinen Besuchen mit dem Karren. Auch ich trainiere manchmal bei dir.«

»Was heißt wie ein echter Pilot?«, fragte ich.

»Na, Itamar, das weißt du doch«, sagte sie. »Die Pose von denen plus dein gutes Aussehen.«

Ich baute mich nach bestem Vermögen als echter Pilot auf.

»Und jetzt ohne Brille, damit du wie ein noch echterer Pilot aussiehst«, verlangte sie.

Ich nahm die Brille ab und posierte erneut.

»Nicht in der Hand halten. Das sieht lächerlich aus. Gib sie mir.« Sie trat näher und streckte die Hand aus.

»Nein, nein, ich steck sie in die Tasche.«

»Jetzt ein Siegerlächeln, Itamar, bitte.«

»Was ist ein Siegerlächeln?«

»Als hättest du gerade eben eine syrische MIG abgeschossen.«

»Du hättest ihr sagen müssen: Warum als ob? Wer hat dir gesagt, dass ich vorhin keine syrische MIG abgeschossen habe?«, sagte Boas.

»Fertig. Prima. Alles in Ordnung. Ich sehe, dass du ohne deine Brille ein bisschen nervös wirst. Du kannst sie wieder aufsetzen.«

Ein paar Tage später erschien sie in meinem Büro.

»Erinnerst du dich an mich?«

»Tut mir leid«, sagte ich, »dies ist ein großer Stützpunkt, und ich habe ein ziemlich schlechtes Gesichter- und Namensgedächtnis.«

»Letzte Woche habe ich dich als Pilot verkleidet bei der Purimfeier fotografiert«, erinnerte sie mich. »Ich habe Abzüge von den Bildern gemacht und dir ein paar mitgebracht.«

»Danke«, sagte ich, »das ist ja nett. Ohne die Brille mache ich mich gar nicht so schlecht als Pilot.«

»Die Brille steht dir aber gut«, sagte sie. »Und ich habe dich noch auf anderen Fotos. Mit deinem Fitness-Karren, beim Morgenlauf, mit der Basketballmannschaft vor dem Spiel.«

»Stellst du mir nach?«

»I wo! Ich bin Fotografin. Das ist meine Aufgabe. Ich fotografiere Zeremonien, Veranstaltungen, Besuche wichtiger Gäste, und ich soll auch das Leben auf dem Stützpunkt dokumentieren, Menschen bei ihren Tätigkeiten, so Sachen. Möchtest du noch mehr Fotos haben?«

»Ja, danke, sehr gern.«

Anscheinend hatte sie noch weitere Abzüge gemacht, denn zwei Tage später erfuhr ich, dass das Bild von mir im Pilotenkostüm in den Stuben und Büros einiger Soldatinnen stand, zuerst auf dem Schreibtisch der Militärfotografin selbst, dann noch bei anderen, und einige Wochen später erzählte mir Boas, er habe mein Bild zu seiner großen Überraschung auf dem Tisch einer Adjutantin der Marine entdeckt.

»Was hat ein Foto meines Bruders bei dir zu suchen?«, hatte er sie gefragt.

»Du und dieser schöne Mann, ihr seid Brüder? Das glaube ich dir nicht«, antwortete sie.

»Es ist nicht leicht, dein Bruder zu sein«, sagte er mir damals, wie er es schon bei anderen Gelegenheiten gesagt hatte und noch sagen würde, und fragte: »Wer war die Fotografin?«

»Warum sagst du Fotografin? Vielleicht war es ein Fotograf?«

»Wenn es ein Mann war, ist er schwul. Ich bitte dich, Itta, man sieht auf dem Foto, wie sehr sie in dich verschossen ist.«

»Ich kenne sie kaum. Weiß nicht mal ihren Namen.«

»Du gefällst ihr. Man sieht es daran, wie sie dich aufgenommen hat und wie du unwillkürlich auf sie reagierst. Sie hat dich durch die Linse gefickt. Hast du's nicht gespürt?«

»Also echt, Boas, von wem hast du gelernt, so zu reden?«

»Von unseren Eltern, Itta.«

25

Dort, auf dem Luftwaffenstützpunkt und dank meines Fitness-Karrens, habe ich Michal kennengelernt.

Eines Tages eröffnete man mir, der Kommandeur des Stützpunkts wolle mir ein Exzellenzabzeichen verleihen, und schon am nächsten Tag stand ich in seinem Büro neben einer Offizierin, die das gleiche Abzeichen erhielt.

Ihr Gesicht kam mir bekannt vor. Sie hatte manchmal an meinen Gymnastikstunden teilgenommen, mich eines Morgens auch mit *»Hello, handsome«* angesprochen, und nun fragte ich mich, ob sie mich wohl wieder so nennen würde und was ich ihr dann antworten sollte.

Jedenfalls, sie war Offizierin einer neuen Einheit für elektronische Kriegsführung und erhielt die Auszeichnung für ihre streng geheime Entwicklung, während ich sie für meinen keineswegs geheimen Fitness-Karren bekam. Wir standen nebeneinander auf der Bühne, der Stützpunktkommandeur sagte: »Oberleutnant Itamar Diskin brauche ich nicht vorzustellen, wir alle begrüßen freudig seine Besuche mit dem Fitness-Karren, den er erfunden hat und um den man uns in der ganzen Truppe beneidet. Oberleutnant Michal Cohen kennen nicht alle, und selbst ich kann euch nicht erklären, wofür sie das Exzellenzabzeichen erhält:

Erstens, weil ich nicht verstehe, was sie macht, und zweitens, weil auch ich es nicht wissen darf.«

So erfuhr ich ihren Namen. Wir standen beide stramm, wurden zum Kommandeur gerufen, erst ich, dann sie. Er schüttelte meine Rechte, drückte mir eine gerahmte Urkunde in die Linke. Eine Fotografin in Arbeitsuniform – erst später fiel mir auf, dass es die war, die mich bei der Purimfeier abgelichtet hatte – fotografierte das Ereignis. Ich salutierte und ging an meinen Platz zurück. Oberleutnant Michal Cohen wurde aufgerufen, der Kommandeur überreichte ihr ihre gerahmte Urkunde, die Fotografin flüsterte: »Michal, bitte lächeln«, und Michal salutierte, ohne zu lächeln, aber auf ihrem Weg zurück zum Platz neben mir streckte sie der Fotografin die Zunge raus und zwinkerte ihr zu.

»Hier, so. Und vor lauter Verblüffung hat die Fotografin nicht rechtzeitig abgedrückt, die Ärmste«, erinnerte sie sich ein paar Monate später, an einem Schabbatmorgen, der ganz und gar der Liebe und allerlei Imitationen und Improvisationen diente, die Liebende sich so leisten, wenn sie Wörter erfinden und Erinnerungen erdichten und ohne Ende aneinander hinschmelzen – sagte es, streckte mir ebendiese Zunge raus und zwinkerte mir zu.

Damals, auf jener Bühne, wusste ich nicht, dass Oberleutnant Michal Cohen meine Geliebte werden und erst recht nicht, dass sie mich fünf Jahre später verlassen und mir das Herz brechen würde. Aber von jenem Festakt an grüßten wir einander herzlicher auf den Wegen des Stützpunkts. Hier und da tauschten wir ein »Wie geht's?« und »Was machst du so?«, und eines Tages begegneten wir uns zufällig in Tel Aviv.

Ich ging damals auf der Ibn-Gabirol-Straße, Ecke Schaul-HaMelech, und hörte unvermittelt eine bekannte Stimme mit vertrauten Worten – *»Hello, handsome«* – dicht hinter mir.

Ich wandte mich nach der Stimme um, und da war sie, Oberleutnant Michal Cohen, in einem schwingenden Kleid, das ihr sehr gut stand und bei mir das Verlangen weckte, drunterzukriechen, die Augen zu schließen und einzuatmen.

»Du bist schlimmer als ich, Itta«, sagte Boas.

»Schalom, Michal«, begrüßte ich sie und fügte ohne nachzudenken hinzu: »Toll, dich ohne Uniform zu sehen.«

Sie lachte und sagte: »Ein Glück, dass ich wenigstens dran gedacht habe, ein Kleid überzuziehen.«

»Verzeihung, das hatte ich nicht gemeint«, sagte ich verlegen und lachte dann mit, denn das Ganze gefiel mir.

»Ich sah sie sehr gern in Kleidern«, erzählte ich Boas. »Einmal habe ich ihr sogar ein Kleid gekauft, eines, wie ich sie besonders mag – aus geblümtem Stoff.«

»Du bist ein mutiger Mann«, sagte Boas. »Es braucht Mut, einer Frau ein Kleid zu schenken. Hat es ihr gestanden?«

»Sie hat es nicht mal anprobiert. Ich mag einfarbigen Stoff, hat sie mir gesagt, höchstens noch geometrische Muster. Blumen? Was ist denn mit dir los, Itta? Das ist so Ende Vierzigerjahre.«

»Michal, wie sie leibt und lebt«, sagte Boas. »Du hast

Maya und mir die Geschichte eurer ersten Begegnung auch schon erzählt, und ich höre sie immer wieder gern.«

Als mutiger Mann habe ich sie gefragt, wo sie hingehe.

»Zu einem Abend für den Dichter Jehuda Amichai«, antwortete sie.

»Was für eine Angeberin«, blaffte Boas. »War sie immer schon und ist es sicher bis heute.« Und sie bestens nachahmend, obwohl er diesen Satz nie aus ihrem Mund gehört hatte: »Zu einem Abend für den Dichter Jehuda Amichai … Denn ich bin ein Genie in Physik und Mathematik und Elektronik und lese auch Lyrik. Was trug sie die Nase hoch.«

»Kennst du ihn?«, fragte sie. »Hast du was von ihm gelesen?«

»Nein«, antwortete ich, »ich lese kaum Gedichte, aber seinen Namen habe ich schon gehört.«

»Und wo gehst du jetzt hin?«

»Zum Kaufhaus für Militärangehörige, um ein paar Sachen zu kaufen«, sagte ich. »Brauchst du was?«

»Schön für den Laden«, sagte sie. »Weiß er, dass du kommst?«

»Was soll das heißen? Wie soll der Laden was wissen?«, fragte ich Idiot. »Verstehe ich nicht.«

»Egal. Willst du mit mir mitkommen oder allein in den Laden?«

»Mit dir. Wohin du sagst.«

Der Saal war gerammelt voll. Zwei Dozentinnen hielten zwei Vorträge, einen über »Die Liebe in Amichais Dichtung« und einen über »Jerusalem in Amichais Dichtung«. Eine Sängerin sang zwei seiner vertonten Gedichte zur Gitarre, und der Dichter selbst war auch anwesend. »Beehrt unseren Abend mit seiner Anwesenheit«, sagte der Moderator – ein Mann in zu bunter Kleidung für meinen Geschmack, unsere Mutter hätte ihn einen »Genäht hat man« genannt.

»Genäht hat man dem Affen ein Kleid in Gelb, einen Mantel in Blau, einen Hut in Grau«, zitierte Boas.

»Saß der Affe am Fenster im Parterre …«, fuhr ich fort.

»Guckte hinaus wie ein feiner Herr«, ergänzte Boas.

»Du kannst also auch Gedichte auswendig«, erwiderte ich.

»Nur Kindergedichte und nur die, die Mutter für uns aufgesagt hat«, sagte er.

Jehuda Amichai saß nicht auf der Bühne, sondern im Publikum. Das entnahm ich dem Getuschel und Fingerzeigen zweier Damen, die vor mir saßen. »Siehst du den Mann im gräuen Jackett«, sagte die eine – ihr Ä in grau verursachte mir zu erwartende Übelkeit in unerwarteter Stärke – »vier Sitze weiter rechts in der Reihe hinter uns?«

»Ja.«

»Das ist er. Der Dichter höchstpersönlich.«

Die Veranstaltung ging zu Ende. Das Publikum klatschte. Der Moderator sagte: »Der Dichter geruht, seine Bücher zu signieren«, und Michal flüsterte mir ins Ohr, dieser Moderator habe eine Vorliebe für das Wort »geruht«. Das T ihres »geruht« berührte mein Ohr wie eine weiche Zunge, die Luft des U machte mich schwindeln mit ihrer warmen Liebkosung.

»Kommst du mit zu ihm? Ich habe ein Buch zum Signieren dabei.« Und schon nahm sie meine Hand.

»Ja«, sagte ich.

Und im stillen Herzen, zu mir selbst: Was auch immer du willst, Oberleutnant Michal, Hauptsache, ich bleibe in deiner Nähe.

Und wieder zu ihr: »Und wenn er mich was fragt? Ich kenne seine Gedichte nicht.«

»Ich antworte für dich.« Und schon zog sie mich weg. »Nur keine Angst, Itamar, komm.«

Um den Dichter scharten sich bereits einige Damen. Wir warteten ein paar Minuten, bis er ihre Bücher signiert und ihre Worte angehört hatte, und während dieser ganzen Zeit flatterte mein Herz in der Brust, und meine Rechte brannte in ihrer Linken. Meine Fantasie schwebte von ihrer Hand weiter den Arm hinauf und über Schulter und Rücken wieder hinab.

Einige Minuten später lockerte sich die Umzingelung, und wir traten zum Dichter. Michal erzählte ihm, sie liebe besonders seinen Vers: »In Jemin Mosche lag die Linke meiner Liebsten in meiner rechten Hand«, und ich staunte. Hatte sie diese Worte womöglich gewählt, weil unsere Hände immer noch ineinanderlagen? Oder hatte sie meine Hand genommen, weil sie wusste, dass sie ihm gleich diesen Vers zitieren würde?

Und sie fuhr fort: »Eines Tages, wenn ich einen Mann finde, der meine linke Hand ›die Hand meiner Liebsten‹ nennt, werde ich mit ihm nach Jemin Mosche fahren und ihm dort diese Zeile zitieren.«

»Schon damals ist sie auf sich selbst abgeflogen«, sagte

Boas. »Ich versteh euch nicht bei der Luftwaffe. Michal hätte ein prima Flugzeug abgegeben, und man hat sie für Elektronik vergeudet.«

Tatsächlich erschien mir ihre Ausdrucksweise auch dort und damals etwas überzogen, etwas sehr selbstverliebt, aber Amichai lächelte ihr freundlich zu: »Sie haben einen Mann neben sich«, sagte er, »und ihr haltet euch schon an den Händen. Ihr müsst bloß noch nach Jemin Mosche fahren und von dort weitermachen.« Und dann lächelte er auch mir zu und sagte: »Lassen Sie diese Hand nicht los«, und seine Stimme, gleich seiner Miene, war ruhig, angenehm und belustigt.

Michal sagte lachend: »Hast du gehört, Itamar?«

Ich wusste nicht, was ich sagen sollte, hauchte nur ein schwaches »Danke« in seine oder auch ihre Richtung.

Wir verließen das Gebäude, meine Rechte noch in ihrer Linken. Später erschlaffte sie, wie ebenfalls verlegen, und rutschte heraus.

»Du hättest auch was zu ihm sagen können, oder hattest du beschlossen, schön zu sein und zu schweigen?«, fragte sie.

Ich antwortete nicht.

»Hast du gehört, was er zu dir gesagt hat?«

»Lass diese Hand nicht los«, sagte ich.

Michal lachte. »Nicht jeder bekommt von so einem Mann so einen Ratschlag.«

»Und so einem Mann widerspricht man nicht«, fasste ich Mut und ergriff erneut ihre Hand.

»Darf ich dich auf einen Kaffee zu mir einladen?«, bot sie an. »Ich wohne nicht weit von hier.«

»Hast du auch Tee?«, fragte ich, und meine freie Linke pflückte wie von selbst eine große gelbe Zitrone, die durch einen willkommenen, wunderbaren Zufall auf einem Zweig leuchtete, der sie mir über einen Gartenzaun reichte.

»Ich mag Tee mit viel Zitrone«, sagte ich.

»Echt ein perfekter Einsatzbefehl«, lachte sie. »Alle zur richtigen Zeit am richtigen Ort, ich, du, der Dichter, der für mich Gedichte schreibt und dir einen guten Rat erteilt, der Zitronenbaum, den jemand mal gepflanzt hat, ohne zu wissen, dass er uns eines Tages eine Frucht schenken wird.«

Auf dem Weg zu ihrer Wohnung erzählte sie mir, dass sie mit einer Offizierin von einem anderen Stützpunkt zusammenwohne, einer strebsamen und ehrgeizigen Frau, die tagtäglich von ihrer Heimkehr am Abend bis zu ihrem Weggang am Morgen Luftaufnahmen zu entschlüsseln lerne, »aber heute Abend ist sie nicht da, ist zu ihren Eltern gefahren, weil ihr Opa gestorben ist.«

Wir beide brachen in Gelächter aus. »Nicht nur der Dichter und die Zitrone«, sagte Michal, »auch der Opa hat seinen Teil zu unserem ersten Treffen beigetragen«, und plötzlich, im Gehen, rempelte sie mich mit der Schulter an: »Leute schauen uns an, das heißt dich, Itamar, daran werde ich mich gewöhnen müssen.«

Wir tranken Jasmintee, ich mit viel Zitrone und sie mit etwas Milch, aßen geröstete Mandeln, unterhielten uns, ich hörte mich zu viele Einzelheiten über die Beziehung zwischen meinen Eltern erzählen, erheiterte sie mit der Geschichte über die Botschaften, die ich von ihr zu ihm und von ihm zu ihr brachte.

»Ich sehe, das ist eine richtige Gewohnheit von dir«,

sagte Boas, »über Papa und Mama lästern, um Mädchen zu gefallen.«

»Sie haben mich mit diesen Botschaften derart getriezt, dass ich meinte, ich dürfte das und hätte es mir verdient.«

Beim Abschied, an ihrer Tür, küssten wir uns auf einmal. Ich hatte sie auf die Wange küssen wollen, aber sie drehte mir den Kopf zu, und mein Mund traf ihren. Ich erinnere mich, wie weich und glatt ihre Lippen waren, wie sie schmeckten. Unsere Zungen sprachen zueinander, übersetzten, verstanden, jede in ihrer Sprache. Alle Kammern meines Herzens füllten sich mit ihrem Blut. Jeder meiner Körperteile stellte sich sein Gegenstück in ihrem Körper vor. Jede Zelle meines Fleisches bereitete sich auf jede Zelle ihres Fleisches vor. Die Muskelzellen wurden straff, die Sinneszellen scharf, die Nervenzellen prüften die Synapsen, die Samenzellen hielten den Atem an. Ich dachte damals, das würde ich bei jedem weiteren Kuss empfinden, den ich mit ihr tauschen sollte.

Sie löste sich von mir. »Mit dir küssen ist schön.«

»Mit dir ist es noch schöner«, erwiderte ich.

Boas lachte: »Deine Lippen haben sich ein bisschen gekräuselt, Itta. Auch sie haben sich an den Kuss erinnert.«

»Sich an sie erinnert«, korrigierte ich ihn.

»Ich möchte noch weiter küssen, noch viel mehr«, sagte sie. »So viel wie möglich.«

Ich trat näher.

»Aber nicht heute Abend. Geh jetzt besser, Itamar. Es ist mir zu schnell und zu schön mit dir. Es wird auch das nächste Mal geben und viele Male danach.«

Ich ging. War leicht und glücklich. Ich dachte: So müssen sich die ersten Menschen gefühlt haben, die in einem Fesselballon abhoben, Samen in die Erde säten, den Horizont auf einem Floß überquerten. Neue Zeiten winkten. Wellen leckten den Strand. Liebe atmete angespannt.

26

Bei jedem Besuch in Israel habe ich Geschenke dabei: Parfüm für Maya, irgendein Werkzeug für Boas, Air-Jordan-Schuhe für ihre Tochter Daphna, einst eine hervorragende Basketballspielerin in der Oberschule und heute eine hervorragende Rechtsanwältin, und verschiedene Kostüme für ihren Sohn Ilan, den Theaterschauspieler, dem Boas' größere Sorge und geringerer Stolz gilt. »In diesen Dingen bin ich ein wenig wie Vater, Daphna ist ein *Mensch* und Ilan nicht, da kann man nichts machen.«

Auch Dr. Levin, meiner Augenärztin, bringe ich etwas mit: diverse Schokoladensorten, die sie mag, oder einen Kugelschreiber – sie liebt Schreibgeräte.

Dr. Levin behandelt schon sechzig Jahre meine Augen, seit ich ein fünfjähriger Patient und sie eine junge Ärztin war.

»Dann ist sie heute also gut fünfundachtzig«, sagte Boas. »Ich würde nicht zu einem so alten Arzt gehen. Am Ende fällt sie dir noch mitten bei der Untersuchung tot um.«

»Ich gehe nur zu ihr, und vermutlich werde ich vor ihr sterben.«

Meine starke Kurzsichtigkeit rührt von zu langen Augäpfeln her, wie Dr. Levin mir schon als Kind auf ein Blatt zeichnete und erklärte, und das wiederum führt zu einer gefährlichen Überdehnung der Netzhaut, die deshalb regelmäßig überprüft werden muss. »Das ist die Pupille, Itamar, und das da sind die Lichtstrahlen, sie brechen sich an der Linse, hier, und das ist die Netzhaut, die vor lauter Dehnen dünn wird. Und die muss man kontrollieren, weil sie reißen kann«, sagte sie.

»Weißt du«, sagte ich ihr bei einem meiner letzten Besuche, »die Verbindung zu dir ist länger als jede andere Verbindung zu einer Frau in meinem Leben, einschließlich meiner Mutter.«

»Das höre ich gern von einem Jungen wie dir«, sagte sie.

»Ich bin längst kein Junge mehr«, gab ich zurück.

»Für mich bleibst du der fünfjährige Junge, den seine Mutter zu mir brachte.«

»Ein Glück, dass Vater dich nicht zu ihr gebracht hat«, sagte Boas.

Einmal, zu ihrem siebzigsten Geburtstag, habe ich es gewagt, ihr noch ein Geschenk mitzubringen – Ohrringe –, und seither kommen zu der Schokolade und den Kugelschreibern Jahr für Jahr Ohrringe hinzu.

»Das ist witzig«, sagte sie, während sie sie vor dem kleinen Spiegel an der Wand ihrer Praxis anlegte, »ich kenne sonst keine Ärztin, die von ihren Patienten Ohrringe geschenkt bekommt, von Ärzten ganz zu schweigen.«

»Damit ich dich leichter sehe, wenn du mich mit deiner schrecklichen Spaltlampe blendest: Schau auf mein Ohr hier … Und jetzt aufs andere Ohr.«

Sie lachte, desinfizierte den Kreuztisch und die Stirnlehne des Spaltlampengeräts. »Setz dich, Itamar, schau auf meinen rechten Ohrring … nach oben, rechts oben, rechts, rechts unten, du brauchst das nicht mitzusagen, nach unten, links unten … Und jetzt auf den linken … Deine Netzhaut ist völlig in Ordnung. Wir sehen uns in einem Jahr wieder.«

Trotz allem richtet sich der Zeitpunkt meines alljährlichen Besuchs in Israel nicht nach Boas und Maya und auch nicht nach der Praxis von Dr. Levin oder nach dem jüdischen Neujahrsfest, sondern nach der Reife der Feigen, die mein Schnapsbrenner-Freund Altmann anbaut: späte, große, dunkle und besonders süße Früchte.

Kein Mensch weiß, welche Sorte es ist, auch er nicht, aber er weiß, dass sie von einigen Schösslingen stammen, die ein alter Tunesier bei seiner Einwanderung eingeschmuggelt und hier eingepflanzt hat, und als sie zu Bäumen heranwuchsen, hackte er ein paar Schösslinge ab und übergab sie Altmann, um ihn mit seiner Tochter zusammenzubringen. Dieser Versuch der Heiratsvermittlung scheiterte ebenso wie alle anderen bei Altmann, aber die Feigenbäume wuchsen und trugen Früchte, die jeden Herbst reifen, und Altmann brennt daraus den Boukha, den ich zu meinen Brüdernächten mit Boas mitbringe.

Vor Jahren, als ich noch Beauftragter für Fitnesstraining und Altmann Sportcoach war, war er mein Assistent. Jetzt bin ich, wie vielleicht schon erwähnt, sein Assistent. Bei jedem meiner Israel-Aufenthalte fahre ich zu ihm, bleibe ein paar Tage und stehe morgens in aller Herrgottsfrühe mit ihm auf, um die Feigen zu pflücken und sie in den Kühlraum und von da in die Brennerei zu bringen. Es gefällt mir, Berufsgeheimnisse von ihm zu lernen und seine Freude an den Bottichen zu teilen, in denen die Feigen sich in aromatische, übel aussehende Maische verwandeln, aus der wispernde Blasen aufsteigen, wenn der entstehende Alkohol gärt und seinen Duft abgibt.

»Hör her, Diskin.« Ein Lächeln breitet sich dann auf seinem Gesicht aus. »Meine Feigen sind beschwipst von ihrem eigenen Alkohol, singen Songs, Soul Music!«

Nach der Gärung schöpfen wir die Maische in die Brennblase, mischen und erhitzen sie. Der Alkohol verdampft bei geringerer Temperatur als das Wasser, steigt auf, verdichtet sich oben im Destilliergerät und tropft oder rieselt herab. Das ist kein Wunderwirken, sondern ein wohldurchdachtes Verfahren, und jedes Mal staune ich von Neuem, wie eine so aromatische und klare Flüssigkeit aus einem so trüben und abstoßenden Brei entsteht.

Altmann bewahrt den »Vorlauf« und den »Nachlauf«, auf Hebräisch »Kopf« und »Schwanz« – den Anfang und das Ende der Schnapsgewinnung – in gesonderten Behältern auf. Der Vorlauf ist giftig, Altmann benutzt ihn als Putzmittel in der Brennerei, und den Nachlauf hebt er fürs nächste Jahr auf. »Er gleicht einem Pfauenrad« – da wird er poetisch – »fächert sich im Gaumen mit allen Aromen und Düften der Feige auf. In jeder Flasche Boukha steckt ein neuer Körper und dazu ein Schwanz vom letzten Jahr.«

»Die meisten Speisen und Getränke entstehen durch Verbinden und Hinzufügen«, erklärte er mir, »aber bei der Destillation von Alkohol, speziell aus Obst, geht es ums Trennen, Freilegen und Abrunden.«

»Das Kochen«, fuhr er fort, »das, was Köche in ihren Töpfen und Pfannen in der Küche machen, ist Pantscherei, ich habe kein anderes Wort dafür. Sie verbinden und verrühren, und wir trennen und entfernen. Trennen die Spreu vom Weizen. Streben nach Wahrheit, nach der Essenz. Nicht nur beim Alkohol, auch bei dem, der ihn später trinkt.«

»Ich weiß, dass ihr gute Freunde seid«, sagte Boas, »und ich beneide dich auch ein wenig um diese so tiefe und lange Freundschaft mit einem Mann. Eines Tages werde ich mir einfach einen Mann auf der Straße anlachen, um auch einen Freund zu haben.«

Jeden Herbst brennt Altmann ein paar Hundert Flaschen Boukha. Seine Stammkunden – einige Restaurants und Bars und ein paar Privatpersonen – warten auf das Kontingent, das er ihnen zuteilt, und sind bereit, den hohen Preis zu zahlen, den er verlangt, und mir schenkt er vier Flaschen, ein Dankes- und Liebesbeweis, für meine Mitarbeit und für unsere langjährige Freundschaft.

»Und eine oder zwei davon trinken wir in unserer Brüdernacht«, sagte Boas gewichtig, »jedes Jahr.«

»Der Alkohol macht mit uns, was wir mit ihm machen«, zitierte ich noch eine von Altmanns Lebensweisheiten, »er destilliert uns, trennt den Kopf mit dem Gift ab und wedelt mit unserem Schwanz.«

27

Scharon ging in das Nebenzimmer, in dem ihr Mann und sein Freund nicht waren, kam zurück in etwas, das ein Kleid sein mochte, und blieb im Türrahmen stehen.

»Ehe ich entscheide, wie und wann ich dir deine Brille zurückgebe, wenn überhaupt, möchte ich begreifen, wie kurzsichtig du bist«, sagte sie. »Erkennst du mich?«

»Aus dieser Entfernung nicht«, erwiderte ich.

»Erkennst du, dass ich ein Mensch bin?«

»Ja. Aber wenn es Erdmännchen in dieser Größe gäbe, wäre ich mir nicht so sicher.«

Sie lachte. »Erkennst du, dass ich eine Frau bin?«

»An deiner Stimme.«

»Lass meine Stimme beiseite, wir sind jetzt bei deiner Sehkraft.«

»Ich kann sehen, dass du etwas anhast, was wie ein Morgenrock oder Kleid aussieht.«

»Dann bin ich vielleicht ein Kerl, der ein Kleid angezogen hat?«

»Warum vielleicht? Ganz unabhängig von meiner beschissenen Sehkraft bist du ein Kerl, der ein Kleid angezogen hat.«

»Ich betrachte das als Kompliment. Auch mein Großvater hätte es gern gehört.«

»Aber wenn du Hemd und Hose anhättest, wie in der Bar, hätte ich es nicht gewusst.«

»Und wenn ich ohne Hemd und Hose hier stehen würde?«

»Kommt drauf an, aus welcher Entfernung.«

Der verschwommene Mensch, der vor mir stand, der junge Mann mit der Frauenstimme, warf seine Kleidung ab.

»Und ohne Kleid?«

»Aus dieser Entfernung bist du ein Erdmännchen mit Slip oder Shorts in Blau und etwas Rotem, von dem ich annehme, dass es ein BH ist.«

»Den Witz mit dem Erdmännchen habe ich schon begriffen. Und jetzt?«

»Ein junger Mann, der den BH abgelegt hat.«

»Siehst du keine Brüste?«

»Mit Mühe, und auch das nur, weil ich weiß, dass sie da sind.«

»Wenn du nicht halb blind wärst, würdest du erkennen, wie sehr sie sich freuen, dich zu sehen, und wie sehr sie es bedauern würden, wenn du jetzt gingst, um nach Amsterdam zu fliegen.«

Anhand ihrer Bewegungen und der kräftigen Farbe verstand ich, dass sie jetzt auch die Unterhose ausgezogen hatte und nackt und aufrecht vor mir stand. Ich vermutete, dass sie lächelte, konnte ihre Züge jedoch nicht erkennen. Oben auf ihrer verschwommenen Gestalt zeichnete sich der unscharfe Fleck ihres Haars ab, und in ihrer Körpermitte der dunkle kleine Nebel ihrer Schamhaare.

»Und so?«

»Das ist ein Sehtest bei einer besonders netten Augenärztin«, sagte Boas.

Ich lachte. »So ähnlich habe ich es ihr gesagt: Ich werde meiner Augenärztin von deinem Sehtest erzählen.«

»Deine Augenärztin würde bestimmt liebend gern deine Augen so testen«, sagte sie.

»Meine Augenärztin ist zwanzig Jahre älter als ich«, gab ich zurück.

»Das macht nichts. Sie wird sagen, halt das rechte Auge zu, wie viele Brüste siehst du jetzt, bitte?«

Ich stand auf, wollte zu ihr.

»Nein, nein, Gadi. Setz dich wieder hin. Du bist mitten beim Sehtest.«

Ich setzte mich. Sie tat noch zwei Schritte vorwärts. Ihre Gesichtszüge erkannte ich noch nicht, aber ihre Brüste zeichneten sich schon ab, andeutungsweise ihre Brustwarzen und, auf meiner Augenhöhe, ihr Schoß.

»Warum passieren mir nicht solche Dinge?«, fragte Boas.

»Weil du auf beiden Augen hervorragend siehst«, antwortete ich.

»Und jetzt?« Sie trat näher. »Siehst du jetzt?«

»Jetzt ja: Du bist eine nackte junge Frau, oder ein Junge mit einem besonders kleinen Schwanz.«

»Wer hat dir beigebracht, so zu sprechen, Gadi? Wir sind erst ein paar Stunden zusammen, und schon redest du wie ich.« Sie ging mit winzigen, langsamen Schritten auf mich zu, wurde klarer, noch nicht scharf und erkennbar, entstieg jedoch immer mehr dem weichen Schaum, der ihre Silhouette verwischt hatte.

»Und jetzt?«

»Unmöglich, diese Frau«, sagte Boas.

»Ich erkenne noch nicht, dass du es bist, aber zweifellos bist du eine Frau.«

»Ja«, sagte sie, »ich zweifle nicht daran, dass du noch nicht erkennst, dass ich es bin. Und jetzt halte ein Auge zu«, sie trat näher, »und jetzt das andere.«

»All die Menschen mit guten Augen, all die Scharfschützen, Piloten, Rennfahrer und Korrektoren haben keine Ahnung, was sie jetzt verpassen«, sagte ich zu ihr.

»Ich bin froh, dass du mir nicht mehr böse bist.«

Ich antwortete nicht.

»Willst du immer noch in dein Hotel zurück?«

»Bleib nicht stehen«, sagte ich, »komm noch näher, aber langsamer, so langsam wie das Langsam, das du vorher von mir verlangt hast, als wir miteinander geschlafen haben.«

Sie trat näher. Und noch näher. Langsam, langsam, bis ihr Schamhaar mich an der Nasenspitze kitzelte.

»Fertig aus«, sagte sie, »näher geht's nicht.«

»Ja«, bestätigte ich, »jetzt erkenne ich dich. Du bist der Junge, der mich in der Bar aufgerissen hat. Darf man dir einen Kuss geben?«

»Diesem Jungen? Er wird sich freuen.«

Ich vergrub mein Gesicht in ihr. »Auch dem Jungen. Gleich. Einen Moment.«

Ihre Schenkel spreizten sich ein wenig, vibrierten, ihre Finger bohrten sich in meine Schultern, am Ansatz meines Nackens.

»Wenn du nicht so ein Trottel wärst, könnte ich mich in dich verlieben«, sagte sie.

28

Ich stand auf, umarmte sie. Sie legte den Kopf auf meine Schulter.

»Scharon«, sagte ich, »ich liebe dich genau so, wie du bist.«

»Wir haben es vorher schon gesagt, Gadi, und erkannt, dass es nichts Ernstes ist, aber wenn es dir wichtig ist, dann: Ich dich auch.«

»Danke. Das hört man gern. Aber ich will gehen.«

»Morgen früh. Wie oft muss man es dir noch sagen?«

»Ich muss jetzt allein sein. Der Muskel fürs Zusammensein ist bei mir verkümmert.«

»Der Muskel fürs Zusammensein ... Wo hast du diese nervigen sentimentalen Wendungen her? Von deinen Dichtern?«

»Ich bin ein alleinstehender Mann, liebe diese Einsamkeit, und unser Zusammensein dauert bereits länger, als ich es gewohnt bin.«

»Was willst du mir sagen, dass ich dich schlichtweg langweile?«

Ich schwieg.

»Ich habe nämlich schon viele Beschwerden von vielen Männern gehört, ich sei *pushy, needy, sneaky* und *cheeky*, aber langweilig, das sagt man mir zum ersten Mal.«

»Ich habe nichts von langweilig gesagt. Wenn du langweilig wärst, hätte ich es viel leichter mit dir. Du bist interessant und, wenn du willst, auch amüsant, und du bist eine attraktive Frau …«

»Und auch eine banale, Gadi, vergiss es nicht.«

»Und vor allem bist du intensiv, und alles zusammen übersteigt einfach meine Kräfte. Ist zu groß für mich. Hab ich dir ja gesagt.«

»Und was ist mit dieser Einsamkeit, die du dir angewöhnt hast? Du arbeitest doch in deinem Gym, du triffst Kunden, sprichst mit ihnen, oder nicht?«

»Ich rede mit ihnen, gewiss, aber ich esse allein und schlafe allein und wache morgens allein auf. Selbst wenn ich eine Gästin habe, geht sie gegen Mitternacht.«

»Und hinterlässt dir einen Schuh?«

»Nein. Legt sich zu ihrem Gatten dazu.«

Sie lachte. Legte sich ins Bett. Kehrte mir den Rücken, rollte sich in die Embryostellung. »Umarme mich, schmieg dich an mich. Ich habe dich hergebracht, um es mir gut gehen zu lassen, also lass es mir gut gehen.«

Ich umarmte sie. Küsste ihre Schulterblätter und den erschauernden Nacken dazwischen.

»Gadi …«

»Was?«

»Wie alt bist du?«

»Neununddreißig«, sagte ich. »Warum fragst du?«

»Bist du nicht. Neununddreißig … Wie durchschaubar. Der Wahrheit am nächsten, aber ohne die vierzig zu überschreiten.«

Sie löste sich abrupt von mir und drehte mir Bauch und Gesicht zu. »Ich bin sicher, alle Neununddreißigjährigen der Welt würden liebend gern mit dir tauschen«, sagte sie scharf, »aber du siehst mir wie fünf- oder sechsundvierzig aus. Du brauchst nicht zu lügen, bei deiner Schönheit erst recht nicht.«

»Du hast recht, hast ein sicheres Auge. Fünfundvierzig.« Und nach kurzem Schweigen fügte ich hinzu: »Das ist ein sehr gutes Alter.«

»Warum hast du mir dann ein anderes genannt?«

»Weil ich mein wahres Alter liebe und es nicht vergeuden möchte. Ich habe das Gefühl, wenn wir davon sprechen, geht es schneller vorbei.«

»Lächerliche Ausrede.«

»Bis jetzt habe ich noch keinem Alter nachgetrauert. Nicht der Kindheit und nicht der Jugend und nicht den Jahren als junger Mann. Aber nach meinem jetzigen Alter werde ich mich mal zurücksehnen, das weiß ich. Darin leben alle früheren Gadis mit dem jetzigen und mit dem alten Gadi, der ich bald sein werde, zusammen.«

»Genau was wir heute sind, Itta«, sagte Boas. »Seit deiner Nacht mit Scharon sind zwanzig Jahre vergangen. Dieses Bald ist jetzt da.«

»Und worüber hast du heute Abend noch gelogen, außer der Reservebrille und deinem Alter?«, fragte sie.

»Scharon«, sagte ich, »du bist weder meine Mutter noch meine Frau, und dieser Verhörton gefällt mir nicht. Ich habe nur mein wahres Alter ein bisschen verschleiert, das tun viele, sogar mithilfe von Schönheitsoperationen.«

Sie streckte sich auf dem Rücken aus. »Weil sie es nötig

haben und du nicht. Jetzt genug davon. Mach die Augen zu. Geh schlafen. Man hat dich geärgert, eingesperrt, verhört, gedemütigt, ruh dich aus.«

»Ich werde jetzt nicht einschlafen«, sagte ich.

»Dann lieg mit mir im Bett, ohne zu schlafen. Ich schlafe problemlos auch bei Licht ein, und du kannst die Gedichtbände auf dem Bord meiner Mutter lesen oder mich im Schlaf betrachten.«

»Ich will gehen. Habe ich dir vorhin schon gesagt. Ich möchte, dass wir uns für den Aufbruch fertig machen. Du musst mir meine beiden Brillen wiedergeben, mich zurück auf die Landstraße lotsen.«

Ihr Körper spannte sich. »Dieses erbärmliche Klischee wird hier heute Nacht nicht Wirklichkeit werden. Du bist nicht hergekommen, um mich zu ficken und dann abzuhauen.«

»Ich bin nicht hergekommen. Du hast mich hergebracht, und wir beide wussten genau, wozu. Es war sehr gut. Wir haben genossen, gelacht, geredet, gestritten, du hast mich besiegt, was machen da ein paar Stunden Schlaf und ein Frühstück noch aus.«

»Mir machen sie was aus«, sagte sie, »und nicht nur wegen dem, was du denkst, sondern weil mir eines völlig klar ist: Wenn wir uns eines Tages zufällig begegnen, wirst du dich nicht an mich erinnern, mich nicht wiedererkennen, aber das Frühstück, das du morgen von mir bekommst, wirst du immer in Erinnerung behalten, ebenso wie die Geschichte mit dem Ehemann und seinem Freund im Nebenzimmer und den Sehtest von vorhin und noch ein, zwei Dinge, die vielleicht noch geschehen werden.«

»Da ist was dran«, sagte Boas. »Ich spüre es. Da kommt noch eine Überraschung.«

»Keine Sorge«, sagte ich zu ihr. »Ich werde dich nie mit anderen Frauen verwechseln, und ich werde dich nicht vergessen, aber nicht wegen deines Frühstücks, sondern weil du meine Brillen versteckt hast.«

»Ich schweige, nicht, weil ich neutral wäre«, sagte Boas, »sondern weil du mein Bruder bist. Aber im Herzen bin ich auf ihrer Seite.«

»Ich frage dich noch einmal, Scharon, wo sind sie?«

Sie schwieg.

»Gleich machst du daraus ein großes Theater über die Beziehung zwischen Männern und Frauen im Allgemeinen. Ich spüre auch das kommen«, sagte ich zu ihr.

»Bestimmt nicht. Nur wir zwei. Du und ich.«

»Vielen Dank. Wenigstens das.«

Boas schenkte ein, trank aus, füllte erneut sein Glas. »Sie ist klasse, und ich bin immer noch auf ihrer Seite«, sagte er. »Aber sie hat Glück, dass ich in jener Nacht nicht bei ihr war.«

»Wie wär's mit einem Refill auch für mich?«, fragte ich ihn.

»Verzeihung, da.«

»Du wärst von Anfang an nicht mit ihr gegangen«, sagte ich.

»Stimmt.«

»Denn du bist ein scharfäugiger Mann. Du siehst alles um dich her, die Realität, die Gefahren, die Lösungen, die Materialstärken, Menschenstärken, Seelenstärken, die Stärke des Fleisches, sowohl das, was wirklich passiert, als auch das, was passieren könnte. Du bist ein *Mensch* und ein Ingenieur.«

Scharon kehrte mir wieder den Rücken.

»Du fliegst nicht weg und gehst nirgendwo hin«, sagte sie. »Du musst nur Pipi machen und schlafen, und wenn du auch die Kloschüssel nicht ohne Brille siehst, führe ich dich hin und richte dich aus.«

»Weißt du noch, wie Mutter Vater angeschrien hat, als er begann, um die Schüssel herumzutröpfeln?«

»Nein, Boas. Sie hat ihn nicht angeschrien, sondern mir eine Botschaft für ihn mitgegeben: Sag deinem Papa, ich verlange, dass du im Sitzen pinkelst. Und er: Sag deiner Mama, warum sollte ich pinkeln wie eine Frau? Ein Mann muss mit seinem Schwanz in der Hand stehen. Im Sitzen würde bei mir kein einziger Tropfen rauskommen. Und sie: Sag deinem Papa, als ob da viele Tropfen rauskommen, wenn du im Stehen pinkelst. Und er: Sag deiner Mama, ich bin sicher, du zählst sie einzeln. Und sie: Man kann sie sehr leicht zählen, denn sie sind alle auf dem Fußboden.«

Draußen rief irgendein Lebewesen, ich wusste nicht, ob Vogel oder Tier. Alle drei Sekunden stieß es einen weichen, kurzen, aber klaren Schrei aus.

»Was ist das?«, fragte ich.

»Eine kleine Eule. Ich kenne den Namen nicht. Der Eulerich sitzt hier und ruft die ganze Nacht, wartet, dass eine Eule zu ihm kommt.«

»Ziemlich nervtötend.«

»Mir gefällt er. Dieser unendliche Optimismus.« Und nach kurzem Schweigen: »Wie ich. Ich habe dich gerufen und gerufen und gerufen, und schließlich bist du gekommen.«

»Du hast mich nicht gerufen. Deine Freundin hat dir mitgeteilt, dass ein schöner Mann die Bar betreten hat, und du bist gekommen und hast mich mitgenommen.«

»Ich habe nicht spezifisch nach dir gerufen, sondern nach einer solchen Möglichkeit, und sie ist eingetreten. Du bist gekommen, und ich habe mich gefreut, dass du es bist, und es war wunderbar, und jetzt machst du alles kaputt. Du bist fertig und willst gehen. So männlich, hässlich und simpel.«

»Also geht es jetzt doch um Männer und Frauen im Allgemeinen, nicht nur um dich und mich.«

Sie schwieg.

»Was du mir antust, Scharon, das ist hässlich und simpel.«

Boas platzte heraus: »Warum hast du ihr eigentlich nicht gesagt, du hättest beschlossen, den Flug sausenzulassen und dazubleiben, aber nicht nur zum Frühstück, sondern für immer?«

»Auch das habe ich versucht, genau an diesem Punkt.«

»Und was hat sie gesagt?«

»Das hätte mir gerade noch gefehlt. Das heißt ihr. Das hat sie gesagt.«

»Warum?«, habe ich sie gefragt.

»Weil wir kein gutes Paar abgeben. Ich plane zu viel, und du musst dich zu viel vergewissern, ich bin schnell und du bist ein bisschen langsam, du brennst darauf, alles richtig zu machen, was mit der Zeit langweilen kann, und vor allem bist du noch verliebt in jene Frau, die eine und einzige, die dir den Laufpass gegeben hat, selbst aber dageblieben ist.«

»Was heißt dageblieben?«

»Dageblieben heißt, dass sie immer noch bei dir ist, hier im Zimmer rumschwirrt wie eine Mücke, dauernd summt, ich bin da … ich bin da … ichbinda … ichbindaichbindaichbinda … Ich bin sicher, bei ihr würdest du bis zum Morgen schlafen, bis zu jedem Morgen, und ihr wunderbares Frühstück machen, nicht sie dir.«

»Du musst Schriftstellerin werden, bei dieser Fantasie«, riet ich ihr.

»Warum Fantasie?«, fragte sie. »Das ist wahr.«

Ich schwieg.

»Einen Augenblick, als wir zusammen waren, habe ich gespürt, wie du sie plötzlich in mir suchtest. Sie steckt nicht in meinem Körper, Gadi, sie sitzt bei dir im Kopf.«

»Das ist eine Eifersuchtsszene«, befand Boas.

»Wieder bist du mir zuvorgekommen, genau das habe ich zu ihr gesagt.«

»Wieso denn Eifersucht? Ich bin nicht deine Partnerin.«

»Aber vorhin, als wir miteinander schliefen, hast du gesagt, du würdest mich lieben.«

»Und ich habe es dir auch gesagt, das ist eine automatische, beinahe physiologische Reaktion auf das wohlige Gefühl, das ich mit dir empfand, Gadi, etwas, was passieren kann, wenn der Körper über die Ufer tritt und sich irgendwohin ergießen muss. Aber alles in Ordnung. Das ist eine Reaktion, die sich sofort selbst vernichtet.«

Und nach kurzer Pause: »Oder es ist einer da, der sie vernichtet.«

Boas stand auf, schwankte, torkelte zur Toilette.

»Brauchst du Hilfe?«

Er antwortete nicht. Trat ein, schloss die Tür. Ich hörte ihn dort erbrechen, die Spülung betätigen, hörte das Rauschen des Wassers im Spülkasten und erneutes Spülen. Zurück auf dem Balkon legte er sich auf den Boden.

»Weißt du, wie man auf den U-Booten die nennt, die sich vor Seekrankheit übergeben?«

»Nein.«

»Löwen.«

»Warum Löwen?«

»Sie brüllen im Eimer.« Er kicherte. »Man kann ja nicht aufs Deck raufgehen und ins Meer kotzen, deshalb haben wir einen Eimer, in den wir uns übergeben, und das hört sich wie Brüllen an.«

Ich lachte. »Ruh dich ein bisschen aus«, riet ich ihm. »Schade, dass du gleich mit dem Trinken angefangen hast, ohne erst eine Grundlage zu legen mit dem Essen, das du mitgebracht hast.«

»Weißt du, was mir noch über Vater eingefallen ist?«

»Nein, was?«

»Als er älter wurde, aber noch ehe er wirklich abbaute, hat er mir einmal gesagt: Wenn der Mensch ein Baby ist, staunen alle: Jede Woche gibt es etwas Neues, was es schon tun kann. Und wenn er alt ist, tuscheln alle: Jede Woche gibt es etwas Neues, was er nicht mehr hinkriegt.«

»Das kommt auch auf uns zu. Sehr bald.«

»Boas, bei mir werden die Schrauben locker, hat er zu mir gesagt, du musst mit einem Satz Schraubenziehern anrücken und sie wieder festdrehen.«

»Alles okay, Boas? Hast du dich erholt?«

Er stand auf, setzte sich wieder auf seinen Stuhl. »Völlig in Ordnung. Erzähl weiter von Scharon.«

»Erzähl weiter von Vater.«

29

Im Gegensatz zu Vater blieb Mutter rüstig: Ihre Frische war noch nicht verflogen, ihre Größe nicht geschrumpft, ihre Schritte waren sicher, Augen und Gedächtnis scharf, und sie hatte alle Zähne im Mund. Aber es mehrten sich die Anzeichen, dass ihr Gehör nachließ. Sie neigte das Ohr in einem neuen Winkel, legte die Hand daran, fragte nach jedem Satz ihrer Gesprächspartner: Was? Was?

»Sag deiner Mama: Ich kann dein Was … Was … Was … nicht mehr ertragen.«

»Sag deinem Papa: Jeder altert auf seine Weise. Kümmere dich um dich selbst.«

»Sag deiner Mama: Du kannst dir doch ein Hörgerät zulegen. Wie oft muss man dich noch darum bitten?«

»Sag deinem Papa: Auch du brauchst ein Hörgerät, aber ein besonderes, denn du hörst alles außer deine Frau, die Mutter deiner Kinder.«

»Vielleicht lässt du doch einen Hörtest machen, Mama?«, fragte ich.

Sie lehnte ab: »Was ich wissen muss, höre ich gut genug.«

»Es ist keine Schande«, redete ich ihr zu.

»In meinem Alter ist das Schmach und Schande.«

Ich ließ nicht locker, und wenn Boas gelegentlich aus

der Tiefe auftauchte und zu Besuch kam, bekniete er sie ebenfalls.

Schließlich willigte sie ein und ließ sich ein Hörgerät anpassen, aber nach zwei Wochen Gebrauch nahm sie es ab, und die meiste Zeit blieb es in der Schublade.

Ich sagte ihr: »Das ist so vorhersehbar und abgedroschen, Mama.«

»Es beweist nur, wie recht ich hatte«, flüsterte mir unser Vater zu. »Sie benutzt es absichtlich nicht, damit sie mich nicht hört, falls ich sie brauche.«

Ich sagte ihm: »Vielleicht hast du es nicht anders verdient.«

»Alles Theater. In der Stunde der Wahrheit wird sie sich an mir rächen wegen allem, was ich ihr mutmaßlich angetan habe. Sie bleibt nur bei mir, um an dem Tag, an dem meine Zeit abgelaufen ist, sicherzustellen, dass ich wirklich tot bin, und all das, weil ich sie mutmaßlich betrogen habe.«

Ich lachte los. »Du bist nicht vor Gericht, Papa, was soll dieses ›mutmaßlich‹? Entweder hast du sie betrogen oder nicht.«

»Alles, was ich dir sage, kann gegen mich verwendet werden. Du bist ihr Lieblingssohn.«

Ich sagte zu ihr: »Papa ist beunruhigt, weil du das Hörgerät nicht benutzt. Er fürchtet, er könnte dich rufen, und du würdest ihn nicht hören.«

»Ich bin zwar schwerhörig, aber nicht blind«, sagte sie. »Sag deinem Papa: Statt ein Ohr halte ich ein Auge auf dich.«

»Und wenn er dich ruft, während du in einem anderen Zimmer bist?«, hakte ich nach.

»›Forsche nicht nach dem, das dir verborgen ist‹, Itamar«, sagte sie. »Das sind Privatangelegenheiten zwischen Eheleuten, auch wenn sie deine Eltern sind. Und wenn du so um ihn besorgt bist, nimm deinen Abschied vom Militär und zieh wieder bei uns ein, statt mir Moral zu predigen. Wohne hier, erlerne einen Beruf und pass auf deinen Papa auf.«

Bald kam bei Vater die Labilität nach einem leichten Schlaganfall hinzu, der keine Lähmungen hinterließ und auch sein Denkvermögen nicht beeinträchtigte, aber seine eiserne Statur war dahin. Sein aufrechter Gang – ebenfalls ein Geschenk der britischen Armee – war zögerlich geworden. Seine scharfe, fließende Rede, auf die er sehr stolz gewesen war, kam nun undeutlich über seine Lippen. Seine klare Stimme war heiser und kratzig geworden. Seine Besucher und Mandaten wurden weniger. Das Opinel steckte immer noch in seiner Tasche, teilte sich die jetzt indes mit einem neuen Bewohner – einem kleinen Kamm, den er sich unaufhörlich durchs Haar zog. Er kam mir damals vor wie ein Herbstblatt, das noch Reste von Grün aufweist, aber schon die baldige Ablösung vom Baum spürt, den Fall, die Farblosigkeit, den Aufprall im Staub.

Nur sein Appetit blieb unvermindert, besonders auf alles Gebratene und Süße. Er aß begierig, mit speicheltriefender Zunge und klappernden Zähnen. Unsere Mutter überraschte damals Boas und mich, vermutlich auch ihn und vielleicht sogar sich selbst: Sie kochte ihm seine Leibspeisen, half ihm beim An- und Ausziehen und sogar beim Waschen – »Ich habe mal bei ihnen reingespäht, Boas, sein schwarzer Pelz ist weiß geworden« –, und all das tat sie, ohne ein einziges Wort mit ihm zu wechseln.

»Sein jetziger Zustand ist seine gerechte Strafe«, sagte sie zu mir. »Aber er hat uns ehrbar und großzügig ernährt, hat genug für Notzeiten zur Seite gelegt, und Hilfe gebührt ihm. Und ich danke Gott, dass er sich an meiner Stelle an ihm rächt, das ist schön von ihm.«

Bald verließ mein Vater die Höhen seiner Kanzlei, stieg ins Unten hinab und zog in Boas' altes Zimmer. Wenn ich zu Besuch kam, schlief ich auch dort, um bei ihm zu sein. Eines Nachts tranken wir ein bisschen Cognac und unterhielten uns, und als wir ins Bett gingen, dämmerte ich sofort ein. Ich schlief tief und fest, bis ich von seinem Geschrei aufwachte: »Rachel! Rachel! Sag deinem Sohn, dass ich ihn rufe und er nicht zu mir kommt.«

Erschrocken fuhr ich im Bett hoch und tastete nach meiner Brille. Bei mir zu Hause lege ich sie immer sorgfältig an dieselbe Stelle, auf den kleinen Nachtschrank in unmittelbarer Reichweite, wo meine rechte Hand auch im Stockdunkeln hinfindet, falls das Licht, das ich vor dem Schlafengehen im Flur anlasse, einmal ausgehen sollte. Aber hier, in meinem Elternhaus, hatte mein Vater die »Glühbirnen« gelöscht, nachdem ich eingeschlafen war, das nächtliche Dunkel kam zu meiner Kurzsichtigkeit hinzu, mein Nachtschrank war nicht da, und all das zusammen machte mich stockblind.

Ich stand auf, streckte den Arm nach vorn, ging vorsichtig voran, bis meine Finger eine Wand spürten, und tastete nach dem Lichtschalter.

Vater hörte auf zu schreien und knipste seine Nachttischlampe an.

»Hab's dir ja gesagt«, erklärte er. »Sie nimmt das Hörgerät aus dem Ohr, damit sie mich nicht hört, und du bist erst nach langem Schreien aufgewacht.«

»Ich habe sehr tief geschlafen, Papa. Es ist nicht in Ordnung, so zu schreien und mich zu erschrecken.«

»Leg dich wieder hin, Itamar, alles in Ordnung, ich schalte die Glühbirne aus.«

»Nein, nicht ausmachen, Papa! Ich weiß nicht mehr, wo ich meine Brille hingelegt habe.«

»Die brauchst du jetzt nicht. Wir finden sie am Morgen.«

»Ich schlafe nicht ein, solange ich nicht weiß, wo sie ist.«

Hüstelnd oder kichernd flüsterte er: »Deine Träume wirst du auch ohne Brille sehen«, und schlagartig wurde es wieder dunkel im Zimmer.

»Mach das Licht an«, rief ich.

Meine hohe und laute Stimme überraschte mich selbst. »Mach sofort das Licht wieder an. Hörst du mich!«

Er knipste die Lampe wieder an. »Sie ist wirklich taub, wenn sie dich jetzt nicht schreien hört. Hilf mir auf, dann helfe ich dir, deine Brille zu suchen.«

Ich trat zu ihm, nahm seine Hände, zog ihn zum Sitzen auf die Bettkante, umarmte ihn und brachte ihn zum Stehen. Ich spürte seinen einst starken und gepanzerten Leib, der nun leicht und weich wie eine Feder war.

Er kicherte: »Eine prächtige Familie. Der Vater lahm, die Mutter taub, das Kind blind.«

»Nur bei mir alles in Ordnung«, sagte Boas.

»Da ist sie, deine Brille«, sagte Papa. »Ich sehe sie.«

»Wo?«

»Wo du sie hingelegt hast. Auf dem Fensterbrett, über deinem Bett. Ohne sie siehst du nicht nur nichts, sondern vergisst auch alles.«

Ich brachte ihn wieder in sein Bett und legte mich in meines.

»Manche Dinge gehen auch weiter, wenn man alt ist«, erklärte er unvermittelt, »bleiben genauso wie in der Kindheit.«

»Hast du ihn gefragt, welche Dinge?«, wollte Boas wissen.

»Ich habe nicht gefragt, aber er hat geantwortet«, erwiderte ich. »Er hat gesagt: Auch die Alten reifen weiter, lernen dazu, verstehen mehr, sammeln Wissen.«

30

Gadi?«

»Was?«

»Würdest du die Lampe neben dir ausmachen?«

»Ohne Brille sehe ich den Schalter nicht.«

»Genau unter der Leuchte, du kannst ihn mit den Fingern ertasten.«

Ich tastete, fand und knipste aus. Ein paar dunkle, bleischwere Minuten vergingen, und dann wieder: »Gadi?«

»Was?«

»Bist du wütend?«

»Klar.«

»Willst du, dass ich dir einen blase?«

»Endlich sinnvolle Worte«, sagte Boas.

»Nein«, antwortete ich ihr.

»Das ist nicht mehr nur Kummer seiner Mutter, das ist schon Staunen seines Bruders«, kicherte er.

»Du bist wirklich wütend«, sagte sie.

»Jetzt ist endgültig klar geworden, was du von mir denkst. Man kann ihn traktieren, kränken, demütigen, einsperren, aber er ist und bleibt doch ein Mann, also blasen wir ihm halt einen, und schon kommt alles in Ordnung.«

»Entschuldigung, so hatte ich es nicht gemeint.«

»Und jetzt ist auch die Übelkeit schon da.«

»Warum Übelkeit?«

»Auch das habe ich dir schon gesagt. Das passiert mir manchmal, wenn ich ohne Brille bin.«

Sie knipste das Licht an, stand auf, ging in die Küche, kam wieder und reichte mir ein Glas.

»Trink. Wasser mit etwas Zitronensaft. Das wird dir helfen.«

»Die Brille würde mir mehr helfen.«

»Trink«, sagte sie erneut.

Ich trank. Sie nahm mir das Glas ab, stellte es hin, schmiegte sich an meinen Rücken. »Du sollst es gut haben bei mir«, sagte sie und legte einen Arm um mich, drückte ihre Brüste an meinen Rücken und nahm meinen Penis in die andere Hand.

»Lass ihn los«, sagte ich. »Ich habe dir doch schon gesagt, die Tatsache, dass ich ein Mann bin, bedeutet nicht, dass man mich auf diese Weise besänftigen kann. Wie platt, was für eine erbärmliche Verallgemeinerung. Ich bleibe gegen meinen Willen hier, und das gibt dir nicht das Recht, mich anzufassen, und ihn schon gar nicht.«

»Aber sie hat dich genauso angefasst, wie du es magst«, sagte Boas. »Genau wie du es mir vorhin geschildert hast.«

»Sag: Ich will nicht. Sag: Ich erlaube es nicht, und fertig«, fauchte Scharon und schlug mich: »Das gibt dir nicht das Recht, ihn anzufassen … Was soll denn diese Penisrechtserklärung?«

»Wenn der Ärmste nicht an mir drankleben würde, wäre er längst abgehauen.«

Sie kicherte. »Stell dir vor, wie er sich hier im Dunkeln zwischen den Bäumen hindurchstiehlt, vorsichtig …«

»Was man ›wie auf Eiern gehen‹ nennt«, sagte Boas.

»Schade, dass du nicht mit dabei warst, Scharon wäre schier geplatzt vor Lachen«, erwiderte ich.

»Wie er über Wurzeln stolpert, und plötzlich landet der Eulerich vom Baum draußen auf ihm …« Und mit veränderter Stimme, damit ich verstand, dass sie nicht mit mir sprach, sondern mit ihm: »Ich lass dich jetzt los, mein kleiner Süßer, obwohl wir beide weitermachen möchten.« Und zu mir: »Schlaf, Gadi, ich bitte dich, endlich zu schlafen, denn ich bin jetzt müde.«

»Dann schlaf ein.«

»Dann mach das Licht aus.«

Ich widersprach nicht. Machte es aus. Sie verstummte. Ihr Atem wurde ruhig. Ich dachte schon, sie sei eingeschlafen, doch dann plötzlich: »Du bist noch wach. Ich höre es an deinen Atemzügen.«

»Ich glaube kaum, dass ich Schlaf finden werde.«

»Möchtest du reden?«

»Nicht mit dir.«

»Seit du weißt, dass du keine Brille mehr hast, bist du anders. Missmutig. Hast ein bisschen deinen Humor verloren.«

Ich schwieg.

»Sag mal, wegen dem Frühstück morgen, magst du das Gelbe beim Spiegelei hart oder weich?«

»Sie quält dich wirklich«, kommentierte Boas.

»Wenn du nämlich sagen würdest, du magst das Eigelb hart, würde ich dich augenblicklich zur Landstraße rausbringen und dir sagen, dass ich dich nie wiedersehen will.«

»Dann hart«, antwortete ich, »ich mag das Gelbe so hart, wie du es eben hinkriegst.«

»Nicht witzig«, sagte sie. »Und noch was, wenn du zufällig zum Mittagessen bleibst, dann Filet oder Entrecôte?«

»Filet.«

»Ich hätte gar nicht fragen brauchen. Klar ist das deine Wahl.«

»Sie hat dich einwandfrei erkannt. Filet ist Fleisch für Frauen«, sagte Boas. »Und was hast du ihr geantwortet?«

»Nichts.«

»Weißt du, warum ich mich in Maya verliebt habe?«

»Die Frage lautet, warum Maya sich in dich verliebt hat, Boas.«

»Dann erzähle ich es dir nicht.«

»Und sag mal, Gadi«, fuhr Scharon fort, »stippst du erst das Brot ins Eigelb, oder isst du zuerst das Weiße ringsum und schiebst dir dann das Gelbe in den Mund, damit es sich dort auf einmal ergießt?«

Ich machte das Licht an und stand auf. Tastete mich zum Badezimmer, kniete nieder und erbrach mich in die Kloschüssel. Ich spülte mir am Waschbecken das Gesicht ab, beugte mich vor und näherte meine Augen der Marmorfläche, bis ich zwischen der Hautcreme- und der Zahnpastatube unterscheiden konnte, dann drückte ich mir von Letzterer etwas in den Mund. Ich spülte den Geschmack des Erbrochenen aus und ging zurück ins Bett.

»Es tut mir leid«, sagte sie. »Ich habe nicht geglaubt, dass es um echte Übelkeit ging.«

»Ja, Übelkeit«, sagte ich. »Auch abgesehen davon, dass

mir die Brille fehlt, ist dies das richtige Wort für das, was ich bei dir empfinde.«

»Sag mal«, fragte Boas, »hast du euch beide auch mal von außen betrachtet? Hast du dich nicht gefragt, warum ihr euch so benehmt?«

»Was heißt ›ihr‹, und was heißt ›so‹? Mein Benehmen war eine direkte Reaktion auf ihres.«

»Ich meine, du verwendest mehr Mühe darauf, dich selbst zu verstehen, als du dich bemüht hast, sie zu verstehen.«

»Warum muss ich sie verstehen? Sie ist nicht meine Partnerin, wir leben nicht zusammen. Und überhaupt hat die Mühe, die ich darauf verwenden soll, andere Menschen zu verstehen, ihre Grenzen, erst recht bei einer fremden Frau, die mich so quält, wie es sonst nur sehr nahestehende Menschen können.«

»Wer quält dich denn? Wer hat dich jemals gequält?«

»Papa und Mama zum Beispiel? Mit ihren Botschaften? Was war das anderes als Quälerei?«

»Du hättest ablehnen können, wie ich.«

»Konnte ich nicht, weil ich nicht so bin wie du.«

Er schwieg.

»Und Mama, mit ihrem ganzen Trara um mein Aussehen, hat mich schier umgebracht.«

»Ich dachte, du mochtest diese Aufmerksamkeit.«

»Du verstehst mich wirklich überhaupt nicht – deinen eigenen Bruder –, verlangst aber von mir, eine wildfremde Frau zu verstehen. Toll, Boas.«

»Bist du auf den Gedanken gekommen, dass sie sich vielleicht durch dich an einem anderen Mann rächte? Vielleicht an dem Gutaussehenden, der sie einst nicht beachtete?«

»Klar, aber es hat mich nicht überzeugt. Mir schien eher, dass sie mich in der einen Nacht, die wir hatten, vollständig ausnutzen wollte. Von den präzisen Einzelheiten des ersten Kusses zu dem Was und Wie und Wann im Bett – dies vorher, das nachher, so ja und so nein, all ihre nervigen Hiers und Dorts.«

»Eine hübsche Ausdrucksweise, die Hiers und Dorts«, bemerkte Boas.

»Sehr hübsch, aber die Ausführung war ein Albtraum. Diese Pedanterie. Diese Detailversessenheit, und dann sollten wir mit derselben Gründlichkeit nebeneinander schlafen bis zu ihrem ebenfalls bis ins Letzte geplanten Frühstück.«

Er schwieg.

»Es geht um einen One-Night-Stand, Boas, um eine einzige Nacht, nicht ums ganze Leben. Nicht um Ehe und nicht um das blöde Wort, das ihr euch hier angewöhnt habt, Partnerschaft. Warum soll ich mich dermaßen anstrengen, diese Scharon zu verstehen?«

»Und dich selbst? Warum wolltest du eigentlich so dringend dort weg? Wie du ja weißt, habe ich dich am Anfang der Geschichte vor ihr gewarnt. Aber jetzt meine ich, es hätte Spaß machen können, neben ihr einzuschlafen, am Morgen aufzuwachen, noch mal mit ihr zu vögeln und fröhlich gemeinsam zu frühstücken. Du hast doch keine Frau, musstest nirgends hin, brauchtest keinen zu belügen, und dieser Gadi … Ich komme immer noch nicht drüber weg, dass du dir einen anderen Namen ausgedacht hast.«

»Weil ich einfach weggehen wollte. Zum einen, weil ich es gewohnt bin, und zum anderen, weil sie mich ermüdet hat, vom ersten Moment an, als ich ihr Haus betrat. Mach dies, mach jenes, hier und da und da und hier, ganz langsam rein, mach die Augen nicht zu, langsamer, zeig mal die Hände, mit Brille, ohne Brille, schmieg dich an, jetzt vibrieren wir ... Sie hat mich auf einmal an all das erinnert, was ihr hier in Israel habt, an eure lärmende, kumpelhafte Intensität, die einem unter die Haut geht. Ich konnte nicht mehr, war ihrer müde.«

»Auch ihrer«, verbesserte Boas. »Genau wie du manchmal auch meiner oder Mayas müde wirst. Du bist einfach einer, der schnell ermüdet, Itta. Müde wird und nach Hause will.«

31

Michal beendete den Wehrdienst, ging zum Studium ans Technion in Haifa und antwortete nicht auf meine Briefe – »Vielleicht weil du nicht alle abschickst«, sagte mir damals Boas, der mein Leid und mein Unglück kannte, hoffte, sie würden vergehen, machte sich aber keine Illusionen. »Wenn du nicht drüber wegkommst, dann deinetwegen, nicht ihretwegen.«

Es quälten mich Angstvorstellungen, wir könnten einander begegnen und ich würde sie nicht erkennen. Doch ich beruhigte mich mit dem Gedanken, dass ich sie auch von Weitem erkennen würde, in der Menge, sogar im Dunkeln, auch ohne Brille. Sie erkennen würde an der nonchalanten Fröhlichkeit ihrer Stimme, ihrem entschiedenen Gang, an ihren Abständen – den gedehnten zwischen ihren Worten und denen, die in mein Gedächtnis und ihr Fleisch eingeschrieben sind: der große zwischen ihren Augen und der gewölbte am Treffpunkt ihrer Schenkel.

»Du bist bekloppt, Itta«, sagte Boas. »Du hättest sofort eine andere kennenlernen sollen. Einen Schlussstrich ziehen, eine neue Seite aufschlagen und weitermachen.«

»Vielleicht, aber ich wollte nur sie.«

Und zu mir, im stillen Herzen: Und alles, was in ihr ist. Alles, was weich, was fest, was wispernde Glut, was feuchte

Seide, was Saitenklang, was Glöcklein, was wandernde Düne ist, alles, was in dir ist.

Mein Herz war gebrochen, meine überdehnte Netzhaut vernarbt von ihrem Bild, aber der Rest meines Körpers trieb weiter Soldaten zum Laufen und Turnen an, trainierte Pilotenmannschaften für ihre blöden Sportwettkämpfe. Und auf einmal, wie ein Zeichen, von dem ich nicht wusste, wer es mir gesendet hatte, verkündeten die Schwarzen Bretter des Stützpunkts, dass der Dichter Jehuda Amichai kommen würde, um einen Vortrag zu halten.

Die Ankündigung freute und betrübte mich, und irgendwie ähnelten die beiden Gefühle einander. Seit jenem Abend, als mich Michal in Tel Aviv zu dem Abend zu seinen Ehren und danach in ihre Wohnung eingeladen hatte, hatte ich seine Gedichte lesen und lieben gelernt. Zunächst las sie mir ihre Lieblingsgedichte von ihm vor, danach entwickelte ich auch meinen eigenen Geschmack, und nachdem sie mich verlassen hatte, las ich sie wieder und wieder, später dann auch einige andere Dichter und Gedichte, von denen mir manche sogar Trost spendeten und Mut machten, dass es mir eines Tages auch gelingen könnte, Worte aneinanderzureihen.

»Und hast du's versucht?«

»Damals gar nicht, und schon gar nicht mit Lyrik. Aber manchmal haben sich ein paar Wörter in meinem Kopf zusammengefügt. Meist beim Rennen, vielleicht wegen des Atmens und wegen der Füße, die auf die Erde schlagen, ihren Takt auf das Denken übertragen. Ich sage sie mir still vor und vergesse sie gewöhnlich hinterher.«

»Und bist du zu seinem Vortrag gegangen?«

Sicher. Und auf dem Weg dorthin dachte ich: Damals hat er mich mit Michal gesehen, und jetzt wird er mich ohne sie sehen. Im Gehen verstand ich: Unwissentlich und unabsichtlich, vermutlich ohne sich überhaupt daran zu erinnern, spielt er in meinem Leben die Rolle des Leitsterns und Boten. Und ich wurde traurig: So ein weiser Mann, der das Vergehende, das Bestehende und das Entstehende sieht – damals war er Geburtshelfer unserer Liebe, und jetzt würde er, wer weiß, vielleicht ihren Tod feststellen.

Als er von der Bühne trat, nahm ich allen Mut zusammen und ging zu ihm. Ich erinnerte ihn nicht an unsere erste Begegnung und an das Gedicht *In Jemin Mosche,* an meine Rechte und ihre Linke. Viele Menschen umringten ihn nach solchen Auftritten, fünfeinhalb Jahre waren mittlerweile vergangen, warum sollte er mich erkennen, erst recht ohne Michal.

Da sie nicht da war, musste ich selbst etwas sagen und erzählte ihm mit schwacher Stimme, ich würde sein Gedicht *Chaval, ha'inu Hamza'a tova* lieben – »Schade. Wir waren eine gute Erfindung«.

»Amza'a«, korrigierte er. »Ich habe die Wortvariante mit Alef geschrieben.«

Verlegen wiederholte ich den Titel mit Alef statt He und zitierte weiter: »Wir waren eine gute Erfindung, eine liebevolle: ein Flugzeug aus Mann und Frau.«

Er lächelte mich freundlich an und sagte: »Sie sind der schöne Mann, den die kluge Frau an der Hand gehalten hat vor einigen Jahren in Tel Aviv. Sind Sie letzten Endes nach Jemin Mosche gefahren?«

Ich sagte: »Ich fasse es nicht, dass Sie sich an mich erinnern.«

Er sagte: »Eine Schlagfertigkeit wie ihre und ein Gesicht wir Ihres kann man schwerlich vergessen.«

Ich war nicht etwa beleidigt, sondern tief berührt. Sagte ihm: »Für mich fühlt es sich an, als hätten Sie dieses Gedicht für mich geschrieben, über sie und mich. Auch wir waren eine gute Erfindung. Hoben ein wenig vom Boden ab wie in Ihrem Gedicht. Waren ein Flugzeug, wie Sie geschrieben haben.«

»Warum ›waren‹? Sind Sie nicht mehr zusammen?«, fragte er.

»Sie hat mich verlassen, vor einigen Monaten«, antwortete ich, empfand ein seltsames Schuldgefühl und auch das unerklärliche Bedürfnis, ihre Gründe zu erklären und sie in Schutz zu nehmen. Und plötzlich fügte ich hinzu: »Aber das war vorauszusehen. Sie haben ja eben selbst gesagt, ich bin der schöne Mann und sie ist die kluge Frau.«

Weiter wusste ich nichts zu sagen, und der Dichter, als spüre er den Sturm in meiner Seele, sagte: »Wenn Sie das Gefühl haben, dieses Gedicht sei für Sie geschrieben, brauchen Sie nicht um Erlaubnis zu bitten. Es gehört Ihnen.«

Danach habe ich ihn nicht wiedergesehen, nur in Gedanken und beim Lesen und in der Erinnerung, und die Nachricht von seinem Tod erreichte mich in den Vereinigten Staaten. Ich stand an meinem Schlafzimmerfenster und weinte bitterlich. Der Magen drehte sich mir um, schlicht und einfach. Mein Zwerchfell schmerzte. Ich vergoss die Tränen, die ich über Papa und Mama nicht geweint habe,

Boas, und ich weinte wegen noch etwas – weil du mich über seinen Tod informiert hast und nicht Michal.

»Das stimmt, aber nicht ganz«, sagte Boas. »Ich habe dich informiert, aber auf ihren Wunsch.«

Ich erschauerte. »Sie hat es dir erzählt, damit du mich informierst?«

»Ich weiß nicht so viel über Dichter. Nicht über ihr Leben und nicht über ihr Sterben. Sie hat angerufen und mich gebeten, es dir mitzuteilen.«

»Warum hast du mir das nicht gesagt?«

»Weil sie mich gebeten hat, es dir nicht zu erzählen. Sie hat angerufen und gesagt: ›Boas, ich bin's, Michal von Itta‹, und ich habe ihr geantwortet: Du brauchst mich nicht zu erinnern. Wer könnte dich vergessen?«

»Ich habe eine Bitte«, fuhr sie fort, »der Dichter Jehuda Amichai ist gestorben. Ruf Itta an und sag's ihm. Kann sein, dass es in seiner Lokalzeitung dort in Amerika nicht steht.«

»Erinnerst du dich, was sie genau gesagt hat?«

»Sogar meine Genauigkeit hat ihre Grenzen«, erwiderte er. »Aber wie gesagt, sie hat mich gebeten, es dir mitzuteilen, ohne zu erwähnen, dass die Nachricht von ihr kommt. ›Erzähl's nicht deinem Bruder‹, hat sie gesagt.«

»Und warum erzählst du es mir jetzt?«

»Weil ich das Gefühl habe, dass diese Brüdernacht eine besondere ist.«

Ich schwieg.

»Außerdem«, fuhr Boas fort, »wer fragt sie denn? Wer ist sie, dass sie uns vorschreiben könnte, was wir tun und lassen sollen? Es wird Zeit, dass du dich auch nicht mehr um sie kümmerst.«

»Er hat uns gut beschrieben«, sagte ich. »Wir waren wirklich eine gute *Hamza'a*.«

»Mit Alef, nicht He am Anfang«, sagte Boas. »So hat er das Wort geschrieben, Itta.«

Ich lachte schallend. Mein Lachen war nicht nur seltsam für meine Ohren, sondern auch für meine Kehle, die sich bereits auf ein erneutes Schluchzen vorbereitet hatte und nun überrascht ein eigenartiges Muhen ausstieß. Danach sagte ich: »Genug mit deinen Späßen, Boas, bitte. Von einem solchen Lachen ist es nicht weit zum Weinen, und ich will nicht, dass du schon wieder böse auf mich wirst.«

»Wir sind wie Adam und Eva«, habe ich einmal zu ihr gesagt. »Wir sind nur zwei. Es gibt auf der Welt keinen anderen Mann und keine andere Frau außer uns.«

»Das ist nicht gut«, gab sie zurück. »Wenn es auf der Welt nur einen Mann und eine Frau gibt, braucht es keine Liebe.«

»Aber so empfinde ich es, dass es nur uns zwei gibt und auch, dass es Liebe ist«, erklärte ich ihr.

»So ist das mit allem bei dir, Itta«, sagte sie. »Alles fühlst und empfindest du. Das genügt nicht. Man muss auch denken und verstehen. Neben dem Herzen braucht man Verstand. Sogar bei der Liebe, vor allem bei der Liebe, braucht man Verstand.«

»Erst nach unserer Trennung habe ich kapiert, dass es mit diesem Satz begonnen hat: Für die Liebe braucht man auch Verstand«, erklärte ich Boas.

»Du bist einfach ein Experte darin, dich selbst zu quälen.«

»Ich bin einfach ein Mensch mit einem guten Gedächtnis«, sagte ich.

»Lange habe ich geglaubt, du seist wegen ihr von hier weggegangen und nach Amerika.«

»Nicht nur wegen ihr«, sagte ich.

»Vor allem wegen ihr, und ihretwegen bist du auch dortgeblieben.«

»Soll Michal sich verpissen!«, schrie ich.

»Itta«, sagte mein Bruder unerwartet gelassen, »wir sitzen auf einem Hotelbalkon, in den frühen Morgenstunden, man hat vorhin schon von unten mit uns geschimpft. Man schreit hier nicht solche Dinge raus. Schon gar nicht du.«

»Und ich bin nicht nach Amerika gefahren, um dortzubleiben. Ich wollte nur ein bisschen reisen. Mich erholen. Vater war gestorben. Michal hatte mich verlassen, Mutter machte mich kaputt …«

»Vorhin hast du gesagt, Mutter hätte dich umgebracht, und jetzt: kaputt gemacht … Wie das? Warum, Itta?«

»Ich bin weggefahren, weil ich mit den Kräften am Ende war. Ich wollte Atem schöpfen und ausruhen. Aber die Dinge haben sich so ergeben, wie sie es manchmal tun, und ich bin in Amerika geblieben.«

Damit verstummte ich.

»Woran denkst du?«, fragte Boas.

»An Mutter, wie sie gleich nach Vaters Tod einen Schlosser bestellt hat, und als wir von der Beerdigung zurückkamen, hatte der schon das Tor des Hintereingangs und die Außentür des Oben zugeschweißt.«

»Das war vernünftig. Viele Menschen kamen zur Trauerwoche, viele aus den dunklen Bereichen seines Lebens, die wir überhaupt nicht kannten, und – wer weiß.«

»Manche darunter bezeichnete Mutter als ›Rohlinge‹«, sagte ich, »und es gab auch allerlei Sammler, die es unverhohlen auf seine alten Werkzeuge abgesehen hatten.«

Boas kicherte: »Als Erstes, noch vor der Beerdigung, habe ich das Opinel gesucht, gefunden und an mich genommen, ehe du es einsacken konntest, Itta.«

»Das ist in Ordnung«, sagte ich. »Ich bin sicher, er wollte, dass du es bekommst.«

Es kamen auch Frauen, die kein Mensch kannte, aber allen war klar, dass sie zu den »Gästinnen« zählten, von denen Mutter immer sprach. Sie hob die Stimme: »Du hast es im Leben bunt genug getrieben!«, und jagte die Damen eine wie die andere mit dem Besen aus dem Haus, wobei die Gästinnen zurückwichen und sie selbst schreiend vorwärts ging und ihre Spuren vom Boden fegte.

»Das ist interessant«, sagte Boas, »wie Geheimnisse nach dem Tod geboren werden oder wieder zum Leben erwachen. Mal in Form eines Dokuments oder Briefs, mal in Gestalt eines Menschen, der plötzlich auftaucht, manchmal in Form einer Entscheidung: Die Zeit ist gekommen, jetzt kann und darf man dieses oder jenes.«

»Nicht in seinem Fall«, sagte ich. »Als er starb, starben auch seine Geheimnisse. Nichts Neues ist zum Vorschein gekommen.«

»Ich habe Mutter gefragt, was ihm in jener Nacht zugestoßen ist, und ob sie ihr Hörgerät trug oder nicht«, sagte Boas.

»Und was hat sie geantwortet?«

»Sie habe was gehört, sei aufgestanden und habe ihn im Wohnzimmer tot auf dem Boden gefunden, sie habe sofort einen Krankenwagen gerufen, aber es sei schon zu spät gewesen.«

Ich war mir sicher gewesen, nach der Trauerwoche würde Mutter ins Oben gehen, Bücher nach Größe und Farbe ordnen, alte Kneifzangen mit neuen Elektronikzangen vermischen, Stempel und Schraubenzieher in ein und dieselbe Schublade legen. Aber sie ordnete und änderte nichts. Putzte und entstaubte nur. Machte alle Fenster, Läden und Türen zu, schloss die Tür ab, ging ins Unten hinunter und stieg fortan nicht mehr dort hinauf. Daran erkannte ich, dass mein Vater recht gehabt hatte: Nicht die Kanzlei und der Tisch waren das Territorium, das sie unter ihre Fuchtel bekommen wollte, sondern er selbst.

Ich war damals dreißig Jahre alt, das Alter, das ich immer angestrebt und möglichst lange auszukosten gedacht hatte, das dann aber das schlimmste Jahr meines Lebens wurde.

»Das hast du mir schon mal gesagt.«

»Dann hör's dir noch mal an. Ich war von Michal verlassen, hatte Vater verloren und konnte Mutters Nähe nicht ertragen.«

»Warum eigentlich?«, fragte Boas. »Was war denn passiert?«

»Ich konnte nicht mehr, das war es.«

»Hat es mit der Geschichte zu tun, von der du gesagt hast, du erzählst sie mir erst nach deinem Tod?«

»Vielleicht.«

32

Ich erzähle es schon jetzt, bevor ich tot bin, aber nur mir selbst.

Die Tage der Trauerwoche waren zu Ende, das Haus leerte sich von Kondolenzbesuchern, Mandanten, Gästinnen, Bekannten. Boas kehrte zurück in die Meerestiefen, und Mutter zog plötzlich eine Zigarettenschachtel hervor und zündete sich sichtlich routiniert eine an, nahm einen tiefen Lungenzug, blies durch die Nase aus und formte akkurate Rauchringe.

»Wie?«, fragte ich sie. »Hast du auf einmal mit dem Rauchen angefangen?«

»Ich habe seit meinem zwölften Lebensjahr geraucht, aber mit zwanzig, als ich ihn kennenlernte, hat er zu mir gesagt: Rachel, dein Körper gehört jetzt auch mir, ich will nicht, dass du ihn mir mit diesem Gift ruinierst. Mach jetzt die Zigarette aus, die du in der Hand hältst, sie soll deine letzte sein. Du kannst dir die nächste Zigarette anzünden, wenn ich tot bin. Also jetzt. Er ist tot, und ich rauche.«

»Schade. Das ist wirklich ungesund«, sagte ich zu ihr.

Und zu mir, wieder mal: Idiot.

»Ich muss dir was Wichtiges erzählen, Itamar«, fuhr sie fort. »Setz dich aufs Sofa und hör zu. Ich habe etwas Wichtigeres getan oder nicht getan, als zu rauchen oder nicht zu rauchen.«

Ich setzte mich. Sie zog einen Stuhl heran, setzte sich mir gegenüber, zog ihr Hörgerät aus dem Ohr, hielt es in der Hand und sagte: »Es war gegen Morgen. Ich hörte deinen Vater hinfallen, schreien, bin gleich aufgestanden und fand ihn hier auf dem Boden liegen.«

»Du hast ihn gehört? Hast du mit dem Hörgerät im Ohr geschlafen?«

»Genau hier auf dem Boden«, sie deutete auf die Stelle, »und ich habe mich auf den Stuhl gesetzt, auf dem ich jetzt sitze. Habe vor ihm gesessen, mein Hörgerät in der Hand gehalten, wie jetzt, damit er es sah, und zu ihm gesagt: ›Ich höre dich, Jechiel.‹«

Ich sprang vom Sofa auf: »Du hast Zeit für diese Mätzchen gefunden? Vater stirbt gleich am Boden, und du spielst mit deinem Hörgerät, statt es ins Ohr zu stecken, ihn zu hören und ihm zu helfen?«

»Ich habe zu ihm gesagt: ›Wo sind denn all deine Gästinnen, Jechiel, warum sind sie nicht hier, um dir zu helfen?‹«

»Hast dir diesen Zeitpunkt ausgesucht, um mit ihm abzurechnen? Und wieso hast du ihn überhaupt gehört, wenn du das Gerät in der Hand hieltst?«

Sie ließ das Gerät wie ein kleines Pendel schwingen und fuhr fort: »Ich habe damals vor ihm gesessen wie jetzt vor dir, Itamar. Das ist es, was ich dir zu sagen habe, ›Jechiel‹, habe ich zu ihm gesagt, ›hör gut zu. Unser ganzes Leben lang hatte ich Angst, du würdest mich wegen einer deiner Frauen verlassen. Aber die beiden Male, als du wirklich abgehauen bist, hast du es nicht wegen einer anderen Frau getan, sondern wegen mir. Hast mich meinetwegen verlassen und bist deinetwegen wiedergekommen, und das verzeihe ich nicht. Weder mir noch dir.‹«

Häufig erscheint dieses Bild vor meinen Augen, die keine Brille brauchen, um es scharf und klar vor sich zu sehen: Sie sitzt auf dem Stuhl, und er liegt am Boden.

»Ich will diese Geschichte nicht hören«, sagte ich zu ihr.

Sie brach in Tränen aus: »›Meinetwegen bist du weggegangen, und deinetwegen bist du zurückgekehrt, Jechiel‹, habe ich zu ihm gesagt. ›Du bist nicht weggegangen, weil eine andere Frau dich angezogen hat, sondern weil ich dich weggestoßen habe, und du bist wiedergekommen, nicht aus Sehnsucht, sondern weil du es so beschlossen hast. Ich konnte nicht mal eine andere beschuldigen.‹ Und er sagte nur: ›Hilf mir, Rachel.‹«

»Wie hast du ihn denn gehört mit dem Hörgerät in der Hand?«, schrie ich.

»Wie ich dich jetzt höre, Itamar. Auch jetzt halte ich das Gerät in der Hand.« Und nach kurzer Pause fügte sie hinzu: »Wie dumm du manchmal bist, das hast du von deinem Vater geerbt.«

»Steck das Gerät ins Ohr und ruf einen Krankenwagen«, sagte er.

»Ich brauche es nicht einzusetzen, ich höre«, habe ich erwidert. »Ich habe dieses Hörgerät nie gebraucht, Jechiel. Es war alles Theater. Ich habe euch dauernd gefragt, was, was, was …, damit ihr mich für schwerhörig haltet, damit ihr mich zwingt, ein Hörgerät anzuschaffen, das ich nicht brauche.«

»Ich kann es nicht glauben«, sagte ich zu ihr.

»Und als ich dann ein Gerät hatte, konnte ich es aus dem Ohr nehmen. Ihr habt es gesehen und gedacht, ich würde dann nichts hören, habt unbekümmert drauflosgeredet, und ich, ich hörte alles. Auch die Außentür von Oben, vor allem, als du und Boas schon aus dem Haus wart.«

»Du hast ihn sterben lassen. Du hast ihn ermordet«, schrie ich sie an.

»Er hat mich viel früher umgebracht, Itamar.«

Damit verstummte sie, schluchzte noch einmal auf und sagte: »Ich habe es getan, habe es erzählt, nun kann ich auch sterben. Ich bitte dich nur, Itamar, erzähl's nicht deinem Bruder. Du bist weich und gut, und bei ihm kann man nie wissen.«

33

Der Tod meines Vaters, die Trennung von meiner Geliebten, die Beichte meiner Mutter rangen mich nieder. Hinzu kam die traurige Stimmung auf dem Stützpunkt, nachdem viele Piloten im Jom-Kippur-Krieg gefallen waren. Auch der Freund, der die Wohnung mit mir teilte und mir den Druckanzug für meine Flieger-Verkleidung ausgeliehen hatte, war gefallen, und sein Tod betrübte mich mehr als erwartet. Ich beschloss, meinen Abschied zu nehmen und wegzufahren. Ich wollte ein großes und fernes Land bereisen, in dem ich weder Erinnerungen noch Pläne noch Familie hatte.

»Genau zu diesem Zweck hat man Amerika für mich entdeckt«, erklärte ich Boas. »Ich habe mich von Mutter, von dir, von Maya, von Altmann verschiedet und bin abgeflogen.«

»Und von Michal? Hast du von ihr nicht auch Abschied genommen?«

»Ich habe sie angerufen, um ihr zu erzählen, dass ich wegfahre.«

»Eine sehr gute Idee«, sagte sie. »Ich bin dafür.«

»Vielleicht möchtest du dich mit mir treffen? Mir Auf Wiedersehen sagen vor dem Abflug?«, fragte ich.

»Nicht nötig, Itta. Ich stecke in einer sehr intensiven

Lebensphase, es wird noch andere Gelegenheiten geben.« Und sie lachte: »Flieg direkt nach Hollywood. Dort suchen sie Leute wie dich.«

In den USA mietete ich einen Kleinwagen und erkundete einige Wochen lang auf Landstraßen Pennsylvania, Kentucky und Ohio. Ich fuhr ohne Ziel und Landkarte von Kleinstadt zu Kleinstadt, von Bar zu Bar, von Motel zu Motel, von einer Gegend zur anderen, und in jedem Motel, in dem ich übernachtete, fragte ich, wo ich jetzt sei, was ich mir in der Umgebung anschauen und wohin ich weiterfahren solle.

Als ich eines Abends wieder in einem Motel eincheckte, zog der Wirt die Schublade der Empfangstheke auf, entnahm ein Buch und überreichte es mir lächelnd: »Ich weiß nicht, in welcher Sprache es geschrieben ist, aber es gehört Ihnen«, sagte er.

»Mir?«

»Sie waren vor zehn Tagen hier und haben es neben dem Bett vergessen.«

Der letzte Bundesstaat, den ich bereiste, war Virginia, und dort ließ ich mich in eine Stadt namens Charlottesville locken. Klein, aber größer als alle Orte, die ich zuvor aufgesucht hatte. Damals wusste ich noch nicht, wie wichtig diese Stadt für die Geschichte des Landes war, das mein Land werden sollte, und ahnte nicht, wie wichtig und gut sie in meiner persönlichen Geschichte werden sollte.

An meinem ersten Morgen joggte ich durch die Straßen. Auf dem Rückweg, ein paar Hundert Meter vor meinem Hotel, ging ich vom Laufen ins Gehen über, um mich vor dem Betreten der Lobby etwas abzukühlen und mir den Schweiß abzuwischen, und da wandte sich ein gebeugter alter Mann an mich und fragte, auf seinen Stock gestützt: »Junger Mann, vielleicht wissen Sie, wo man hier ein Farbband für die Schreibmaschine bekommt?«

»Tut mir leid, ich bin Tourist, keine Ahnung«, sagte ich.

»Es ist nicht für mich«, erklärte der Mann. »Es ist für meine Tochter.«

Ich reagierte nicht, und er fügte hinzu: »Sie ist eine Dichterin.«

Ich erwiderte nichts, und der Mann blickte mich flehend an.

»Antworten Sie mir«, drückte seine Miene aus. »Sprechen Sie mit mir. Reden wir über Lyrik, über diejenigen, die sie schreiben, über das, was meine Tochter schreibt«, baten seine Mundwinkel.

»Sprechen wir über Väter und Töchter«, schlug er vor.

»Ich habe keine Kinder«, sagte ich, »weder Söhne noch Töchter.«

»Wir können uns auch einfach nur über Schreibmaschinen unterhalten.«

»Und warum macht Ihre Tochter sich nicht selbst auf die Suche nach einem Farbband?«, fragte ich.

»Weil sie mich unbekümmert mit ihren verrückten Bitten belästigt«, antwortete er. »Meinen Sie, in meinem Alter und Zustand ist es leicht für mich, Dinge zu suchen, zu finden, zu kaufen, zur Post zu bringen und abzuschicken …? Ich war früher Arzt, im Krankenhaus. Heute bin ich ein alter Mann und nicht sehr gesund …«

Die Erinnerung an die letzten Jahre meines Vaters war

mir noch frisch im Gedächtnis. Ich wollte nicht, dass mir dieser fremde Alte mit seinen Gebrechen in den Ohren lag.

»Vielleicht, weil sie Dichterin ist«, fiel ich ihm ins Wort. »Dichter sind eine Sache für sich. Lesen Sie ihre Gedichte?«

»Es ist nicht, weil sie Dichterin ist«, erklärte er. »Es ist, weil sie eine Hündin ist.«

Ich wusste nicht, was ich darauf sagen sollte, und verstummte.

»Genau wie ihre Mutter«, fuhr er fort.

»Ich muss in mein Hotel zurück«, sagte ich. »Einen schönen Tag noch.«

»Ein Mensch, der so aussieht wie Sie, muss auch im Herzen schön sein«, meinte er.

»Ich gebe mir Mühe«, erwiderte ich.

»Wir werden uns nicht wiederbegegnen«, sagte er. »Ich werde hier an meinem Ort bleiben, und Sie werden an Ihren Ort zurückkehren. Das Schicksal hat ein Zufallstreffen für uns arrangiert. Unterhalten Sie sich mit mir, danach verabschieden wir uns, und ich werde Sie nicht weiter belästigen.«

»Ich bin Frauen begegnet, die ich mehr oder weniger liebte«, sagte ich, »und Frauen, die mich mehr liebten oder weniger, aber keine von ihnen war eine Hündin.«

»Die Schönheit öffnet Türen und Herzen«, sagte der alte Arzt. »Wenn ich so aussehen würde wie Sie, hätten Tochter und Mutter sich mir gegenüber vielleicht schöner verhalten.«

»Oder wären Ihnen vielleicht gerade deswegen böse gewesen.«

»Das habe ich gar nicht bedacht.«

»Eine Frau hat mich verlassen und mir das Herz gebrochen, aber auch sie war keine Hündin«, sagte ich.

»Mir scheint, Sie lieben sie immer noch«, sagte er.

»Klar liebe ich sie immer noch. Werde sie immer lieben.«

»Wie kann man sich einem Wildfremden auf der Straße so öffnen?«, fragte Boas. »Warum redest du mit mir nicht so, wie du mit diesem alten Doktor geredet hast?«

»Weil Daphna keine Hündin und keine Dichterin ist und du mich nie gefragt hast, wo man ein Farbband für eine Schreibmaschine finden kann.«

Wir lachten beide.

»Und jetzt zurück zu Scharon?«, schlug er vor.

Mir fiel der Schaukelstuhl auf der Vorderterrasse ein. Ich stand auf, schaffte es bis zur Haustür, ohne an Möbel oder Wände zu stoßen, trat ins Freie, tastete mich weiter und setzte mich. Ich atmete tief durch, schluckte kalte, saubere, dunkle Luft, die mich stärkte und festigte. Ich war splitternackt. Die Luft berührte meinen ganzen Körper.

»Und Scharon? Ist sie dir rausgefolgt?«

»Was denn sonst. Kam und fragte, warum ich sie im Bett allein gelassen hätte. Ich antwortete ihr: Scharon, dieser Stuhl ist mein einziger Freund hier. Er ist aus Amerika hergelangt, genau wie ich, auch er will nach Hause, genau wie ich, und ich sehe ihn sogar ohne die Brille, die du mir weggenommen hast.«

Sie lachte: »Hübsche Feststellungen.«

Ich sagte zu ihr: »Genug mit den Versteckspielen, all diesem ›warm‹ und ›kalt‹. Ich will wirklich nach Hause. Gib mir meine Brille und lotse mich hier raus.«

»Darf man sich neben dich setzen?«

»Das ist ein Einsitzer«, sagte ich.

»Er ist groß genug.« Sie drängte sich neben mich, an meinen Körper. »Ich hoffe, es wird dir nicht zu eng mit mir.«

»Kommt nicht mehr drauf an. Hab's dir ja schon gesagt. Alles ist hier ohnehin zu eng. Zu viele Münder und Hände, Schreie, Fragen, Berührungen.«

Sie schaukelte den Stuhl mit leichtem Fuß und sagte: »Ich liebe mein Leben hier. Ich kenne das Leben auch besser als du. In Israel wie in Amerika.«

Ich reagierte nicht.

»Am verblüffendsten ist, dass wir alles hier haben, was es braucht, um uns zu vergnügen«, sagte sie. »Einen guten Kopf, einen guten Körper, alle Glieder mögen einander und wissen, was zu tun ist. Alles könnte so viel schöner sein für uns beide.«

34

Nach fünf guten Jahren voller Liebe und fünf schlechten, fleischarmen Wochen, von denen ich nicht weiß, aus welchem trüben Fluss sie aufgestiegen waren, erklärte mir Michal, dass wir uns trennen müssten – dass es für mich Zeit zum Gehen wurde, genauer gesagt –, und so geschah es.

Seither habe ich sie nicht mehr gesehen, aber es vergeht kein Tag, an dem ich sie nicht vermisse, nicht von ihr rede, sie nicht erwähne. Mal ist das angenehm, mal furchtbar. Es will nicht verebben, nicht heilen. Ihre Spuren sind in allem, und alles ist in ihr. Und ihre drei Worte, es werde für mich »Zeit zum Gehen«, dröhnen mir immer noch im Schädel, unvermindert.

Du mischst überall mit, und alles richtet sich gegen mich: Das Pfeifen eines Jungen auf der Straße, denn du konntest wunderbar auf zwei Fingern pfeifen. Ein Butterbrot mit Salz, die geschälte kleine Gurke daneben, »denn das mag ich am liebsten und ist so einfach«. Das Schild eines Kindergartens, denn du warst mal ein Kind. Ein im Wind wehender Zweig, denn wir liebten uns einmal unter einem Baum. Dein Gesicht leuchtete über mir. Fröhliche kleine Steinchen drückten mir in den Rücken: Wir sind auch da. Machen mit. Verzeihung, dass wir ein bisschen piksen. Der

Baum wogte. Seine Blätter rauschten. Sonne träufelte flüssiges Gold von ihnen herab.

»Unter jedem grünen Baum«, sie lachte, »unter jedem werden wir miteinander schlafen, werden sie einen nach dem andern abhaken. Werden anstelle von Herzen und Namen ein V einritzen.«

Jedes Ding und jedes Wesen: ein Igel im Garten, denn du liebtest Tiere – liebst sie vermutlich immer noch. Ein vorbeifahrendes Auto, denn du saßt auch gern am Steuer. Deine Silhouette in einem vorbeihuschenden Kleid, das schwingt um einen Leib, der zu deinem wird. Wenn mir das Glück hold ist und der Wind richtig weht, zeichnet er mir unterm Stoff die süße Wölbung deines Schoßes ab, und schon füllen sich meine Nasenlöcher mit deinem bittersüßen Mandelduft, und meine Finger tasten nach meinen eigenen Leisten, denn auch sie erinnern sich an dich, und auch sie erfreuten dich und sich an dir. In dir, genau gesagt: »Denn das mag ich am liebsten und ist so einfach.« Und in meinem Herzen, mit schmerzlicher Spontanität: Wem überlässt du jetzt unseren Marzipanhügel, das Marzipanchen – das Marzipankonfekt, so hast du einmal lachend gesagt –, deine bittersüße kleine Mandel, glatt, gleitend, entschlüpfend, weichschlüpfrig?

Und ihr Zimmerfenster, das sie immer zumachte, damit man draußen nicht ihre Heultöne hörte – sie schloss die Scheibe, drehte den Griff fest, fragte: »Wie soll ich mich dir diesmal servieren?« Wie eine Katze, denn so mochtest du es, und auch so, den Rücken in der Schräge wie eine Kinderrutsche, das Gesicht im Kissen, geschwollen vor lauter Stöhnen.

»Wie Amöben«, habe ich dir einmal geantwortet, »wir teilen uns. Werden zwei Männlein, zwei Weiblein. Jeder von uns eine männliche, eine weibliche Hälfte.«

»So?«

»Ja. Nicht aufhören. Nichts ändern, Michal. Genau so.«

»Das ist eine Anweisung von Frauen, Itta, bei all der Schönheit, die du abgekriegt hast, bist du zur Frau geworden.«

Ich bin ein Einzeller. Ganz und gar eine Zelle. Blutzelle und Nervenzelle, Samenzelle, Muskelzelle. Reif. Wartend. Riesig.

»Fertig, aus. Ich geh nie mehr raus aus dir. Ich will da wohnen.«

Meine Lippen erinnern sich an ihre, meine Ohren verlangen ihre Stimme, meine Augen ihre Gesichtszüge, nah und deutlich, meine Rechte ihre Linke, meine Haut die ihre. Die Erinnerung ist stark, die Seele schwach, und mein Fleisch möchte nur eins: sich mit ihrem Fleisch vereinen.

»Du musst mir das nicht alles erzählen«, sagte Boas, »musst du wirklich nicht. Du hast vorhin selbst gesagt, du wolltest nicht von ihr sprechen. Wir sind bei Scharons Geschichte, die ist interessant genug, mach doch damit weiter, das reicht.«

So sagte sie: »Es wird Zeit für dich zu gehen«, und stand auf, in ihrer herrlichen Ungeduld, wie um zu signalisieren, dass ich ebenfalls aufstehen, meinen Part im letzten Akt spielen sollte. Ich stand auf, natürlich, denn ich liebe meine Herrin und bin ihr zu Willen, und sagte: »Ja, ich verstehe dich.« Und auch: »Ja, das hängt schon seit einigen Wochen in der Luft.« Und auch: »Ja, das ist sehr schade, aber wenn du das sagst und willst, dann muss es wohl sein.«

»Und weißt du was, Boas, es hat mir einfach das Herz gebrochen. Physisch. Schlicht und einfach.«

»Wir haben schon in so einigen Brüdernächten darüber gesprochen, und jedes Mal tut es mir erneut leid um dich«, sagte er. »Ich weiß, wie sehr du sie geliebt hast und wie schwer es für dich war, und ich bedaure, das alles zu hören, aber es ist schon so lange her, Itta, es wird Zeit, dass du Michal Michal sein lässt.«

Ich schwieg, und er fuhr fort: »Maya hat recht behalten, sie hat Michal gleich durchschaut und konnte sie nicht ausstehen, aber du warst trotz Brille völlig blind. Bist es bis heute. Du bist immer noch ihr Spielzeug, ihr Zatzke. Auch jetzt, nach über dreißig Jahren.«

Und in einem unbeholfenen Versuch, mich zu trösten, fügte er hinzu: »Und unterdessen warst du mit so vielen Frauen zusammen. Allein schon die, von denen ich weiß, reichen aus, um jede andere Frau aus dem Gedächtnis jedes anderen Mannes zu löschen.«

Ich fing an zu weinen. Er schob mir die Schachtel mit den Papiertaschentüchern hin und ereiferte sich: »Wann verbringen wir endlich mal eine Brüdernacht ohne deine Heulanfälle und ohne dein gebrochenes Herz. Nicht das Herz, die Tränendämme hat sie dir zerbrochen.«

»Aber genau das ist geschehen. Es hat mir einfach das Herz gebrochen«, erwiderte ich. »Ich habe es sogar krachen gehört. Als hätte in meiner Brust ein Schuh einen trockenen Zweig zertreten.«

»Hast du einen anderen?«, hatte ich sie gefragt. »Trennen wir uns seinetwegen?«

»Noch habe ich keinen, Itta.«

»Erzählst du mir, wenn du einen hast?«

»Kommt drauf an, weiß nicht. Jedenfalls ist es nicht wegen eines anderen Mannes. Es ist wegen uns beiden.«

»Du hast die Dauer unserer Liebesgeschichte von vornherein festgesetzt«, sagte ich ihr.

»Nein. Wenn sie zu Ende ist, teilt sie das selbst mit.«

»Ich dachte, sie wäre zu Ende, wenn wir sterben.«

»So läuft das nicht, Itta. Die meisten Lieben sterben vor den meisten Liebenden, und andere treten an ihre Stelle.«

»Mich interessieren die kommenden Lieben nicht. Ich werde keine kommenden Lieben haben. Ich habe unsere Liebe, keine Lieben im Plural.«

»Mach es nicht schwerer, als es ist.«

»Geht gar nicht. Es ist so schwer, wie es irgend sein kann.«

Sie verstummte.

»Und wir sind nicht die meisten Liebenden, wir sind du und ich. Du verlässt mich wegen dem, was wir mal gesagt haben, dass ich eine schöne Hülle mit nichts darunter bin und du Schicht auf Schicht. Damals dachten wir, wir reden im Spaß, und nun stellt sich heraus, ganz und gar nicht. Es ist todernst.«

»Interessant«, sagte Boas. »Mutter hat einmal was Ähnliches zu mir gesagt – dass der Hass über die Jahre anwächst und die Liebe erlahmt und erliegt.«

»So was hat sie nicht zu dir gesagt, Boas. Das hast du erfunden. Du möchtest bloß zeigen, dass sie auch mit dir Gespräche geführt hat.«

Er geriet in Rage: »Weißt du was? Dein Herz ist gebrochen, wegen Michal? Mir bricht gleich der Schwanz wegen dir und deinen Bemerkungen. Du hast Glück, dass wir schon fast eine ganze Flasche getrunken haben und ich nicht mehr fahrtüchtig bin. Sonst würde ich jetzt aufstehen und gehen.«

Ich dachte: Wenn du so gern wegwillst, können wir ein Taxi bestellen.

»Ich würde ja ein Taxi bestellen«, sagte er, »aber ich habe Angst, was Maya sagt, wenn ich ihr erzähle, dass unsere Brüdernacht im Streit geendet hat.«

»Ich bitte um Verzeihung«, sagte ich. »Und denk daran, dass wir zuallererst Brüder und Liebende sind.«

Und im Stillen spürte ich, dass ich ins Deklamieren geriet, wie es mir manchmal passiert: Wir graben und verschließen einander Gruben, gleichen Erinnerungen ab, deuten uns Träume.

Michal kicherte: »Ehrlich gesagt möchte ich einfach nicht neben dir altern. Du wirst immer schön bleiben, und ich werde alt und schrumpelig werden.«

»Ich habe sie vor Kurzem in den Nachrichten gesehen und mit Freuden festgestellt, dass es tatsächlich so gekommen ist«, sagte Boas.

»Falls du mich erheitern oder trösten wolltest – das ist nicht witzig und funktioniert auch nicht«, erwiderte ich ihr.

»Ich tue das Richtige, und eines Tages wirst du das auch verstehen und mir dankbar sein«, schloss sie.

Ich stand auf, wir gingen gemeinsam zu ihrer Wohnungstür, und als ich dort meine Lippen den ihren für einen letzten Kuss näherte – wohl wissend, dass es kein Kuss von

Liebenden sein würde, sondern ein Anstoßen der Lippen, ein Abschiedspicken –, versetzte mir Michal einen letzten Schlag: Sie wandte das Gesicht blitzschnell ab. Meine Lippen rutschten auf ihre Wange, und ohne diese zu erwarten, zu wollen oder zu kennen – küssten sie sie.

Ich erschauerte. Noch nie zuvor hatte ich diese Wange geküsst, auch nicht die andere, genau wie meine Hand, die jede Schlucht und Anhöhe und Ebene und Spalte an ihrem Körper kannte, niemals ihre Hand gedrückt hatte. Dieser letzte Kuss war auch ein erster.

Der Abschiedsschmerz verging einen Moment, beiseitegedrängt von der Fremdheit und Kühle dieser Wange, die ich unzählige Male gesehen und gestreichelt, mit meiner Wange berührt, auf Brust, Schultern, Schenkel und Bauch gespürt, aber niemals geküsst hatte. Vielleicht weil ein Wangenkuss kein Zeichen von Liebe ist, sondern eine höfliche Geste zur Begrüßung von Verwandten und Bekannten. Weder Ausdruck von Verlangen noch Spiel oder Vergnügen wie die Küsse, die ich ihr in die Kniekehlen drückte, wenn sie auf dem Bauch lag. Dann lachte sie immer und schob die Knie unwillkürlich – oder durchaus willkürlich, danke für die Feststellung, Boas, »willkürlich« bezeichnet hervorragend alles, was Michal tat – ein wenig auseinander und reckte den Po.

Und welcher Gedankenblitz. In dem Bruchteil einer Sekunde, den meine Lippen auf ihrer Wange verbrachten, fiel mir unser erster Kuss ein, an ebendieser Tür, nach dem Tee mit Zitrone und den gerösteten Mandeln in dieser Wohnung, und unser Lachen, weil der Opa ihrer Mitbewohnerin gestorben war.

Damals, an derselben Tür, hatte ich meine Lippen zu einem Kuss auf ebendiese Wange angeboten, und auch da hatte Michal mich überrascht und das Gesicht gewendet, aber in Gegenrichtung, sodass mein Mund auf ihren traf, der sich mir mit Freude und Lächeln und Verlangen öffnete.

Damals sagte sie zu mir: »Geh jetzt, Itamar, es ist mir zu schön und zu schnell mit dir«, und nun sagte sie: »Es wird Zeit für dich zu gehen«, und erhob sich von ihrem Platz.

Daher habe ich sie damals nicht auf die Wange geküsst und auch nicht an all den folgenden Tagen, als ich – wie ein Kind nach der Geburtstagsfeier, wenn die Gäste weg sind – freudig mit all den anderen Geschenken an ihr beschäftigt war; auch nicht in den nächsten fünf Jahren, in denen meine Lippen sie mit Küssen überzogen – »und jetzt hier, Itta«, und »ja, Itta, so«. Ihre Wangen kannte ich bis zu diesem Abschied nicht.

Sie selbst wird diese Gedanken und den ganzen Seelensturm kaum gespürt haben. Sie küsste mich ebenfalls auf die Wange, auch dies ein erster Kuss, allerdings weniger schmerzlich als der vorige, und lächelte: »Witzig. Wir haben uns noch nie Wangenküsse gegeben.« Und fügte hinzu: »Das ist angenehm. Lass uns abmachen, dass wir uns von heute an, falls wir uns zufällig treffen, auf diese Weise küssen.«

»Lass uns vereinbaren«, sagte ich schwerfällig, »dass es kein Zufall sein wird, wenn wir uns treffen.« Und ich erinnere mich, Boas, wie ich in Tränen ausgebrochen bin, als ich dir und Maya von diesem allerletzten Kuss zum Abschied erzählte, und wie wütend und aufgebracht du reagiert hast: »Was ist denn los mit dir, Itta? Was sollen diese Heulanfälle? Kein Mann hat mit Tränen je etwas im Leben erreicht.«

»Was soll dieses Argument?«, blaffte ich zurück. »Es tut weh, also weine ich.« Und lauter: »Was hat das damit zu tun? Was soll ich denn im Leben erreichen? Mit oder ohne Tränen?«

Aber Maya ergriff meinen Kopf mit beiden Händen, ging auf die Zehenspitzen und küsste mich überraschend auf den Mund. Ihre Lippen waren geschlossen, aber weich und warm, so anders als ihre Herrin, so unerwartet, und beinahe hätten meine Lippen sich ihnen von selbst geöffnet, aber ich fing mich und zügelte sie, und Maya ließ hastig von mir ab.

»Und was ist denn jetzt auch noch mit dir los, Maya?«, grollte Boas. »Was soll das jetzt sein?«

»Das soll ein Kuss auf eine wunde Stelle sein«, sagte Maya. »Ich habe von Ittas Lippen den Kuss auf Michals Wange abgewischt, der ihn so schmerzt.«

»Und was soll das jetzt heißen? Dass ich euch beide von heute an jedes Jahr, wenn Altmanns Feigen reifen und Itta anreist, verdächtigen muss?«

»Nein. Von heute an wird Itta jedes Mal, wenn wir uns auf die Wangen küssen, an meinen netten Kuss eben denken und nicht an den schrecklichen Kuss auf die schreckliche Wange der schrecklichen Michal.« Und sie fuhr fort: »Das ist die Bedeutung von Familie, Boas. Man hilft einander. Nicht wie eure schrecklichen Eltern, falls ihr das kurz vergessen haben solltet.«

Boas ereiferte sich: »Was hat das nun wieder damit zu tun? Und warum sind alle schrecklich für dich? Warum dauernd dieses Wort? Und warum bringst du bei jedem Thema wieder unsere Eltern aufs Tapet? Man könnte ja meinen, du hättest weiß Gott was für tolle Eltern: Die Mama schwärmt für den Maharishi, der Papa für Stalin, und alle beide müssen wir und dein Bruder ernähren.«

»Hast du ihn gehört, Itta?«

»Ich will mich in diesen Streit nicht einmischen.«

»Warum?«

»Weil Boas recht hat, ich aber auf deiner Seite bin.«

»Hast du gehört, was Itta sagt, Boas? Du musst von ihm lernen und auf meiner Seite sein, wie er. Wenn ich mich mit jemand anderem streite, sowieso, aber auch wenn es mit dir ist, musst du mich unterstützen! Du bist mein Mann!«

»Bis heute erinnere ich mich an diesen unnötigen Kuss, den sie dir auf die Lippen gedrückt hat. Eine ganze Woche lang habe ich hinterher nicht mit ihr gesprochen.«

»Sie hat uns damals beide überrascht«, beruhigte ich ihn. »Setz dir keine dummen Gedanken in den Kopf.«

35

Einige Jahre später überrumpelte mich jener Wangenkuss erneut – Verliese des Gedächtnisses, Wunder und, mit Verlaub, auch Schrecken des Gehirns –, als ich in der Leichenkammer des Krankenhauses, in dem meine Mutter gestorben war, ihre Leiche identifizieren sollte.

Ich war damals aus den Vereinigten Staaten gekommen, um sie am Krankenbett zu pflegen, ihr und mir zu verzeihen und beim Sterben bei ihr zu sein. Ich hörte ihre letzten lauten, erstickenden Atemzüge und spürte den Griff ihrer Hand, verzweifelt, bittend, erschlaffend, loslassend.

Ich rief Boas' Flottenverband an und erzählte es ihm. Er weinte überraschend, kurz und erstickt, und sagte, fragte oder schrie: »Darf man dich denn jetzt so nennen, wie ich es vorhatte? Ita mit einem T?«

»Ich erinnere mich«, sagte er, »ich habe tatsächlich geweint. Geschlagene fünf Sekunden, kann man sagen.«

Er verstummte, seine Lippen zitterten, dann fügte er an: »Das hat wohl nicht gereicht, denn es sind Tränen übriggeblieben, die es nicht rausgeschafft haben. Manchmal drücken sie, aber im Gegensatz zu dir weiß ich Risse zu erkennen und Lecks abzudichten.«

Am nächsten Tag führte mich ein Krankenhausangestellter immer weitere düstere unterirdische Gänge entlang, seine Glatze erglänzte und verlosch unter den Notlampen an der Decke, seine Hand öffnete und schloss Tür um Tür und zog schließlich eine Art Schrank oder Schublade auf, ich weiß nicht mehr, was genau, und legte einen anderen kahlen Schädel frei – wie stolz war sie auf ihr üppiges Haar gewesen – und zog seinen eigenen Kopf zur Seite, wartete auf meine Antwort.

»Ja«, sagte Boas. »Als wir klein waren und sie sich kämmte, hast du dabeigestanden und dein Gesicht in ihrem wallenden Haar verborgen.«

»Kaskaden von Haar, und alles ist dann ausgefallen, fast auf einmal.« Und mit überraschender Großzügigkeit reichte Boas mir nun die Taschentuchschachtel, die ebenso nachsichtig auf diesen Moment gewartet hatte.

Ich blickte auf das tote Gesicht und sagte nickend: »Ja, das ist meine Mutter.«

»Ich muss Sie bitten, mit lauter Stimme ihren Namen zu sagen.«

»Rachel Diskin«, sagte ich. »Ich erkenne sie.« Und spontan beugte ich mich nieder und gab ihr einen letzten Abschiedskuss, eigentlich zwei Küsse. Den einen trotz allem als Dankes- und Friedenskuss auf die Stirn, über die eine Träne rann, die ich erschrocken mit meinen Lippen abwischte, da ich nicht begriff, dass es meine Träne war, sie vielmehr für eine Träne nach dem Tod oder eine Träne der Rückkehr ins Leben hielt, und gleich danach, wirklich unwillkürlich, mit der Dummheit eines Automaten, auch einen Liebeskuss auf ihre Wange.

Schlaff und kühl war sie, tatsächlich wie jene, die Michal mir zum Abschiedskuss hingestreckt hatte, und auch dieser war ein erster und letzter und erkennender Kuss. Ja, das ist meine Mutter, und ja, das ist das Andenken an meine Geliebte, und ja, das bin ich, und das sind meine Lippen, die deine Lider und deine Stirn küssten, deinen Nacken, deine Lippen und deinen Nasenrücken, deine Knöchel, deine Poritze – ich liebe Listen, lange und detaillierte –, und das ist meine Zunge, die jeden Wirbel deines Rückgrats, jede Falte deines Schoßes erforscht, die Saiten deiner erregten Haut bespielt, jede Grenze und jeden Zaun an dir überquert hat – hier ist noch dein Oberschenkel und da schon unser Marzipanchen, hier glatte Haut und da eine Schnittwunde oder Schramme und dort das Klingeling, so nanntest du das vibrierende Dreiländereck von Nacken, Hals und Schulter –, meine Zunge, die dann um den Nabel und hinter deinen Ohrläppchen, in jeder deiner Körperöffnungen, leckte und saugte, Speichel und Blut und den Liebesschweiß von Sommerhitze und Laken und den Liebesschweiß von Wintertrübnis und Daunendecke – so verschieden voneinander –, und meinen Samen und deinen Samen in dir drinnen.

»Nur Milch bleibt mir dir noch zu spenden«, sagtest du mir einmal lachend. »Aber keine Angst, ich habe keine entsprechenden Pläne.«

Und nun, zur Trennung, trafen meine Lippen erstmals auf die Eiswüste deiner Wange.

Ich verließ ihre Wohnung und ging. Meine Beine, leichtfüßig wie Hirsche an jedem anderen Tag, wurden schwer. Ich kam mir vor wie ein Heimatvertriebener. Nach einigen

Schritten wandte ich mich um. Michal stand an der Tür und sah mich an. Ich winkte ihr, kam mir plump und dumm vor, und sie winkte zurück. Nach ein paar weiteren Schritten blickte ich mich erneut um. Ihre Tür war zu.

So etwas darf nicht geschehen, dachte ich. Es geht nicht, dass ausgerechnet beim Abschied von allem Geliebten und Vertrauten plötzlich etwas Erstes und Neues auftaucht. Liebende müssen sich so bald wie möglich am ganzen Körper küssen, jedes Glied, jede Hautpartie, jede Ecke, und nicht nur die Wüstenoasen und Elfenbeinküsten, auch die Armenviertel und Hinterhöfe und die entlegenen Vororte, die Ellbogen und Fersen, die Brachflächen und Industriegebiete, damit sie nicht erst zum Schluss, sondern gleich zu Anfang ihren ersten Kuss daraufdrücken. Damit nicht ein solcher letzter erster, erster letzter Kuss sie zu Boden wirft.

»Vorhin hast du mich genervt«, sagte Boas, »jetzt beneide ich dich.«

»Grundlos«, sagte ich.

36

Was?«

»Was was?«

»Was ist?«

»Alles in Ordnung, Boas.«

»Hast du's mal mit zwei Frauen gemacht?«

»Nein.«

»Und mit vieren?«

Ich lachte. »Willst du mich aufheitern? Ich bin nicht deprimiert, Boas.«

»Und?«

»Auch nicht.«

»Ich auch nicht. Aber einmal mit noch einem Mann und einer Frau, seiner Frau, genauer gesagt.«

»Du? Mit noch einem Mann? Vorhin bist du ja erschrocken, als ich dich angefasst habe.«

»Also echt, Itta. Er und ich haben einander nicht angerührt. Nur sie.«

»Und wie war es?«

»Vor allem idiotisch, aber auch witzig. Einer im Mund, einer im Herzen, hat sie gesagt.«

»Wirklich lustig«, sagte ich. »Vielleicht klaue ich auch diesen Satz.«

»Fühl dich frei. Es ist ihr Satz. Und sie hatte ihn sicher

auch geklaut, von einem anderen, der vor mir mit ihnen zusammen war.«

»Danke.«

»Und mit Scharon? Was hast du dann gemacht?«

»Uns wurde kalt, so nackt auf dem Schaukelstuhl draußen, wir gingen ins Haus und legten uns ins Bett.«

»Und dann?«

»Wir haben uns hingelegt, aneinandergeschmiegt, und sie hat mich wieder berührt und gesagt: Siehst du, statt zu streiten, genießen wir das Leben. Dazu habe ich dich hergebracht. Und ehrlich gesagt hatte auch ich Lust, noch mal mit ihr zu schlafen, aber bei den Worten ›dazu habe ich dich hergebracht‹ ist alles erneut losgebrochen.«

»Was ist losgebrochen? Hast du sie wieder gewürgt?«

»Ich habe sie auch vorher nicht gewürgt, Boas. Ich habe ihr die Hand an den Hals gelegt, also will ich nicht ›gewürgt‹ von dir hören. Aber ich war verärgert. Was heißt das, ›dazu habe ich dich hergebracht‹. Was bin ich denn, dein Spielzeug?«

Ich stieß sie von mir. Sie rollte vom Bett, lachte schallend.

»Fühlt sich das jetzt gut an? Meine Hände können noch andere Dinge tun, als es dir gut gehen lassen.«

»Drohst du mir?«

Ich schwieg.

»Vorhin warst du netter, sogar als wir uns stritten.«

»Vorhin dachte ich, ich hätte eine Reservebrille. Jetzt stehe ich mit dem Rücken zur Wand. Du lässt mir keine andere Wahl.«

»Gewalt wird dich nur länger hier festhalten. Länger, als du möchtest und länger, als von dir geplant.«

Und nach einer Pause und einem tiefen Atemzug fügte sie hinzu: »Ich könnte, wenn man mich stößt und zu Boden wirft, zum Beispiel das Bewusstsein verlieren, und wer sagt dir dann, wo deine Brille liegt?«

»Ich will dich nicht kritisieren oder beschuldigen, aber ich wäre nicht in eine solche Situation geraten«, sagte Boas und kippte noch ein Glas auf seine derbe Art.

»Ich hab's dir schon mal gesagt, so trinkt man das nicht.« Ich fühlte eine eigenartige Wut in mir aufsteigen. »Man trinkt langsam, in kleinen Schlucken, mit großen, regelmäßigen Abständen dazwischen, und isst von den Mezze dazu.«

»Was schert es dich, wie ich trinke? Trink du mit deinen kultivierten Schlückchen, schlaf mit allen Kometensternchen, die du uns ins Haus schleppst, bleib bis zum Morgen bei ihnen oder auch nicht, und hör auf, mich erziehen zu wollen. Ich trinke, wie ich will.«

»Du beleidigst Altmanns ganze Weisheit und Mühe, die Feigen, die er so gekonnt züchtet, seine perfekte Destillation.«

»Dann bitte ihn in meinem Namen um Entschuldigung oder erzähl ihm einfach nicht, dass ich in einem Zug getrunken habe. Wenn er und die Feigen es nicht wissen, sind sie auch nicht beleidigt wie du.«

Scharon stand auf, nahm etwas aus einer Kommodenschublade. Ihren Gesten entnahm ich, dass es eine Brille war, denn sie setzte sie auf die Nase, bückte sich und fragte: »Ist das deine Brille?«

Ich streckte die Hand nach ihrem Gesicht aus, wollte die Brille erwischen, aber Scharon war schneller und sprang zurück, warf die Brille zu Boden, blieb auf einem Bein stehen, das andere über der Brille schwebend.

»Ist das deine?«

»Keine Ahnung, aus dieser Entfernung kann ich das nicht sehen.«

Sie stampfte mit dem Fuß auf. Ich hörte es krachen.

»*Masal tov,* viel Glück …«, rief sie.

»Du bist total verrückt«, sagte ich.

Sie bückte sich und betrachtete die Scherben. »Eigentlich glaube ich nicht, dass es deine ist. Alle möglichen Leute lassen hier alle möglichen Brillen zurück. Da soll einer wissen, wem welche gehört.«

Sie holte noch etwas – ein Brillenetui? – aus einer anderen Schublade.

»Jetzt sieht die Lage tatsächlich ganz anders aus«, sagte sie. »Das ist nicht mehr das Spiel, das du gespielt hast, als du dachtest, du hättest eine Brille in der Tasche deines schönen Jacketts.«

Ich packte ihre Hand, schrie: »Hör auf, bitte.«

»Womit, Gadi?«

»Mit allem, was hier abläuft. Gib mir meine Brille!«

»Da, nimm.«

»Das ist nicht mein Etui«, sagte ich.

»Du hast nicht reingeschaut.«

Ich öffnete es. Hielt es nahe an die Augen. Drinnen lag eine quadratische, graue, schmerzlich bekannte Brille. Ich setzte sie auf die Nase.

»Es ist nicht meine, nur das Gestell ist ähnlich«, sagte ich, beugte mich vor, brach sie in zwei Teile und warf sie auf den Boden.

»Schade, das Gestell stand dir, du hättest die richtigen Gläser einsetzen lassen können. Es ist immer gut, eine zusätzliche Brille zu haben, wie du weißt.«

Ich stand auf, riss Schublade für Schublade aus der Kommode und kippte ihren Inhalt auf den Boden. Vermutlich sah ich recht lächerlich aus, wie ich so splitternackt auf allen vieren herumkroch, zwischen Kissenbezügen, Pullovern, duftenden Seifenstücken, Schals, Unterwäsche, Strümpfen, Kleingeld, Unterröcken und Schminksachen, die Augen dicht am Boden wie ein Spürhund, der Fährte aufgenommen hat.

»Du verdirbst einfach alles mit deiner kindischen Sturheit«, sagte Scharon.

»Du lässt mir keine andere Wahl. Ich werde suchen, bis ich sie finde.«

»Kalt, kalt, noch kälter …«, sagte sie. »Ich bin unbesorgt. Du wirst mir höchstens noch ein paar Schubladen auf den Boden kippen, ein paar Büstenhalter durch die Luft wirbeln und vielleicht ein paar Teller zerschlagen. Wenn das deine Art ist, dich auszudrücken – ich werde dich nicht daran hindern.«

Ich stand auf, ging in die Küche und öffnete eine Schranktür nach der anderen, bis ich bei den Tellern angelangt war. »Deine Fantasie ist begrenzt, Scharon, was heißt schon Teller zerschlagen? Hier, ich werfe. Eins, zwei, drei … Ich habe vier Teller zerschlagen. Hat es was genutzt?«

Sie antwortete nicht. Ich sah mich um, die Männerfotos an der Wand waren verschwommen, aber ein Typ dort durchbohrte mich mit einem Blick, den selbst ich wahrnehmen konnte. Ich nahm das Bild ab, haute es auf die Tischecke, das Deckglas zerbrach. Ich griff in den Rahmen, um das Foto herauszureißen, und spürte einen heftigen Schmerz. Eine große Glasscherbe, die wie eine scharfe, durchsichtige Klinge aus dem Rahmen ragte, hatte mich in die Hand geschnitten. Ich sah die Scherbe erst, als sie mich schnitt, ein Teil davon, gefärbt mit meinem Blut, hatte sich vom Bild abgelöst und steckte in meinem Zeigefinger.

Ich schrie auf vor Schmerz und Überraschung. Dann Stille.

Ich hielt die Hand an die Augen. Der Schnitt war lang und tief, reichte vom Mittelglied des Zeigefingers bis runter zur Handfläche. Fleischfasern lagen blank, Geruch und Farbe des Blutschwalls machten mir Angst. Ich zog den Glassplitter heraus und stieß noch einen Schrei aus. Blutstropfen rannen mir von den Fingerspitzen. Man hörte sie am Boden aufschlagen.

»Zum Teufel«, schrie ich, »das Haus abfackeln. Das hätte ich tun sollen. Es mit dir drinnen abbrennen, du Miststück. Das bist du: Ein Miststück! Ein Scheusal!«

»Endlich spüre ich echten Zorn«, sagte Scharon. »Was ein bisschen Blut doch ausrichten kann.«

»Ein bisschen Blut? Ein ganzes Schlachthaus fließt hier raus. Warum bin ich überhaupt hergekommen? Warum nur?«

Ich setzte mich und barg das Gesicht in den Händen, was ich sofort als Fehler erkannte. Das Blut verschmierte mir Schläfen, Stirn und Wangen. Ich spürte, wie es meine Lider verklebte, den Mund mit seinem Geschmack, die Nase mit seinem Geruch, und das Herz mit Angst und Ekel erfüllte.

37

Ich habe dir ja gesagt, du sollst nicht zu ihr gehen, aber …« Und nun äffte Boas mich nach: »Ich war neugierig … Hatte eine Regung in der Hose … mein Fleisch, ihr Fleisch … Und, unter uns gesagt, du wolltest noch einen Fick für deine Sammlung. Du bist zwar nicht wie Vater, hast nicht seine Kraft und Aggressivität, aber du bist genauso ein Sammler wie er, keinen Deut weniger bescheuert, und weißt du was? Statt mit Scharon zu streiten, hättest du einsehen müssen, dass du durch sie viel über dich selbst lernen kannst.«

»Ich bin kein Sammler, von gar nichts«, erwiderte ich, »und was dich angeht, habe ich seit Beginn des Abends das Gefühl, dass mein kleiner Bruder, der kühne U-Boot-Offizier, der Diplomingenieur und große Ernährer, sich zunehmend zum Küchenpsychologen entwickelt.« Und jetzt imitierte ich ihn: »Hast du versucht, mit ihr zu reden? Hast du zu verstehen versucht, was sie empfindet? Was sie stört? Hast du versucht, über sie dich selbst zu verstehen …?«

Er prustete los: »Du bist gar nicht schlecht, Itta.«

»Fertig, Schluss«, kehrte ich zu meinem normalen Ton zurück. »Es gibt keine echten Männer mehr in der Familie Diskin. Vater ist tot, von mir hat man nie was anderes erwartet, und du bist plötzlich so eine Art *Coach* geworden, von denen es in Amerika jetzt nur so wimmelt. Warte nur ab, die werden auch hier ankommen.«

Ich stand auf. Wickelte mir ein Küchenhandtuch um die Hand und öffnete den Schrank unter der Spüle. Erwartungsgemäß fanden sich dort Putzlappen, Mülleimer, Müllbeutel, Küchenputzmittel.

Ich hielt sie nacheinander an die Augen und warf sie danach über meine Schulter. Ich ging an den schmalen, hohen Schrank in der Ecke, schleuderte krachend die Besen, den Eimer und die Kehrschaufel raus.

»Soll ich dir nicht die Hand verbinden?«, fragte sie.

»Nein«, antwortete ich.

Und dann, bei Chlorbleiche und WC-Reiniger im Bad, fand ich das Gesuchte: flüssigen Grillanzünder.

Ich öffnete den Behälter und neigte ihn etwas. »Ich schütte das hier auf den Boden und zünde es an.«

»Ist das eine Mitteilung, oder bittest du um Erlaubnis?«

Ich antwortete nicht.

»Solltest du dir nicht lieber was überziehen, bevor du mein Haus anzündest? Ohne Kleidung und ohne Brille aus einem brennenden Haus zu fliehen ist sehr schlechte Planung.«

Ich setzte mich hin. Gab keine Antwort.

»Und man sollte diese Schnittwunde auch lieber vorher versorgen. Wenn das Haus abgebrannt ist, werde ich den Erste-Hilfe-Kasten kaum mehr finden.«

Unwillkürlich barg ich den Kopf in den Händen. Ein neuer Schwall klebriger Flüssigkeit, die Mischung aus salzigem Blutgeschmack und Blutgeruch, ließ mich schwindeln. Scharon ging ins Badezimmer, kam zurück und zeigte mir ihr reiches Angebot: »Hier – Schere, Jod, Verbandspäckchen, Pflaster in allen Größen.«

»Da bleibt bestimmt eine Narbe! Ich brauche einen Arzt, der nähen kann, und nicht bloß einen Verbandskasten!«

Meine Stimme war mir fremd, klang mir eigenartig in den Ohren: hoch, heiser, kindlich.

»Eine Narbe«, sagte sie. »Wie konnte ich übersehen, dass da das eigentliche Problem liegt? Eine Verunstaltung deines makellosen Äußeren. Lass mich den Schnitt sehen.«

Ich hielt ihr die Hand hin, sie nahm sie.

»Das ist wirklich tief. Ich sehe den Knochen«, stellte sie fest.

»Ich möchte diesen Finger auch sehen«, sagte Boas.

»Hier«, ich streckte ihm die Hand hin, »und ich weiß auch, warum. Du möchtest nachsehen, ob da eine Narbe ist. Du zweifelst an meiner Geschichte und willst dich vergewissern, dass sie tatsächlich geschehen ist.«

»Da ist wirklich eine«, sagte er.

»Schade, dein ganzes Misstrauen auf diese Narbe zu verschwenden. Heb dir ein bisschen für später auf.«

»Wenigstens weiß ich, dass du jetzt ehrlich bist, es sei denn, du hältst noch eine dritte Brille versteckt«, sagte Scharon. Unvermittelt beugte sie sich vor und leckte meine Hand ab, in langen, breiten, langsamen Strichen und dann mit der Zungenspitze zwischen den Fingern. Im ersten Moment zuckte ich zurück, dann überließ ich ihr meine Hand.

Sie hob den Kopf und lächelte: »Lecker. Sollen wir uns küssen?«, und gleich darauf: »War nur Spaß, Gadi, ich weiß, mit wem ich es zu tun habe. Das ist nichts für dich.«

Sie neigte wieder den Kopf und steckte meinen wunden Finger in den Mund.

Ich erschrak. Empfand Schmerz. Fand es angenehm. Sie schloss die Lippen um meinen Finger, saugte behutsam daran, glitt mit der Zunge über die Schnittwunde. Ich konnte sehen, wie ihre Stirn sich glättete, ihre Augen sich schlossen, ihre Wimpern in den Augenwinkeln erzitterten.

»Das hat noch keine bei mir gemacht«, sagte ich.

»Bei mir auch nicht«, sagte Boas. »Das ekelt und ängstigt und erregt mich.«

»Ich danke dir, dass du jetzt nicht ein paar Derbheiten vom Stapel lässt, die dir sicher auf der Zunge liegen.«

»Weder Derbheiten noch auf der Zunge. Irgendwie ist das sogar ein Fortschritt gegenüber dem recht banalen Sex, den ihr bisher hattet. Das und der Sehtest, den sie mit dir gemacht hat, als sie nackt auf dich zuging und prüfte, aus welchem Abstand du sie erkennst.«

»Boas«, sagte ich, »du trinkst nur. Iss was. Diese Geschichte ist noch nicht zu Ende. Es wird noch einiges passieren, und ich brauche dich bei klarem Verstand und vollem Bewusstsein.«

Scharon nahm meinen Finger aus dem Mund. »Hier haben sich schon andere Männer an Bilderglasscherben geschnitten«, sagte sie. »Ich versteh bloß eines nicht: Warum zerbrecht ihr alle dasselbe Foto? Und warum verletzt ihr euch alle am gleichen Finger? Und warum schmeckt euer aller Blut haargenau gleich?«

»Wie schade, dass mich diese Art von Humor nicht mehr amüsiert«, sagte ich.

»Verzeihung, Herr Feldwebel, künftig werde ich mehr amüsieren. Versprochen«, gab sie zurück.

Sie reichte mir ein gefaltetes Gazeviereck. »Drück das auf die Wunde und heb die Hand mit ausgestrecktem Finger, als wolltest du mir einen Stern am Himmel zeigen. Ich schneide unterdessen ein paar Pflasterstreifen, damit die Narbe hübsch schmal wird und dein perfektes Aussehen nicht verunstaltet.«

»Zeig mir den Finger noch mal«, sagte Boas.

Anscheinend zögerte ich einen Moment, denn er fügte sofort hinzu: »Keine Sorge, Itta, ich werde nicht dran saugen.«

Ich hielt ihm den Finger hin, und er musterte ihn. »Ich glaube dir. Man sieht sogar die Spuren, die ihre Zunge hinterlassen hat.«

»Setz dich auf den Boden, Gadi. Die Hand die ganze Zeit hochgestreckt.«

Sie stellte sich neben mich. Ich spürte, wie sie die Ränder der Schnittwunde aneinanderdrückte, die Pflasterstreifen festklebte. »Ein Glück, dass der Schnitt sauber und glatt ist, ohne Risse an den Rändern.« Sie tränkte weitere Gazestücke mit Jod, wickelte sie um die Wunde und fixierte sie mit weiterem Pflaster.

»Die Hand nach oben, Gadi, wie ich es dir gesagt habe. So. Jetzt warten wir ein paar Minuten, und dann kannst du weiter am Haus zündeln. Wenn du schnell machst, nimmt die Feuerwehr dich mit Blaulicht und Sirene zum Flughafen mit. Wann geht denn dein Flug nach Amsterdam genau?«

»Schön, Scharon«, sagte ich.

»Sehr schön bist du, ich bin bloß ein Scheusal und ein Miststück.«

38

Charlottesville gefiel mir, und ich beschloss, ein paar Tage länger zu bleiben. Ich besichtigte, natürlich, die hübsche Universität und Monticello, joggte morgens durch die Straßen, fuhr sie auch einfach nur ab. Je kleiner sie waren, desto größer die Zierbäume an ihren Rändern, stellte ich fest, und eines Nachmittags, als ich schon langsam wieder aufbrechen wollte, funkelte mir ein großes Schaufenster entgegen, über dem das Schild eines Fitnessstudios prangte.

Ich hielt an, stieg aus dem Auto, überquerte die Straße, betrachtete im Fenster mein Spiegelbild, das auf mich zuging, nahm einige Dinge wahr, die seine Schritte über den Schreitenden erzählten. Mir schien, dass Amerika es sogar noch besser mit mir gemeint hatte als gedacht.

Ich ging näher ran, bis ich mit der Nasenspitze fast an die Scheibe stieß, und lugte hinein. In einer Halle sah ich Männer und Frauen an eigenartigen Geräten laufen, Hanteln stemmen, ihre Glieder dehnen und strecken und eine Frau im Business-Anzug dazwischen umhergehen.

Plötzlich blieb sie stehen und musterte mich, und gleich darauf kam sie zu mir heraus und begrüßte mich.

»Falls Sie Interesse haben«, sagte sie, »der erste Besuch ist kostenlos.«

»Sind Sie die Inhaberin?«, fragte ich.

»Ja.«

»Ich bin nicht daran interessiert, mich anzumelden«, antwortete ich und fügte dann spontan hinzu, »würde aber gern hier arbeiten.«

»Haben Sie Erfahrung?«

»Ja. Zehn Jahre lang war ich leitender Fitnesstrainer in der israelischen Luftwaffe. Ich kann Ihnen Übungsprogramme anbieten, die man hier vielleicht nicht kennt.«

»Klingt interessant. Können Sie mir Referenzen vorlegen? Vielleicht haben Sie auch Fotos von Ihrer Arbeit dort?«

»Ich kann Sie Ihnen per Fax zuschicken lassen.«

»Und was hat Sie nach Charlottesville geführt?«

»Ich bin Tourist. Bin durch Zufall hier gelandet und habe keinerlei Pläne oder Verpflichtungen.«

»Schön. Hier ist meine Visitenkarte. Kommen Sie übermorgen wieder und schicken mir vorher die Fotos und die Dokumente.«

»Ich erinnere mich an deinen Anruf mit der Bitte, die Sachen rauszusuchen und ihr zu faxen«, sagte Boas. »Maya hat dein Entlassungsschreiben und deine Exzellenzurkunde sogar ins Englische übersetzt.«

Die Inhaberin des Gyms war beeindruckt von den Unterlagen und neugierig belustigt über die Fotos von meinem Fitness-Karren und dem Trupp weiblicher und männlicher Cheerleader.

»Sie sind zweifellos ein origineller Typ«, sagte sie.

»Danke«, gab ich zurück.

Sie reichte mir ein Blatt Papier mit drei Namen, drei Telefonnummern und drei Adressen: »Das ist der Anwalt, der sich um Ihre Arbeitserlaubnis kümmern wird, dies ist der Makler, der eine Bleibe für Sie sucht, und das ist ein Sportgeschäft. Dort wird man Ihnen Trainingskleidung mit dem Logo meines Gyms aushändigen. Ich erwarte Sie nächsten Montag zur Arbeit.«

Einige Tage später, auf dem Weg zu einer der angebotenen Wohnungen, verirrte ich mich in einen abgelegenen Vorort der Stadt und merkte plötzlich, dass kein Mensch auf der Straße ging und die Geschäfte geschlossen waren. Ich fuhr die sanft abfallende Straße hinab, sah keine lebende Seele, bog in Nebenstraßen ein, auch dort kein Mensch. Bis ich schließlich einen alten Mann erblickte, der auf dem unvermeidlichen Schaukelstuhl auf der Veranda seines Hauses saß, eine lange, dünne Zigarre rauchte und die Sonnenstrahlen genoss.

Ich hielt an, stieg aus und rief ihm zu: »Guten Morgen, Sir.«

»Guten Morgen«, erwiderte er.

»Wo sind alle?«, fragte ich.

Der Mann neigte den Kopf und beugte sich etwas vor.

»So«, sagte ich zu Boas und neigte den Oberkörper.

Boas lächelte: »Wir kennen diese Geste. Sicher war er schwerhörig wie Mutter.«

Sie war nicht schwerhörig, Boas. Einfach nur eine gute Schauspielerin, sagte ich zu mir selbst, im Stillen.

»Ich höre nicht gut aus dieser Entfernung«, rief der Alte. »Kommen Sie bitte näher.«

Ich betrat sein Grundstück und stieg die fünf Stufen zu seiner Veranda hinauf.

»Sie erkennen mich nicht«, stellte er fest.

»Kennen wir uns?«, fragte ich.

»Vor einigen Tagen sind wir uns in der Innenstadt begegnet. Wir sprachen über ein Schreibmaschinenfarbband und über meine Tochter und deren Mutter, aber Menschen, die so aussehen wie Sie, erkennen keine normalen Zeitgenossen wieder. Nehmen Sie doch Platz.«

Ich setzte mich und bat um Verzeihung. »Jetzt erinnere ich mich«, sagte ich, »Sie sind Arzt, und Ihre Tochter ist Dichterin.«

»Auch ich muss mich entschuldigen«, entgegnete er. »Ich hatte Ihnen versprochen, dass wir uns nie wiedersehen, und siehe da, jetzt haben wir einander wiedergetroffen. Es ist doch geschehen.«

Ich sagte ihm, ich freute mich über das Wiedersehen, und fragte ihn, warum die Gegend so menschenleer sei.

»Wissen Sie nicht, was heute für ein Tag ist?«

»Nein.«

»Heute ist der vierte Juli, und alle feiern unten im Tal. Sie essen, trinken, tanzen, spielen, veranstalten Wettbewerbe. Wenn Sie dort hinfahren, wird man Sie einladen, mitzufeiern.«

»Wie kommt man dorthin?«, fragte ich.

Er deutete mit dem Finger: »Fahren Sie weiter die Straße runter, nach drei Meilen etwa werden Sie die Musik hören und das Barbecue riechen, und dann sehen Sie auch schon die Festivitäten auf freiem Feld, rechter Hand.«

Ich stand auf, dankte ihm und wollte schon zum Auto gehen. Aber der alte Arzt schlug unverhofft vor: »Trinken Sie vorher vielleicht noch ein Glas Bier mit mir?«

Ich blickte ihn an, sein Gesicht eines einsamen Mannes, das hoffnungsvolle Lächeln, den leicht gereckten Hals, und setzte mich wieder.

»Bleiben Sie ein bisschen bei mir«, sagte er. »Wir stoßen an auf den Unabhängigkeitstag des besten aller Länder und probieren meine Radieschen, die in seiner freien Erde gewachsen sind. Danach fahren Sie zum Festplatz, und dort wird man Sie mit erstklassigem amerikanischem Fleisch mästen.«

Er sah mich bittend an: »Da hinten, in der Ecke, die vier Reihen Blätter, das sind meine Radieschen. Vielleicht gehen Sie runter, reißen ein paar aus und waschen sie für uns? Dort ist ein Wasserhahn.«

»Die Radieschen sind sehr schön«, sagte ich, als ich damit ankam. »Man spürt, wie gut sie schmecken, noch ehe man reinbeißt. Sie sind schwerer, als sie aussehen.«

»Ich freue mich, einen Gast bewirten zu dürfen, der was von Radieschen versteht.« Er lachte. »Ich werde Ihnen zeigen, wie wir sie verspeisen. Holen Sie mir aus der Küche bitte Butter und Salz, Teller, Gläser, einen Flaschenöffner und zwei Flaschen Bier, scharfe Messer und Messer zum Streichen. Sie werden alles mit Leichtigkeit finden. Seit dem Tod meiner Frau ist die Küche logisch geordnet.«

Ich fand alles leicht, arrangierte es auf einem Tablett, das ich dort sah, und trug es hinaus zu ihm. Er wies mich an, Kraut und Wurzel von einem Radieschen abzuschneiden und es zu halbieren.

»Schön«, sagte er. »Jetzt streichen Sie bitte Butter auf die Schnittfläche der unteren Hälfte. Noch ein bisschen.

Und danach Salz, auch davon etwas mehr als die übliche Menge.«

Ich tat wie geheißen.

»Und jetzt essen. Ganz einfach. Essen Sie bitte langsam. Das ist wichtig.«

»Das schmeckt sehr gut«, sagte ich. »Das ist überraschend lecker.«

»Und zum nächsten Bissen trinken Sie einen Schluck Bier.«

Ich biss ab, trank und lachte auf vor lauter Genuss.

»Jetzt bestreichen und essen Sie die obere Hälfte, die noch schmackhafter ist und ebenfalls Bier mag. Vergessen Sie das Salz nicht.«

»Das ist köstlich«, sagte ich. »Vielen Dank. An diese Möglichkeit habe ich noch nie gedacht.«

»Wie ist Ihr Name?«, fragte der Arzt.

»Gadi«, sagte Boas.

»Itamar Diskin«, antwortete ich. »Itamar ist ein hebräischer Name. Ich komme aus Israel.«

Er reichte mir die Hand. »Sehr erfreut. Ich bin Dr. Richard Dadurian, Hals-Nasen-Ohren-Arzt.«

»Wo warst du, als wir dich für Mutter gebraucht hätten«, bemerkte Boas.

»Verzeihen Sie die Frage«, sagte Dr. Dadurian, »aber vor einigen Tagen, als wir einander auf der Straße begegneten, sagten Sie, Sie seien Tourist, aber jetzt sind Sie immer noch da. Haben Sie beschlossen, in Charlottesville zu bleiben? Vielleicht haben Sie hier eine Frau kennengelernt? Sich verliebt?«

»Sie werden es nicht glauben, Doktor«, antwortete ich.

»Man hat mir hier Arbeit angeboten. Ich bin in Ihrem Viertel gelandet, weil ich mich auf dem Weg zu einer Wohnungsbesichtigung verfahren habe.«

»Wenn Sie möchten, erzählen Sie mir später, was für eine Stelle man Ihnen offeriert hat. Darf man Ihnen noch ein Angebot machen?«

»Ja, bitte.«

»Das Untergeschoss meines Hauses ist eine separate Wohnung, voll eingerichtet und sehr bequem. Auf Wunsch vermiete ich sie Ihnen.«

»Ich würde sie mir gern ansehen.«

»Schon lange hat kein weiblicher Fuß mehr dieses Haus betreten«, fuhr er fort. Die Worte sprudelten ihm praktisch aus dem Mund: »Wenn Sie hier einziehen, werden Frauen Sie besuchen. Und dann würde ich mich wirklich freuen, wie meine Frau es dauernd von mir wollte: Freu dich! Bist du froh?, hat sie oft gefragt. Warum freust du dich nicht? Freu dich doch! – Warum sollte ich froh sein, mit dir?, habe ich zurückgefragt.«

»Wie Mutter«, sagte Boas, »mit ihrem ›Freu dich, Jechiel, freu dich‹. Kaum zu glauben, wie Menschen und Paare anderen Menschen und anderen Paaren gleichen, sogar am anderen Ende des Planeten.«

Der alte Arzt schnaufte. Lächelte. Schlug mir plötzlich aufs Knie. »Wenn Sie hier einziehen, kann ich in meinem Schaukelstuhl jede Frau begrüßen, die Sie besuchen kommt.«

Mein Schweigen schien ihn zu erschrecken, denn er redete schnell weiter, um den Gesprächsfaden nicht abreißen zu lassen.

»Ich bin als kleiner Junge aus Armenien hergekommen. Das Autofahren habe ich mittlerweile aufgegeben, aber mein Wagen steht noch da, und falls Sie die Wohnung mieten, können Sie ihn benutzen.«

»Das hast du mir schon erzählt«, sagte Boas. »Das ist dein Pontiac GTO.«

»Ein schauderhaft starker Wagen.«

»Herrlich. Perlen vor die Säue. Nur seinetwegen komme ich dich in den Staaten besuchen.«

»Nach seinem Tod habe ich seiner Tochter das Haus und das Auto abgekauft.«

»Hast du mit ihr auch was gehabt?«

»Sie steht nicht auf Männer, aber wir haben uns ein bisschen angefreundet.«

»Scheint ein netter Mann gewesen zu sein, dieser armenische Doktor«, meinte Boas, »und nett auch, dass du mir in jeder Brüdernacht ein bisschen mehr über ihn erzählst.«

»Nach und nach, damit es uns in den folgenden Brüdernächten nicht langweilig wird.«

»Wie viele wir wohl noch vor uns haben?«

»Nächte oder Geschichten?«

Er lachte. »Wir werden alt. Die Nächte werden weniger, aber Geschichten – davon kann man neue erfinden.«

»Und die Geheimnisse werden gelüftet, vermehren sich aber«, sagte ich.

»Männer müssen einander unterstützen«, sagte Dr. Dadurian. »Und ein junger und schöner Mann wie Sie muss einem alten Mann wie mir helfen. Helfen Sie mir auf, und ich zeige Ihnen das Auto und die Wohnung. Ich bin Armenier, Sie sind Jude, wir feilschen ein bisschen, Sie ziehen hier ein, und nach Ihrem zweiten Gehalt beginnen Sie mir Miete zu zahlen.«

So fand ich Arbeit und eine Bleibe an meinem neuen Wohnort. Mein Aussehen, meine Trainingserfahrung und die Geneigtheit vieler Menschen, Kommandos im Kasernenton zu befolgen, lockten viele neue Kunden ins Fitnessstudio und insbesondere viele neue Kundinnen. Bald beschloss die Inhaberin des Gyms, ihn zu erweitern. Sie bot mir eine Partnerschaft an, und ich blieb in Charlottesville, Virginia, USA.

39

Was habe ich dir als Letztes von der Nacht mit Scharon erzählt?«

»Dass sie dir das Blut von der Hand geleckt und den Finger verbunden hat.«

»Stimmt. Und danach empfand ich das Bedürfnis, mich ein bisschen ins Bett zu legen.«

»Ja, wir waren lange nicht mehr im Bett …«, kommentierte Boas.

»Zum Ausruhen, Boas. Ich war am Ende meiner Kräfte.«

»Und das war's? Bist du bei ihr geblieben? Hast mit ihr gefrühstückt?«

»Von Minute zu Minute wurden diese Fragen unwichtiger.«

»Was soll das heißen?«

»Der Morgen nahte auf jeden Fall, Amsterdam war nicht mehr relevant, und da du mich jetzt hier bei dir siehst und hörst, ist anzunehmen, dass alles mehr oder weniger gut ausgegangen ist, zumindest nach außen hin.«

»Aber wie? Was ist dort passiert, Itta? Du wirst plötzlich so ernst.«

»Allein an meine Müdigkeit von damals zu denken macht mich auch jetzt müde. Ich lag im Bett, und sie hat sich neben mich gelegt.«

»Und habt ihr geredet oder nur an die Decke geguckt?«

»Der schöne Mann, den du mal gekannt hast«, fragte ich sie. »Der, von dem mir die Barwirtin erzählt hat …«

»Ja«, sagte sie, »was ist mit ihm?«

»Der dich nicht beachtet hat, auch nicht das Interesse, das du an ihm zeigtest …«

»Was willst du genau wissen, Gadi?«

»Hast du den auch in ein einsames Haus geschleift, ihm die Brille versteckt und das Blut vom Finger geleckt, nachdem er ein Bild zerschlagen und sich geschnitten hatte?«

»Nein. Wir sind einem Ort und einer Situation wie unserer hier nicht mal nahegekommen.«

»Was heißt, eine Situation wie unsere hier?«

»Dass wir eine ganze Nacht zusammen sind, uns keine Sekunde langweilen, wir anderthalb Ficks hinter uns und vielleicht noch einen vor uns haben.«

»Unsere Nacht ist eine ganze Nacht zusammen, weil du mich nicht gehen lässt.«

»Du kannst jeden Augenblick gehen. Die Tür ist offen. Kein Mensch hält dich auf.«

»Schönen Dank auch, nachdem du mir beide Brillen weggenommen hast.«

»Wenn du zugestimmt hättest, bis zum Morgen hierzubleiben, hättest du jetzt eine Brille auf der Nase und eine im Jackett.«

»Die, die ich auf der Nase hatte, hast du schon versteckt, bevor wir von Frühstück geredet haben.«

»Gewiss. Man muss vorausplanen«, sagte sie. »Wenn man einen Plan hat, muss man immer einen Schritt voraus sein.«

»Du bist wahnsinnig.«

»Wie viele Bezeichnungen ich heute Nacht schon von dir bekommen habe … banal, Scheusal, Miststück und jetzt wahnsinnig. Du kannst es dir in deiner Situation eigentlich nicht erlauben, so mit mir zu reden, Itamar.«

»Itamar?!«, rief Boas. »Sie hat dich Itamar genannt?«

Ich antwortete nicht.

»Sie kennt dich! Wusste ich's doch! Sie ist eine Frau, die dich kennt, und du hast sie nicht erkannt!«

»Du bist schnell«, sagte ich, »schneller als ich. Ich habe eine ganze Sekunde gebraucht, um es zu kapieren.«

Oder vielleicht eine halbe Sekunde? Eine Zehntelsekunde? Fünf davon? Wie dem auch sei, als ich merkte und kapierte, dass sie mich bei meinem Namen nannte, fühlte ich ihn auch wie eine Schlange mit drei Silben über meine Haut kriechen.

»Du hast mich Itamar genannt«, sagte ich.

»Klar. Das ist dein richtiger Name, Gadi.«

»Was für eine Frau …«, sagte Boas. »Kaum zu glauben. Wer war sie? Ein alter Fick von dir, den du vergessen hattest?«

Wir lagen einander gegenüber, von Angesicht zu Angesicht, sehr nahe. Ich spürte ihren leichten, duftenden Atemhauch, die warme Luft aus ihrer Brust, hörte mein Herz, fühlte sein Pulsieren im verletzten Finger.

»Du erkennst mich nicht«, sagte sie, »aber ich erkenne dich. Gleich als ich die Bar betrat, habe ich dich erkannt.«

Ich schwieg.

»Und das hier ist keine Frage von Kurzsichtigkeit«, fügte sie hinzu und fuhr mir mit den Fingern durchs Haar. »Aus dieser Entfernung müsstest du mich auch ohne Brille klar und deutlich sehen.«

»Woher kennen wir uns denn? Das heißt, du mich.«

»Du bist Itamar Diskin, unser schöner Beauftragter für Fitnesstraining. Du hast uns mit deinem lustigen Fitness-Karren trainiert«, sagte sie, »und ich … Wer bin ich? Das weiß nur ich.«

»Jetzt ist alles klar«, sagte Boas. »Irgendeine Soldatin, die vor zweihundert Jahren auf demselben Stützpunkt wie du diente und dir schöne Augen gemacht hat. Damals hattest du genug Verstand, nicht darauf einzugehen, und nun hatte sie ihre Chance, es dir heimzuzahlen.«

»Man muss es dir lassen, du hast dich kaum verändert«, sagte sie. »Ich kam in die Bar, freute mich, dich zu sehen, aber als ich dich anlächelte, erntete ich keine Reaktion, weder Freude noch Überraschung, noch nicht mal ›Du kommst mir bekannt vor, woher kennen wir uns noch mal‹.«

Ich schwieg.

»Dann schau mich jetzt noch einmal an und versuche, dich zu erinnern.«

»Ich habe dich schon lange genug angeschaut, mit und ohne Brille und mit und ohne Kleider an uns beiden. Ich hab's dir vorhin schon gesagt, ich kann mich schlecht an Gesichter und Namen erinnern«, erklärte ich.

»Hab ich gemerkt«, kicherte sie.

»Wer bist du also?«, fragte ich.

»Nichts Besonderes. Ich war Soldatin auf demselben Stützpunkt, auf dem du auch gedient hast.«

»Wie ich es gesagt habe«, warf Boas ein.

»Scharon«, sagte ich, »das war ein großer Stützpunkt.

Ich war dort zwölf Jahre als Pflicht- und Zeitsoldat, habe Gymnastik und Sport für Tausende Soldaten und Soldatinnen organisiert, und seither ist viel Zeit vergangen. Da kann ich nicht jeden, der mal dort war, in Erinnerung behalten.«

Sie legte mir die Hand auf den Kopf, drückte mein Gesicht an ihre Brust.

»Schmieg dich noch fester an mich, Itamar, bitte.«

»Da.« Ich schmiegte mich an sie.

»Noch mehr, schling unsere Beine umeinander, sei nicht knauserig, alle sechs«, und sie drückte ihre Stirn an meine. »Hast du schon mal mit einer Stirn an Stirn gelegen?«

»Nein.«

»Auch nicht mit der Frau, die du am meisten geliebt hast? Mit deiner perfekten Frau Oberleutnant Michal?«

Mir stockte das Herz. »Auch sie hast du gekannt?«

»Nicht richtig gekannt, aber gesehen habe ich sie, euch zweie gesehen, mehr als einmal.«

»Euch zwei gesehen«, sagte Boas. »Sie hast du nicht korrigiert.«

Beruhig dich, Itamar, sagte ich mir im Stillen, beherrsche dich.

Und zu ihr: »Wer bist du denn nun? Was hast du dort gemacht? In welchem Jahr?«

Sie stand auf, ging ins Nebenzimmer, wo – wie ich immer noch befürchtete – ihr Mann und dessen Freund waren, und kehrte mit etwas in der Hand zurück. Ein kleines Buch? Ein Stück Papier? Sie kam näher – ein Foto? Eine Postkarte? Damals gab es noch Postkarten – und hielt es mir vor die dankbaren Augen. Ja. Ein Fotoabzug, auf Papier. Klar und deutlich. Ein junger Mann in einem Fliegeroverall, bebrillt und gut aussehend mit einem breiten, selbstsicheren Lächeln im Gesicht, als hätte er gerade eine syrische MIG abgeschossen.

»Und diesen Typ erkennst du?«

Ich lachte verlegen. »Das bin ich. Bei einer Purimfeier auf dem Stützpunkt. Ich hatte mich als Kampfpilot verkleidet.«

»Ja, ich dachte mir, dass du dich selbst problemlos erkennen würdest. Und hier bist du bei derselben Feier im selben Kostüm, aber ohne deine Brille. Wie bist du schöner, Itamar?«

»Wer bist du nun?«

»Ich war damals Fotografin auf dem Stützpunkt. Ich habe dich fotografiert.«

»Bitte schön!«, jubelte Boas. »Hatt ich dir doch gesagt, dass eine Fotografin dieses Bild aufgenommen hat und dass du ihr gefallen hast.«

»Jetzt erinnere ich mich. Du hast mir dieses Foto hinterher auch gebracht, und ich muss mich wirklich entschuldigen, ich habe nicht erkannt, dass du's bist.«

»Ich bin's. Und weißt du meinen Namen noch?«

»Ehrlich gesagt nein. Und ich bin nicht sicher, dass ich ihn damals wusste. Aber ich habe das Gefühl, es ist nicht Scharon.«

»Stimmt. Nicht Scharon.«

»Wie heißt du denn dann?«

»Gadi.«

Boas lachte schallend: »Sie ist spitze!«, und bedachte sie mit dem Ehrentitel meines Vaters: »Ein echtes Original.«

»Geschieht mir recht«, erwiderte ich. »Aber jedenfalls gut zu wissen, dass ich hier nicht der einzige Lügner gewesen bin.«

»Das stimmt, aber du hast angefangen. Na gut, du hast mich nicht erkannt, als ich die Bar betrat, das kann wirklich jedem passieren. Aber in dem Moment, als du dich mit einem Fantasienamen vorstelltest, habe ich mir gesagt: Wenn er lügen und sich verstellen darf, darf ich das auch. Ich darf alles. Wie ich mir später einen Ehemann erfunden habe, weil du dir eine Frau erfunden hattest.«

»Tut mir leid. Aber so tief verletzt kannst du also gar nicht sein, ich habe dich ja nicht vergessen, nachdem wir zusammengearbeitet haben oder zusammen ausgegangen sind oder was miteinander gehabt haben.«

»Ich bin nicht verletzt und nicht beleidigt«, sagte sie. »Du denkst in die falsche Richtung. Erinnerst du dich, dass ich dir am Anfang des Abends den Rat gegeben habe, keine Frau mit einer anderen zu vergleichen?«

»Daran erinnere ich mich«, sagte ich.

»Dann gebe ich dir jetzt noch zwei Ratschläge. Erstens, sag einer Frau niemals, weswegen sie beleidigt sein darf oder nicht und weswegen verletzt. Eigentlich nicht nur einer Frau, sondern überhaupt niemandem.«

»Danke, ich werde mich bemühen, mir auch das zu merken«, sagte ich und spürte die dumpfe Wut wieder in mir aufsteigen.

»Und zweitens solltest du Gefühle weder vergleichen noch bewerten. Keiner darf einem anderen sagen, ob er mehr oder weniger verletzt ist als jemand anders, ob es ihm gut oder schlecht geht und wie sehr.«

»Vielleicht ersparst du mir diesen pädagogischen Vortrag? Worauf willst du genau hinaus?«

»Ich will dir erklären, dass du, als du Gadi als deinen Namen angabst, die Spielregeln für unsere Nacht bestimmt hast.«

»Jetzt fällt mir ein, dass du mich auch beim Kommandeur des Stützpunkts fotografiert hast, als ich die Exzellenzurkunde von ihm erhielt.«

»Ja. Dich und Oberleutnant Michal. Sie hat die gleiche Auszeichnung bei dem Festakt erhalten.«

»Und sie hat dir die Zunge rausgestreckt, als du sie dort fotografiert hast«, sagte ich.

»Ja. Und ich habe es nicht geschafft, das abzulichten.« Und in militärisch tadelndem Ton fügte sie hinzu: »Das war unprofessionell, Scharon. Du hast versagt. Ein guter Fotograf darf den Finger nicht vom Abzug nehmen.«

»Und hast du andere Fotos von ihr geschossen?«

»Hattest du noch nicht genug? Was bist du bloß für ein Idiot«, sagte Boas.

»Meinst du, ob ich auch Fotos von Michal hier habe?«, fragte sie.

Ich schwieg.

Ihr Ton wurde etwas lauter, schärfer: »Das heißt, du bittest mich jetzt um Bilder von ihr?«

»Ich bitte um Verzeihung, Scharon oder wie du sonst heißen magst«, sagte Boas. »Ich habe einen doofen Bruder.«

Sie stand auf. »Ich zieh mich an. Ich will nicht mehr nackt bei dir sein.« Sie zog den blauen Fleck und den roten Fleck an, trat zurück und legte dazu noch den gelben Nebel um.

»Ich ziehe mich auch an«, sagte ich. »Zum Glück weiß ich noch, wo ich meine Sachen hingelegt habe, du würdest mir ja nicht verraten, wo sie sind.«

»Seid ihr noch befreundet?«, fragte sie. »Du und sie? Haltet ihr irgendwie Kontakt?«

»Sie ist hier nicht das Thema, und ich will nicht über sie reden.«

»Habe ich einen wunden Punkt berührt? Tut mir leid.«

»Ich bin vielleicht etwas langsam«, erwiderte ich, »aber so langsam dämmert es mir. Kann es sein, dass der schöne Mann, den du mal kanntest, der, der deine Absichten nicht erriet, ich bin?«

»Sehr richtig«, sagte sie. »Wie ist das Gefühl?«

»Welches Gefühl?«

»Des Verstehens. Endlich zu verstehen, Itamar. Zu kapieren, dass auch andere Menschen Erinnerungen, Träume, Absichten, Gefühle haben, weißt du, all diese blöden Dinge.«

»Es ist Rache«, sagte ich.

»Wieso Rache?«

»Genau das ist es. Rache«, entgegnete ich. »Sogar doppelte Rache. Du rächst dich an mir dafür, dass ich dich damals nicht beachtet und heute nicht erkannt habe.«

»Wieso das denn?«, ereiferte sie sich. »Ich habe keinerlei Grund, mich an dir zu rächen, und ich bin auch sonst nicht rachsüchtig.«

»Ich habe dir vorhin schon gesagt: Viele Jahre sind seither vergangen, es war ein großer Stützpunkt mit vielen Menschen, und ich bin auch nicht gut mit Gesichtern und Namen.«

»Ich weiß, und das ist in Ordnung, Itamar. Auch damals war weder von Liebe noch von Rache die Rede. Ich habe dich ein bisschen begehrt und hatte auch einen Plan mit dir.«

40

Einen Plan. Na klar. Schon damals hast du Pläne geschmiedet.«

»Ich war neunzehn Jahre alt und noch nie mit einem Mann zusammen gewesen, und da dachte ich mir, so, es wird mal Zeit, und du könntest mir diesen Dienst erweisen. Du hast das so nett gemacht mit deinem Fitness-Karren, ich nahm an, du hast Erfahrung, sahst mir feinfühlig und höflich aus, und ich wollte beim ersten Mal in ein schönes und angenehmes Gesicht schauen.«

»Ich meine, das erste Mal sollte mit jemandem sein, den man liebt«, sagte ich.

»Und du hast mir gesagt, ich sei banal ...«

Ich schwieg.

»Mit jemandem, den man liebt ...«, äffte sie mich nach. »Du redest wie meine Eltern, und ihr habt alle drei unrecht. Man muss es mit jemand Nettem machen, der Erfahrung hat, er kann meinetwegen auch eine andere Frau lieben, und wenn er außerdem noch gut aussieht, ist es kein Schaden.«

»Wenn er eine andere Frau liebt, warum sollte er dann mit dir schlafen?«

»Na, ich bittich, Itamar«, sagte Boas.

»Du fragst so was?« Sie lachte. »Ich bin sicher, du warst hie und da, wenn nicht überwiegend, mit Frauen zusammen, die du nicht liebtest, oder die dich nicht liebten, dich nur ihrer Sammelliste anfügen wollten.«

»Ihrer Zatzkes-Sammlung«, sagte ich.

»Was?«

»Egal. Warum hast du mir das nicht damals auf dem Stützpunkt gesagt, klipp und klar, wie heute Nacht?«

»Ich habe mich nicht getraut und mich auch geschämt.«

»Du? Schüchtern und verschämt? Heute Abend warst du sehr forsch.«

»Wie schon gesagt, ich war damals eine Knospe. Und du sahst mir auch aus wie einer, der alles seiner Freundin erzählt. Du hättest meinen Antrag nicht nur abgelehnt, sondern ihr davon erzählt, und dann hätte es der ganze Stützpunkt gewusst.«

»Mit wem hast du es dann schließlich gemacht? Wer hat dich von deiner Jungfräulichkeit erlöst?«

»Du, Itamar, heute Nacht.«

»Mich wundert schon nichts mehr bei der«, sagte Boas.

»War nur Spaß, Itamar, ein Späßchen ...« Sie lachte. »Was du für ein Gesicht machst ... Es gibt ja jede Menge Piloten der Reserve, die einmal wöchentlich zum Übungsflug auf den Stützpunkt kommen. Gestandene Männer, meist verheiratet, sachkundig. Einer von denen hat dann kapiert, was ich wollte, und sich freudig bereitgefunden. Ein netter Kerl, mit viel Erfahrung, ich weiß noch, dass man ihn Abschuss-Champion nannte, obwohl er Transportmaschinen flog.«

Wir lachten. Ich damals und Boas jetzt, zwanzig Jahre später.

»Ich mag es, wenn du über etwas lachst, was ich sage«, erwiderte Scharon.

»Ich lache, weil es lustig ist, aber auch, weil ich weiß, von wem du redest. Seid ihr noch in Kontakt?«

»Iwo …«

»Und wie war es, dein erstes Mal?«

»Ohne Feuerwerk und Glockenklang, aber völlig in Ordnung. Vielleicht zu ordentlich. Alles nach der Checkliste – Antrieb, Druck, Tragflächen, Fahrgestell, alle grünen Lämpchen an und vorwärts zum Start.«

»Dann ist unsere ganze Nacht hier eine Entschädigung oder Korrektur für das, was du damals mit mir wolltest?«

»Wie oft muss man dir das noch erklären? Ich bin in die Bar gekommen, um einen schönen Mann zu treffen, ohne den Schimmer einer Ahnung, dass es um dich ging. Ich sah, dass du mich nicht erkennst, und sagte mir, ziehen wir's durch, vielleicht wird es sogar amüsant. Aber dann hast du behauptet, du hießest Gadi, und ich entschied, dass ich Itamar verzeihe, Gadi diese Verstellung jedoch büßen wird.«

Ich schwieg.

»Interessiert es dich nicht, wie ich wirklich heiße?«, fragte sie.

»Nein«, antwortete ich.

»Du bist ekelhaft«, sagte sie.

»Das juckt mich nicht, echt nicht«, sagte ich. »Weder, dass du mich ekelhaft findest, noch, wie du wirklich heißt. Ich hebe einfach zum x-ten Mal die Hände und ergebe mich. Du hast gewonnen. Hast mich so gefickt, wie du wolltest, hast eine alte Rechnung beglichen, hast mich gedemütigt und mir immer noch nicht meine Brille zurückgegeben. Vier zu null für dich.«

»Ich versteh nicht, warum du diese Nacht in Begriffen von Sieg und Kapitulation beschreibst. Hier hat doch kein Krieg stattgefunden.«

»Was war das denn hier, wenn kein Krieg?«

»Bis zu dem Moment, in dem du gemerkt hast, dass deine Reservebrille verschwunden ist, war es eine Theatervorstellung. Eigentlich zwei Vorstellungen. Aber lass, Itamar, es hat keinen Sinn, länger drauf rumzureiten.«

Sie ging ans Bücherregal, holte etwas von einem Bord. »Hier, ich gebe aus Mitleid mit dir nach. Hier ist die Brille, mit der du gekommen bist.«

»Danke«, sagte ich. Ich legte die Brille neben die Nachttischlampe, zog mich bis auf die nackte Haut aus, legte meine Kleidung gefaltet auf einen der Stühle, ging wieder ins Bett und streckte mich aus.

»Was ist? Setzt du sie nicht auf? Hast du trotz allem beschlossen, bis zum Morgen bei mir zu bleiben?«

»Nur wenn du einverstanden bist.«

»Ich bin einverstanden. Sogar mit Freuden.«

»Und wenn möglich und falls du noch Whisky übrig hast, dann möchte ich auch mit dir trinken. Trinken und danach schlafen. Diese Nacht hat mich müde gemacht. Ich muss mich ausruhen.«

»Und dein Flug?«

»Hab ich storniert.«

Sie lachte, zog sich aus, legte sich neben mich, ihr Gesicht nahe an meinem, umarmte mich, drückte einen energischen, erfahrenen, selbstbewussten Oberschenkel zwischen meine Schenkel.

»Schalom, meine Herrin und Königin«, sagte ich.

»Schalom, mein teurer Sklave. Gib mir einen Kuss.«

Wir küssten uns. Langsam, schön.

»Hör mal«, sagte sie, »nachdem wir einander schon so viel angelogen haben, lass uns nun beschließen, dass es genug damit ist.«

»In Ordnung.«

»Versteckst du noch was im Ärmel?«

»In welchem Ärmel? Ich bin splitternackt.«

»Ich auch.«

»Aber du versteckst trotzdem etwas. Du versteckst meine Reservebrille.«

»Später«, sagte sie.

»Und nach diesem Abschuss-Champion, hast du da auch Liebe erfahren?«, fragte ich. »Hast du mit einem Mann geschlafen, der dich liebte und du ihn?«

»Klar, mehr als eine Liebe, aber sie gingen zu Ende, und manchmal tut mir das leid.« Und nach kurzem Schweigen: »Meist erinnere ich mich ohne Sehnsucht, aber mit frohem Herzen an sie.«

»Ich beneide dich«, sagte ich.

»Möchtest du noch einmal mit mir schlafen vor dem Frühstück?«

»Nein«, sagte ich.

Sie lachte. »Gadi, dein Körper sagt mir was anderes.«

»Immer noch Gadi?«

»Das wird dein Kosename.«

»Auch ich habe einen Plan, und danach will ich dich am ganzen Leib küssen«, sagte ich.

»Klingt schön«, meinte sie. »So einen Plan hat mir noch keiner angeboten.«

»Wo war denn der erste Kuss? An welcher Stelle ihres Körpers?«, fragte Boas.

»Nicht auf ihre Wangen, falls du das gemeint hast«, antwortete ich.

»Und danach?«

»Haben wir noch mal miteinander geschlafen, ganz langsam, sind danach ein bisschen eingenickt.«

»Und was war mit ihrem Frühstück?«

»Vom Programm gestrichen. Wir haben eine Kleinigkeit gegessen. Eine Scheibe Brot, Feta, eine grüne Gurke, schwarze Oliven und eine halbe Flasche Arrak.«

»Hört sich an wie ein Frühstück unserer Oma. Und dann hat sie dich zur Straße rausgelotst?«

»Ich war nicht fahrtüchtig. Wir sind wieder eingeschlafen. Und als wir einige Stunden später aufwachten, habe ich sie daran erinnert, dass ich auch meine Reservebrille brauche, weil ich sonst nervös werde.«

»Und da ist ein neuer Streit ausgebrochen?«

»Nein, sie hat sie mir ohne Weiteres gegeben. Wir haben uns angezogen und sind rausgegangen. Sie hat mir das Tor aufgemacht und gesagt: Ich muss dich nicht lotsen, Itamar. Fahr diesen Weg geradeaus, dreihundert Meter von hier ist der Feldweg, bieg nach rechts darauf ab, dann kommst du zur Landstraße.«

»Was sollten dann die Schlängelwege durch die Zitrusplantagen gestern Abend?«, fragte ich.

»Gehörten zum Plan«, antwortete sie.

»Schalom, Scharon«, sagte ich und stieg in mein Auto.

»Schalom, Gadi«, sagte sie. Und irgendwie war uns beiden klar, dass wir uns nicht wiedersehen würden.

»Ist das nicht schade?«, fragte Boas.

»Manchmal bedaure ich es auch, aber – besser so.«

»Besser so ist das Schlimmste, was man über irgendwas sagen kann.«

»Mit das Allerschlimmste in Israel«, sagte ich.

»Sie hätte dich mit Leichtigkeit finden können. Als ihr aus der Bar kamt, hast du auf dein Zimmerfenster gedeutet. Sie kannte auch deinen wirklichen Namen und wusste, was du machst und wo du wohnst, und ein paar Jahre später gab es schon Internet und Google und all den Kram. Wenn sie gewollt hätte, hätte sie dich ausfindig machen können.«

»Anscheinend wollte sie nicht.«

»Und du hättest auch gleich am nächsten Abend in die Bar gehen und ihr eine Nachricht bei der Wirtin hinterlassen können, oder mich ein paar Tage später hinschicken.«

»Dich hinschicken? Hätte ich dir damals schon von dieser Nacht erzählt, wärst du von selber hingerannt, um sie zu suchen. Ich habe dich nämlich durchschaut. Im Verlauf der Geschichte hat sie dir immer mehr gefallen.«

41

Der Balkon meines Hotelzimmers blickte aufs Meer, nach Westen. Boas und ich konnten die Sonne nicht aufgehen sehen, aber ihr Schein erhellte das Himmelszelt schon rosig, bis es mir vorkam wie ein riesiger, schimmernder Bauch.

»Ich wollte Abstand gewinnen und vergessen«, sagte ich zu Boas, »wollte sie nicht in der Bar suchen und ihr keine Nachrichten hinterlassen. Manchmal denke ich an sie, nach wie vor, aber jene Nacht hat mich ermüdet, und auch die Geschichte, die ich dir heute Nacht erzählt habe, hat mich müde gemacht. Ich möchte ein bisschen schlafen.«

»Überrascht mich nicht, Gadi. Damals wie jetzt bist du fertig und willst gehen.«

»Ich bin in meinem Zimmer, wie soll ich denn gehen?«

»Auch schlafen gehen ist eine Art von Gehen.«

»Dir würde ein wenig Schlaf jetzt auch nicht schaden«, sagte ich. »Wir schlafen zwei, drei Stunden, stehen auf, hier in der Nähe gibt es ein nettes Café, dort gönnen wir uns einen großen Cappuccino nach dem Aufwachen.«

Kichernd, zurücktaumelnd und einander stützend erreichten wir das Bett und sanken darauf. Wir lagen nebeneinander und schauten an die Decke. Mir schien sie langsam auf und ab zu schweben.

»Schau an die Decke«, sagte Boas. »Sie bewegt sich. Auf und ab und seitlich.«

»Stimmt, ich sehe es. Das kommt, weil wir getrunken haben.«

»Das kommt, weil wir Brüder sind«, sagte er.

»Das kommt, weil wir nicht nur Brüder sind, sondern auch Söhne unserer Eltern.«

»Auf meiner Seite der Familie«, imitierte Boas unsere Mutter, »wird einmal alle paar Generationen …«

»… ein besonders schöner Sohn geboren …«, fuhr ich fort.

»… und wenn im Bauch einer unserer Frauen ein solches Kind heranwächst, dann kann man, im sechsten Monat etwa …«, übernahm Boas.

»… ein Strahlen sehen!«, deklamierten wir gemeinsam.

»Wer strahlt?«

»Der Bauch der Schwangeren, Kinder.«

»Hat dein Bauch gestrahlt, als du mit Itamar schwanger warst?«, fragte Boas, der schon damals, in seiner Kindheit, die meisten Geschichten unserer Mutter nicht glaubte.

»Sicher«, antwortete sie ihm, »bei manchen Menschen reift die Schönheit langsam heran, und manchen anderen sieht man schon mit einem Jahr ihre Schönheit an, und dann gibt es, wie in meiner Familie, solche, die bereits im Bauch ihrer Mutter schön sind und ihn strahlen lassen.«

»Reift langsam heran«, sagte Boas damals und wiederholte es auch jetzt, ließ sich ihre hochgestochenen Worte auf der Zunge zergehen.

»Was ist das denn für ein Licht?«, fragte ich sie.

»Sehr schwaches Licht, das man nur im Dunkeln sieht.

Ich habe es gar nicht bemerkt, aber eines Tages kam meine Mutter, eure Oma, zu mir, mit einer Abordnung von Tanten, ihren vier Schwestern: Rachel, nach deinem Aussehen und unseren Berechnungen bist du am Anfang des sechsten Monats, da wollten wir mal nachschauen, erklärten sie mir.«

»Und was hat Vater gesagt?«

»Damals wohnten wir in einer kleinen Wohnung, er hatte noch nicht sein Oben, und ist fast durchgedreht. Ich will die nicht hier haben, schrie er, will dieses ganze Tamtam der Weiber deiner Familie nicht haben. Beruhig dich, Jechiel, habe ich ihm gesagt, dieses Licht kommt nicht nur von der Schönheit, es besagt auch, dass wir einen Sohn haben werden. Freu dich, das wolltest du doch. – Und ich kann es nicht leiden, wenn du mir ›Freu dich‹ sagst, schrie er, lief vor lauter Wut aus dem Haus und kam erst am nächsten Tag wieder.«

»Jahre später«, sagte Boas, »hat er mir erzählt, ihr ›Freu dich‹ habe ihn so wütend gemacht, dass er zu einer ging, die ihn schon seit einigen Monaten umgarnte, und ihre Wut an ihr ausließ.«

»So hat er es gesagt? Ich habe ihre Wut an ihr ausgelassen? Nicht schlecht für Papa.«

»Genau so, und er sagte auch, dies sei das erste Mal gewesen, dass er Mama betrogen habe.«

»Und dann«, fuhr sie fort, immer mit derselben Melodie und Wortwahl, die sich uns eingeprägt haben, »sind wir alle – deine Oma und ihre vier Schwestern und ich und du in meinem Bauch, Itamar – gemeinsam ins Schlafzimmer gegangen. Meine Mutter hat gesagt: Zieh dich aus, Rachel, wir müssen mal sehen … Ich habe mich ausgezogen. Sie haben die Läden und die Vorhänge zugemacht, alle Lichter gelöscht …«

»Alle Glühbirnen …«, korrigierte Boas.

»Und es war einfach nicht zu übersehen. Mein Bauch strahlte. Schwach, kein starkes Licht, nur im Dunkeln sichtbar, aber ein Strahlen, eindeutig.«

»Nicht stark, langsam reifend …«, wiederholte Boas. »Als wäre sie hier, mit ihren Worten und ihren Geschichten.«

»Vielleicht ist ›strahlen‹ nicht das richtige Wort«, sagte sie, »›schimmern‹ trifft es wohl besser. Es war wie das Himmelszelt im Osten kurz vor Sonnenaufgang, hellrosa und schwach golden.«

»Vielleicht hast du es deshalb so gern hell«, sagte Boas. »Vielleicht hast du dich schon in ihrem Schoß daran gewöhnt.«

»Du warst im selben Schoß zweieinhalb Jahre später.«

»Aber ich saß im Dunkeln, und du hast gestrahlt und geleuchtet.«

»Sie hat mir gesagt: Itamar, du hast deine Schönheit von einem anderen Mann geerbt, der vor langer Zeit gelebt hat, weit zurück in unserer Familienchronik. Wir wissen nicht, wer er war, kennen nicht einmal seinen Namen. Ich war nur das Rohr, das seine Schönheit zu dir geleitet hat.«

Und sie fügte hinzu: »Weißt du, manchmal sieht man einen gewöhnlichen Menschen, vielleicht sogar einen dummen oder bösen, hässlich von außen und innen – diese Leute solltest du weder verachten noch bemitleiden oder zornig behandeln, denn es kann sein, dass sie Schönheit und Klugheit und ein gutes Herz von einem Vorfahren auf einen Nachfahren übertragen, und all das, ohne es zu wissen.«

42

Dreihundert Meter bis zum Feldweg, dann rechts, bis zur Landstraße, und schließlich fuhr ich im leeren Aufzug zu meinem Zimmer hoch. Ich packte meine Sachen, rief Boas an und fragte, ob ich die Tage bis zu meinem Rückflug nach Amerika bei ihnen verbringen könnte.

»Was verschafft uns die Ehre?«, fragte Maya.

»Einfach so«, sagte ich. »Ich bin heute Morgen mit dem Gefühl aufgewacht, dass ich das gern tun würde.«

»Ich freue mich sehr, dass du zu uns ziehst«, sagte Boas.

»Ich auch, aber es kommt mir etwas verdächtig vor«, meinte Maya. »Ich habe das Gefühl, dass du heute Morgen nicht in deinem Zimmer aufgewacht bist.«

So machte ich es auch jetzt, zwanzig Jahre nach jener Nacht: Als Boas und ich zu später Stunde aus unserem Morgenschlaf erwachten und auf einen Cappuccino ins nahe Café gingen, fragte ich ihn, ob ich die wenigen verbleibenden Tage meines Israel-Aufenthalts bei ihnen wohnen könne.

»Mit Freuden«, sagte er, und damals wie heute verziehen Maya und er mir mein Hinausgehen zum Morgenlauf und meine schnaufende Wiederkehr, ertrugen heldenhaft meine Gewohnheiten eines alten Junggesellen: die Musik, die ich nachts bis in die Puppen hörte, die nächtlichen Klospülungen und das Klirren der Eiswürfel im Shaker und im Glas.

Knapp eine Woche später, auf der Fahrt zum Flughafen, Boas am Steuer, ich neben ihm und wir beide die meiste Zeit schweigend, sagte er unvermittelt: »Ich muss dauernd an diese Scharon und an die Geschichte denken, die du mir über sie erzählt hast.«

»Warum denn?«, sagte ich.

»Hast du sie schon jemand anderem erzählt, bevor du sie mir in unserer Brüdernacht erzählt hast?«

»Ja«, sagte ich, »ich habe sie jemand anderem erzählt, einer anderen, oder um der ganzen Wahrheit gerecht zu werden – zwei Frauen.«

»Wem?«, wollte er wissen.

»Gleich nach meiner Rückkehr von jener Reise habe ich sie der Tochter von Dr. Dadurian in Charlottesville erzählt, aber in stark komprimierter und gekürzter Form. So was wie: Du wirst nicht glauben, was mir in Israel passiert ist, eine Frau hat in einer Bar mit mir geflirtet, hat mich zu sich mitgenommen und mir die Brille versteckt, damit ich nicht weggehen konnte. Das war's mehr oder weniger.«

»Und was hat sie gesagt?«

»Es hat sie amüsiert. Sie sagte, sie würde gern selbst mal eine Nacht mit Scharon verbringen.«

»Und wem hast du es noch erzählt?«, fragte Boas. »Sag nicht, Maya.«

»Warum nicht? Ja, Maya, aber Maya will Einzelheiten wissen, ihr kann man nichts in komprimierter und gekürzter Form erzählen.«

»Wann hast du es ihr erzählt? Damals schon? Gleich nach der Nacht mit Scharon, als du vom Hotel zu uns gezogen bist?«

»Nein. Sie hat mit ihren Antennen zwar gewittert, dass etwas geschehen war, und mich ausgehorcht, als ich zu euch kam, aber ich habe ihr gesagt: Nicht jetzt, Maya. Ich verspreche es dir für bald, aber nicht jetzt. Mir fehlt die Kraft.«

»Wann hast du ihr es dann erzählt?«

»Ein Jahr später. Ihr habt mich in den USA besucht, du hast meinen Pontiac für eine mehrstündige Spritztour ausgeliehen, und unterdessen bin ich mit Maya in Charlottesville spazieren gegangen und habe es ihr erzählt.«

»Mit all den Details, die du mir erzählt hast?«

»Die meisten Einzelheiten, wer auf wem lag und wo jedes Bein war und so weiter habe ich ihr erspart, darauf hat sie nicht so bestanden wie du, und es war auch ohne Michal und Papa und Mama, die sie ohnehin nicht besonders interessieren. Ich habe ihr nur von Scharon erzählt, von der Fahrt zu ihr und der Nacht mit ihr und dem ganzen Hin und Her von wegen zum Frühstück bleiben oder nicht, und natürlich die Sache mit der Brille.«

»Und was hat sie gesagt?«

»Erst mal hat sie gelacht, dann hat sie mir die Leviten gelesen, und danach ist sie stehen geblieben, hat mir in die Augen gesehen und gesagt: Ich bitte dich, Itta, erzähl diese Geschichte nicht deinem Bruder.«

»Das hat sie dir gesagt?«, fragte Boas.

»Ja.«

»Sie kennt mich«, sagte er.

»Was soll das heißen?«

»Sie hat sicher gewusst, dass diese Scharon mir gefallen könnte, wenn ich von ihr hören würde.«

»Das ist nicht schwer. Auch ich habe das gemerkt, als ich es dir diese Woche erzählt habe.«

»Sie ist auch eine kluge Frau und wollte nicht, dass ich eifersüchtig auf dich bin«, sagte er und wiederholte: »Hab's dir ja gesagt. Es ist nicht leicht, dein Bruder zu sein …«

»Es ist nicht nur das«, erwiderte ich, »sie hat noch hinzugefügt: Es geht auch darum, dass Boas sich Sorgen um dich macht, weil du dort in Amerika allein bist, ohne Frau und Kinder, und keiner da wäre, wenn dir was passieren sollte.«

Boas lachte: »Ich passe auf dich auf, klar, ich bin dein Bruder, auch als wir Kinder waren, habe ich dich beschützt, aber hier hat sie übertrieben.« Kurz darauf fuhr er fort: »Jetzt verstehe ich noch etwas. Bei deinem jetzigen Besuch, zwanzig Jahre später, hat sie dir plötzlich gesagt, nun könne man es erzählen.«

»Ja, an dem Freitagabend vor drei Wochen, zwei Tage nach meiner Ankunft. Ich habe mit ihr das Geschirr gespült, nachdem all eure Gäste nach Hause gegangen waren. Du hast dich darüber aufgeregt, dass wir das Geschirr per Hand spülen, statt die Spülmaschine anzuschalten, und dich ins Wohnzimmer gesetzt, um Fußball zu gucken. Sie hat gerufen: Dreh leiser, Boas, und du hast zurückgerufen: Was … was … Ich hör nichts, wegen dem Fernseher, und wir haben lachend gesagt, es fange bei dir schon an wie bei Mama.«

»Wenn ich es nicht gewesen wäre, hätte ich auch gelacht«, sagte Boas.

»Und dann, an der Spüle, hat sie zu mir gesagt: Itta, erinnerst du dich an die Geschichte, die du mir vor zwanzig

Jahren erzählt hast, über die Frau, die dich aus irgendeiner Bar nach Hause mitgenommen und dir die Brille versteckt hat?«

»Sicher«, sagte ich. »Warum fragst du plötzlich nach ihr?«

»Um dir zu sagen, dass es jetzt okay ist. Du kannst Boas diese Geschichte erzählen, falls du immer noch Lust dazu hast.«

»Sag mal«, fragte Boas, »hast du noch mehr Geschichten, die du Maya erzählt hast und mir nicht erzählen durftest?«

»Nein.«

»Und gibt es sonst noch was, was du mir erzählen wolltest und nicht erzählt hast? Vielleicht über Papa und Mama?«

»Nein, Boas.«

Wir kamen am Terminal an. Boas hielt. Stellte den Motor ab.

»Hast du alles?«, fragte er. »Reisepass? Ticket? Brieftasche?«

»Ja, Boas.«

»Und die Reservebrille? Hast du daran gedacht, sie einzustecken?«

Ich lachte. »Sie ist an ihrem festen Ort, in der Innentasche meines Jacketts.«

Wir stiegen aus dem Wagen, um uns zum Abschied wie Brüder unserer Statur zu umarmen. Boas kräftiger und breiter als ich, und ich größer als er, wobei jeder seinen Vorteil nutzte, um sich gebührend an seinen Bruder zu drücken.

Wir ließen voneinander ab. Er trat einen Schritt zurück. Musterte mich mit Blicken, so anders als die Blicke der anderen Menschen, Männer und Frauen, die sich auf mich heften.

»Sag mal«, fragte er unvermittelt, »wenn Scharon hier jetzt vorbeiginge, zwischen all den Passagieren, würdest du sie erkennen?«

»Bin nicht sicher«, antwortete ich. »Du würdest sie besser erkennen als ich.«

Er lachte, aber seine Augen blickten etwas besorgt, verengten sich, sahen an mir rauf und runter, prüfend und diagnostizierend, suchten an mir Risse und Lecks, wie bei all meinen früheren Besuchen und wie sie es auch bei meinen künftigen tun werden, genauso, wie er mein Haus prüfend abläuft, wenn Maya und er in die USA kommen: Sauber? Ordentlich? Kühlschrank und Speisekammer gefüllt? Mit Junk-Food oder gesunden Nahrungsmitteln? Gibt es Anzeichen für die Anwesenheit einer Frau? Neue Medikamente im Badezimmerschrank?

Ich spürte meine Augen feucht werden. »Du sorgst dich wirklich um mich«, sagte ich. Und er umarmte mich erneut: »Gute Reise, Itta. Schick mir eine Nachricht, wenn du da bist.«

Zitate

S. 71, 74, 108 Die Zeile »Moses, Salomo, jeder an seinem Ort« stammt aus dem Gedicht *Alef Bet* von Chaim Nachman Bialik und wurde von Ruth Achlama aus dem Hebräischen übersetzt. Aus: Chaim Nachman Bialik: *Schirim u-Fismonot li-Ladim (Gedichte und Lieder für Kinder),* Dvir, Tel Aviv, 1933.

S. 91 Die Zeile »Will you walk into my parlour said a spider to a fly« entstammt dem Gedicht *The Spider and the Fly* von Mary Howitt.

S. 184 *Genäht hat man dem Affen* ist ein Gedicht von Anda Amir-Pinkerfeld, aus: Anda Amir-Pinkerfeld: *Schire Jeladim (Kindergedichte),* Dvir, Tel Aviv 1949. Die Zitate daraus wurden von Ruth Achlama aus dem Hebräischen übersetzt.

S. 185 Das Zitat aus Jehuda Amichais Gedicht *In Jemin Mosche* stammt aus: Jehuda Amichai: *Offen Geschlossen Offen.* Gedichte. Jüdischer Verlag im Suhrkamp Verlag, Berlin 2020. Aus dem Hebräischen von Anne Birkenhauer.

S. 224 Das Zitat aus Jehuda Amichais Gedicht *Schade. Wir waren eine gute Erfindung* stammt aus: Jehuda Amichai: *Wie schön sind deine Zelte, Jakob.* Gedichte. Piper Verlag, München 1988. Aus dem Hebräischen von Alisa Stadler.